Chong Tuteng

④ 险境虫重

【闫志洋◎著】

九州出版社
JIUZHOUPRESS

目录

C o n t e n t s

引子

Foreword

刺耳的轰鸣声，让我的耳膜隐隐作痛。望着首都机场腾空而起的飞机，我心中竟然有种怅然若失的感觉。那班航班是从北京飞往乌鲁木齐的，欧阳子月说过，她爷爷晚年时有三个心愿：第一个是希望能在死前得到潘俊的谅解，第二个是自己过世之后能魂归故里，而第三个心愿……

想到这里我的手腕竟火辣辣地疼了起来，我连忙挽起袖子，左腕上的伤疤微微泛红。这个伤疤就像是有生命一样，一旦我想触及那段记忆的时候就会提醒我。

出租车停在了北京某军医院附属医院门口，此时已经接近傍晚，可医院门口的人依旧络绎不绝。我下了车，沿着甬道走向医院后面的住院部，谁知刚一进门便看见父亲和几个伯伯焦急地站在住院部门口，我心头一紧，难道爷爷的病情恶化了？

想到这里，我连忙三步并作两步走到近前道："爸，怎么了？出什么事了吗？"

几个人见到我眉头立刻皱了起来，似乎想说什么却欲言又止，过了片刻父亲才将我拉到一旁，低声对我说道："还记得前几天我曾经和你说过，每到半夜你爷爷就会趁着我们睡着的时候离开病房吗？"

对此我并未在意，疑惑地点点头，惊异地发现他的脸色变得极其神秘，接着对我说："知道你爷爷去做什么了吗？"

父亲的语气很低沉，似乎并不想听我的回答，而是从怀里抽出一张照片小心翼翼地递给我说道："你看看！"

我不解地接过照片，这是一张早已经泛黄的黑白照片，照片上有三四个二十几岁的年轻人，我很容易便从这张照片上找到了爷爷。虽然他此时已经年逾古稀，但是那种独特的气质始终没有改变，而照片上的其他人……正在我琢磨的时候，忽然我盯着站在爷爷旁边的另外一个女孩子不禁倒吸了一口冷气。

"爸爸，这个女孩子……"我指着那张泛黄的照片不可思议地张大嘴巴，却说不出话来。父亲看着我指着的那个女孩子微微点了点头道："你也认出来了！"

我慌忙点了点头，一时之间我竟然有些恍惚，难道是我最近"穿越"的电视剧看得太多了？或者是产生了幻觉，照片上的女孩子与照顾爷爷的那个叫宁宁的护士竟然像是从一个模子里出来的一般。不过，几分钟之后我立刻明白了，接着问道："爸爸，照片上的这个女孩是谁？"

"时淼淼……"父亲一字一句地说道，而我已经几乎窒息了。好一会儿之后，我才喘过气来说道："那……难道这个女孩和时淼淼……"

"嗯！"父亲将我拉到门口，一边点着一根烟一边微微地点点头说道，"我和你的几个伯伯也是这么想的。"

"可是……可是你们是怎么发现的？"我诧异地望着父亲。

"唉！"父亲长叹了一口气，"本来我也一直以为你爷爷每晚只是起夜，不过这几天我忽然发现，你爷爷总是在这个护士值班的时候才会失踪。后来我偶然在你爷爷的床下发现了这张照片！向你几个伯伯确认之后才知道，原来这个女人是时淼淼！"

"哦，原来如此，那爷爷晚上失踪，应该也是想确认这个女孩与时淼淼之间是否有关系！"我恍然大悟般地说道。

"嗯，我想是这样的！"说着父亲掐灭了手中的烟蒂，扭过头目光炯炯地望着我，"本来你大伯想直接去问那个女孩子，不过既然你来了，我想你去确认的话会比我们几个老头子要好得多！"

"老爷子，不是吧！"我一脸窘相地望着父亲，见他丝毫没有开玩笑的意思，我只好无奈地叹了口气说道，"那好吧！"其实即便他不让我去，我也想尽早确认一下这个女孩子究竟和时淼淼有没有关系。

父亲和几个大伯分别离开医院的时候已经是深夜了。爷爷闭着眼睛半卧在床上，在床头摆放着欧阳燕鹰的回忆录《百年虫史》，还有几个新鲜水果。我坐在床头对面的沙发上打开电脑，看着文档心中却万分忐忑。刚刚看了一下护士的值班表今晚又轮到那个叫宁宁的护士值班了。

如果直接找她问：你是不是有个亲戚叫时淼淼？恐怕有些唐突。正在我琢磨怎么接近这个女孩子的时候，病房的门忽然被推开了，一个穿着白色护士服的女孩子笑颜如花地推开门，向屋内望了一眼，见爷爷睡着了，又向我的方向瞥了一眼，那眼神像是在问我爷爷是不是睡着了！

我正要点头，只见爷爷轻声说道："是小宁吧！"

"嗯，是我！"叫宁宁的护士这才左手推开门，右手背在身后笑眯眯地走到爷爷床前说，"我是不是打扰您休息了？"

"没有！"

小护士开心地坐在爷爷的床前说道："潘爷爷，您猜我给您带什么来了？"

"咦！"直到现在我才发现，这个小护士一直背在身后的那只手上拿着一个粉色的小盒子。

爷爷讳莫如深地笑了笑，那微笑的意思显而易见，两个人不知何时已经如此熟悉了。只见那个女孩子神秘兮兮地将手中的盒子放在爷爷面前，然后扭过头对我说："帮忙把灯关了！"

我一头雾水像个丫头一样起身关掉灯，房间里顿时漆黑一片，只有远处闪烁的灯光从窗口射进来，有些朦胧地洒在这一老一少身上。只见小护士将手中的盒子小心翼翼地打开，瞬间两个小小的光点从盒子中飞出，它们向着灯光的方向飞去。

爷爷坐在床头轻轻地挥了挥手，然后牙齿之间发出一阵轻微的震动，声如蚊叫，只见那两只萤火虫像是忽然找到了方向一般，向爷爷的方向飞舞过去，之后从房顶黑暗处相互盘旋着从上到下飞舞。

虽说我知道爷爷是驱虫师，可这也是我第二次见爷爷用驱虫之术，不禁看得目瞪口呆。片刻之后爷爷微笑着对我说："沐洋，把窗子打开让它们走吧！"

我这才缓过神来，慌忙站起身推开窗子，那两只萤火虫就这样相互盘旋着从窗口飞了出去，之后才各自飞走了。我站在窗前痴痴地望着那两只萤火虫，突然一个问题在我的脑海中闪过，难道这个小护士也知道爷爷是驱虫师？

正在这时病房里的灯被小护士打开了，她笑着说道："潘爷爷刚刚那一招真是厉害！"

"呵呵！"爷爷淡淡地笑了笑。

"潘爷爷，我先去别的病房看看，一会儿再来看您！"说罢小护士满意地笑着推开门走了出去，我连忙推开门跟了出去。

"护士小姐……"我轻轻地喊道，这时的走廊里空荡荡的，只剩下我们两个人，我的声音被这宽敞的走廊奇妙地回应着，仿佛在暗处藏着另外一个人。她停下脚步，微弱的灯光照在她那张精致的脸上，竟然和照片上的那张脸重叠在了一起，一时间我竟然语塞，难道她真的是时淼淼的后人？

"怎么了？是不是潘爷爷找我？"小护士警觉地望着我说道。

"不……不是……我是想……"我双手相互摩挲着，涨红着脸却始终说不出话来。还是她先打破了尴尬，"你是想问我名字吗？"小护士似乎见怪不怪地道，"我叫于冠宁！"说完她如同什么也没发生一样，扭头向另外一间病房走了过去。她进了隔壁的病房，我才如释重负地低着头推开门走了回去，刚关上门就发现爷爷坐在床头正冷冷地盯着我。

我低着头，避开爷爷的目光向沙发的方向移动。谁知爷爷轻轻地正了正身子，幽幽地说道："她不是时淼淼的后人！"然后闭上眼睛躺了下去。而我却如被雷劈了一样呆呆地伫立在原地，爷爷这句话显然已经知道了父亲和大伯们的怀疑。

我颓然坐在沙发上，打开笔记本闪烁的文档上轻轻地敲击着，脑海中依旧不解，这小护士是什么时候和爷爷这般熟络了？爷爷为何会在一个外人面前展示他的驱虫之术。所有的谜团宛如黑洞般几乎将我吞没了。

一直写到午夜，我始终打不开思路，随手从口袋里掏出一根烟正要点的时候才意识到这是医院。无奈之下我只得站起身向爷爷的方向瞥了一眼，此刻老人已经进入了梦乡，不时地传出一阵有节奏的鼾声。

我揣着烟出了病房向走廊一端的窗口走去，站在窗口。此时已经夜深人静，医院中的病人更是早早地入睡了，我点上一根烟靠着窗口，一阵夜风吹来，我裹了裹衣服。这时我敏锐地感觉似乎有双眼睛在背后盯着我，我连忙扭过头去，只见一个身影正站在走廊里向我望过来。

她发现我察觉到她后，这才缓缓地向我走了来。

"这么晚了，你怎么还没睡觉？"于冠宁轻声说道。

我无奈地耸了耸肩，指着叼在嘴里的烟说道："睡不着，烟瘾犯了！"

"呵呵！"于冠宁笑了笑说道，"没想到你的烟瘾这么大，睡觉都能被烟瘾给勾出来！不过也挺难得的，现在像你这样孝顺的人很少了！"

"哪里啊！"我长出一口气，将剩下的烟一口气吸掉，轻轻掐灭烟蒂丢在一旁的垃圾桶里，说实话自从爷爷说了这个女孩子与时淼淼没有联系，我对她的好奇已经减了一大半。

"你是做什么工作的？"于冠宁好奇地问道。

"搬砖的！"我打趣地说道。于冠宁立刻重新上下打量了我一番，然后讪笑着说道："有这么干净的搬砖工吗？"

"嗯，只不过我们搬的是字而已！"我确实很难给自己一个准确的定位。

"哦，写作的是吗？"于冠宁若有所思地说道，"难怪这么晚还没有睡觉，应该是在构思吧？"

"嗯！"我不置可否地点了点头。

"你都写过什么？"于冠宁来了兴致，对我产生了极大兴趣。

"以前写过几本书，现在正准备写一本关于驱虫师的书！"我淡淡地说道，随手又点上一根烟。谁知于冠宁听后身体微微一颤说道："我曾经听母亲说她也懂一些驱虫术！"

我像是被电了一下："你说什么？"

"驱虫术，好像和潘爷爷说的不太一样。我母亲说家里流传着一种驱虫术，可以改变人的容貌，据说有两种，一种就像是电视里演的那种人皮面具，另外一种好像能彻底改变人的容貌，我想应该和整容差不多吧！"于冠宁的话说得漫不经心，而我却听得激动不已。

"你母亲有没有说那个会驱虫术的人是你什么人？"我激动地抓住于冠宁的胳膊问道。

于冠宁眉头微皱，一双跳动的眼睛无辜地望着我，嘴角微撇，低着头望着我抓她的手。此刻我才发现，是因为自己太过激动抓着她胳膊的手没轻没重，想必是将眼前的这个姑娘抓痛了。我连忙缩回手抱歉地笑了笑。

"我外婆……"当我放开手，于冠宁一面揉着自己的胳膊，一面轻声说道。

"你外婆还健在吗？"我连忙追问道。如果我猜得没错的话那个人应该就是时淼淼，谁知于冠宁讳莫如深地笑了笑，然后转身向值班室走去。

接下来的几天我一直在等待于冠宁的消息，偶尔会接到欧阳子月的电话，她已经找到了欧阳燕鹰所说的新疆欧阳家的旧址，相信不久之后就能完成欧阳燕鹰的遗愿。童亮那边的电话总是能给我带来兴奋的消息，关于《虫图腾》的选题已经顺利通过了，只是我却迟迟不知该如何开始，因为对于里面太多的人和细节我实在捉摸不透。

三天之后本该轮到于冠宁值班了，她却没有出现。我有些焦急地向另外一个护士询问。原来于冠宁是他们的院花，刚毕业不久，经常有病人的家属会缠着她。我想当初我追出去的时候于冠宁想必也把我当成是追求者了，因此才那么随意地说出自己的名字，显然这种事她经常遇见。

不仅如此，于冠宁家里算上她已经有三代人在这个医院工作了，她的母亲也在这个医院，而且是外科的主任。至于今天于冠宁为何没来她也不知道原因。

在临走的时候我又扭过头问里面的护士："她……还没有男朋友吗？"

那护士一脸黑线地望着我，我识趣地走开了。

从值班室到病房我一直在想一个问题，那就是既然于冠宁肯和我说驱虫师的事情，那么想必爷爷也知道了。可是为什么爷爷又说这个女孩和时淼淼没有任何关系呢？我百思不得其解地向门口走去，正在此时，迎面的走廊中传来了一阵铿锵有力的脚步声，接着从对面走过来三个人，中间的那个人看上去和爷爷的年纪差不多，身后还跟着两个穿着军装的人。

医院来一些部队上的人也不奇怪，不过看那些人的气势倒是有点意思，跟班的两个人的军衔应该是上尉级别的，而中间的那个人虽然是一身便装想必军衔也不会低。正在我琢磨的时候，发现他们竟然在我前面的一个病房停了下来，其中一个人轻轻地在门口敲了敲，停了片刻见无人回应两个军官均扭过头望着中间的老人。

我这时才发现那三个人站的病房正是爷爷所住的房间。我急忙走上去有些胆怯地问道："你们……你们找谁？"

"你认识病房里的人？"其中一个军官看了看我问道。

"嗯，我爷爷！"我结结巴巴地说道，心想这几个人一定是走错了，我爷爷在北蒙待了一辈子了，也没听说他和部队有任何联系啊！

我的话音刚落，只见中间那个老头死死地盯着我左手的手腕，我连忙将左手背到身后。这时那老者微微笑了笑，肯定地说道："我们就是找你爷爷的！"老者的语气虽然平和，但是带着一种不可抗拒的威严。

我不知所措地向后退了退，推开房门，发现爷爷正坐在床头戴着一副老花镜，手中捧着那本《百年虫史》专心致志地看着，眼角上闪烁着一些晶莹的东西，甚至我推开门都没有注意。

"爷爷，有人……有人说要找您！"我小心地扭过头向身后望了望还有些不确定地说道。谁知我的话刚说完那个老头已经走了进来站在门口，一双眼睛炯炯有神地盯着床上的爷爷不可思议地喊道："潘爷……"那声音宛若从胸腔里发出的一般，虽然轻却有种难以言说的力量。

爷爷听到这声音像是被人点中了穴位一般，身体立时僵住了，手中的书悄然滑落。良久才扶了扶鼻子上的眼镜向门口的老者走来，此时爷爷早已经是老泪纵横了，而眼前这位老者也皱着眉头，控制着眼泪。

"管修兄！"爷爷沉沉地喊道。

我不禁一怔，眼前这位竟然是管修。只见管修大步走到爷爷近前，两个七旬老人紧紧地握着双手，两个人相互对视着却始终一句话不说。良久之后，爷爷才开口说道："管修兄，真没想到有生之年还能再见到你！"

"唉！"管修长叹了一口气坐在爷爷床头道，"五十多年了，五十年来我一直以为你已经撒手人寰了！"

"五十年了，你我已经从二十来岁的青年变成糟老头子了！"爷爷说完风趣地笑了笑。

"潘爷，你知不知道在你失踪之后我们几乎找遍了大江南北，寻找你的下落。新中国成立后我们也从未停下过！"管修娓娓道，"这些年你究竟在哪里呀？为什么不来找我？如果这次不是因为宁宁那丫头恐怕我一辈子也看不见你了！"

"于冠宁？"我颇为诧异地小声说道。

管修听到我的声音，不禁微微扭过头看着我问道："潘爷，这孩子是您的……"

"是过继给我的，叫潘沐洋！"爷爷幽幽地说道，而管修像是早已猜到了一般点了点头，道："她说的没错，至今为止她说的所有事情都应验了！"

"她……"爷爷吞吞吐吐地说道，"她还好吗？"

"唉，当初我们都认为你死了，唯独她一个人不相信。看来她真的猜对了。"管修说到这里从床上站起身来挥了挥手，两个军官识趣地退了出去。我也会意地转身向外走，谁知却被管修拦住："沐洋，我听宁宁说你正在写一本驱虫师的书，这些你听听没有坏处！"说完又扭过头望着爷爷，爷爷点了点头。

"潘爷，我真不明白当初你为什么要忽然离开？"管修见我坐在沙发上又走到爷爷床头说道，"难道真的是因为燕云？"说着管修扭过头看了看我的手臂。

"那是我欠她的！"爷爷说完痴痴地望着窗外。

"这就是你选择沐洋的原因？"管修中气十足地说道。其实就像我在之前那几部书中所说的那样，关于为什么爷爷要收我这个外姓人跟随他的姓氏，甚至给我取潘沐洋这么一个名字，即便是我的长辈们也未必知道。听到这里我自然是来了精神，好奇地盯着爷爷，心想难道其中还有什么原因。

只见爷爷微微颔首，看来爷爷选择我的原因真的如管修所说是因为欧阳燕云，想到这里我心头一激灵，难道说之前那个屋子里的女人就是……欧阳燕云。可是究竟为什么选择我呢？

听到这里管修沉默不语地坐在床前，下意识地掏出一根烟放在嘴里，自顾自地点上说道："潘爷，她等了你五十年，你不想见见她吗？"

爷爷长叹了一口气，将脸别向一旁，望着夕阳不再说话。而管修似乎要说什么，最后还是没说出口。

"你们在新疆之后究竟又发生了什么事？"我本想打破屋内尴尬的气氛，谁知我的话一出口，两个老者立刻将目光转移到了我身上，我真有些后悔不该在这个时候问这个问题。

谁知过了片刻，两个老者相互对视了一下，爷爷向我招了招手，让我坐在他的身边轻声说道："也该告诉你之后的事情了！"

于是在那个傍晚，伴随着血色夕阳，坐在屋子中的三个人完全沉浸在那段五十年前的历史之中了。

一

秘钥现，奇阵惊现世

　　窗外北风呼啸，鹅毛般的大雪已经连续下了三天三夜，此刻依旧没有任何停歇的迹象。冯万春披着一件翻毛貂皮大衣，敞着怀，神色凝重地用铁筷子在火盆中夹起一块红彤彤的炭火停在半空，双目如炬盯着眼前的炭火，然后长出一口气将叼在口中的烟点燃。

　　他吸了一口烟，白色的烟雾从鼻孔喷出。放下手中的铁筷子，冯万春在大衣内侧翻了翻，掏出一张字条。双肘按在双膝上，靠近火盆轻轻地展开字条，上升的烟雾钻进眼睛，冯万春微微眯了一下眼睛，目光却始终盯着字条，几个触目惊心的鲜红大字：天命秘钥。四个大字下面写着一行细密的地址。

　　冯万春盯着字条愣了一会儿，将字条丢进了火盆中。字条落在炭火上，慢慢卷曲，鲜红的四个大字也随着字条一点点地蜷缩消失在浓烟中，忽然字条从中间和四周燃烧了起来，几个字完全淹没在了火中，却牢牢地印在了冯万春的心头。

驱虫师家族分为金木水火土五系，每一系驱虫师都有本系的独门秘术。土系驱虫师也不例外，除了分水断金，深谙阴阳之术外，更有可以在地下开掘地道的神兵利器——神农，但这些秘术本系入门七八年的弟子都可以学到，唯独这天命秘钥，却是只在土系驱虫师的君子之间代代秘传。虽然冯万春刚刚二十岁便已经当上了土系驱虫师的君子，但让他最感到遗憾的便是自己不曾学过这天命秘钥的秘术。冯万春的父亲在他出生不久便失踪了，这近三十年来冯万春一直不断地打听父亲的下落，结果却让他大失所望，父亲就像是凭空消失了一般。

因此当下午冯万春收到徒弟送来的这张字条时，他震惊了，虽然父亲在他的记忆里极其模糊，然而父亲的字体他是认识的，字条上的几个大字正是父亲所写。一瞬间那种积压在胸口多年的情绪瞬间涌了上来，若不是字条上详细写明了见面的时间和地点的话，恐怕冯万春早已经飞一般地直奔那地点而去了。

他抬起头看了看挂在前面的西洋钟，此刻已经接近午夜。冯万春长出一口气，拍了拍落在身上的烟灰，站起身来熄灭了屋子里的灯，系上扣子推开门走了出去。

大雪依旧扑簌簌地不停落着，整整三天，早已经过了脚踝。冯万春不想惊动其他人，绕到后门离开了冯家大院，三转两转便走到了大路上。街上鲜有人走动，冯万春的脑海里始终记得那张纸条上的地址，脚下毫不犹豫地向前走着。

在转过几个巷口之后，冯万春忽然放慢了脚步，他嘴角微微一撇，然后绕过眼前的大路向一旁的巷口快步走了过去，脚步飘忽不定，时快时慢。就在他走进小巷片刻后，忽然停住了脚步。

"朋友，跟了我这么久，也该现身了吧！"冯万春说着已经将手缓缓地伸向腰间，摸到别在腰间的佩枪。

"呵呵，土系君子的八观果然不同凡响啊！"身后那人的声音虽然不大，却中气十足。冯万春不禁愣了一下，他诧异地转过头，见身后站着一个四十来岁的中年男人，身着一袭黑装，戴着一顶黑色的帽子。

"你究竟是什么人？"冯万春听到他竟然熟知土系驱虫师的秘术，不禁警觉地问道。

"呵呵！冯师傅你为什么会出现在这里？"那人并未直接回答冯万春的话反问道。

冯万春恍然大悟般地道："难道那张字条是你……"

"嗯！"那人点了点头说道，"跟我来吧！"说罢那人转身向一旁的巷子走去，冯万春快步跟在那个人身后，一连串的疑问在冯万春的脑海中不断闪现，眼前这个人究竟是谁？那张字条既然出自父亲的手，那么眼前这个人必定与父亲有联系。

那人带着冯万春从城中转了一圈，最后钻进了一个四合院。中年男人推开门招手让冯万春进来，然后自己伸长脖子向外左右望了望，见左右无人这才关上门。然后引着冯万春走进前面一间屋子中，刚一进屋一股浓重的中药味便扑鼻而来，冯万春微微掩住鼻子，心中的疑惑更胜。

中年男人带着冯万春走进一旁的一间屋子，点燃中间的蜡台，才将一直戴在头上的翻毛皮帽子摘掉，轻轻拍了拍身上的雪笑着道："冯师傅，请坐！"

借着烛火冯万春终于看清了眼前这人的面貌，此人相貌堂堂，目光炯炯有神，却平静如水，说话时脸上始终带着一丝淡淡的微笑。

"您是……"冯万春迟疑了一会儿，又向四周打量了一番，接着说道，"木系潘家的人？"

中年男人微微笑了笑，坐在桌子旁说道："冯师傅果然好眼力！"接着他拱手道："木系君子潘颖轩！"

"啊！"冯万春连忙站起身弓身道，"原来是世叔！"

"冯师傅不必多礼！"潘颖轩站起身，轻轻拍了拍冯万春的肩膀说道，"虽然木系和土系多年鲜有来往，不过今天我从北京来到长春是想告诉你一个秘密！"

"秘密？"冯万春的心头始终挂念着天命秘钥，口中机械地重复着潘颖轩的话。

"对！"潘颖轩早已看破了冯万春的心思，于是微微点了点头道，"这个秘密原本只有两个人知道，那就是我和你父亲！这件事关系到所有人的命运，至少是所有驱虫师的命运。本来我想一直将这个秘密保守下去，可惜我命不久矣，所以我现在要将这个秘密告诉你。"

冯万春不解地盯着潘颖轩，微微点了点头。在接下来的一个时辰里冯万春的嘴一直大张着，不可思议地摇着头。

"原来……原来是这样！"冯万春下意识地从口袋中掏出一根烟放在嘴边，轻轻地捻了几下，直到烟丝从烟卷中散落下来也毫无意识。他沉思片刻接着说："此前确实听闻在这五系驱虫师之外，传说还有一系驱虫师，叫作人草师。本以为只是传言而已，没想到却是真的存在，而且人草师的后人竟然……"

潘颖轩微微点了点头，站起身长出一口气说道："是啊！"

"世叔，那我们现在能做什么？"冯万春终于从刚刚的震惊中幡然醒悟过来。

"我可以相信你吗？"潘颖轩忽然目光如炬地盯着冯万春，冯万春愣了片刻，肯定地点了点头，"嗯！"

"好，当务之急你要做两件事！"潘颖轩低声在冯万春的耳边说道。

冯万春闻言不禁大惊失色道："这……这第一件事我可以帮您做，可是第二件事……我……我怎么能杀你？"

"你必须这样做，而且要在潘俊面前杀我！"潘颖轩用力地抓住冯万春的肩膀坚定地说道，"一定要让他恨你，等到适当的时候你再将实情告诉他。这世界上没有什么比仇恨的力量更大了！"

"可是世叔，我还是不明白！"冯万春激动地站起身来想要辩解什么。可是潘颖轩却只是微笑着摆了摆手，长叹了一口气道："如果不是万不得已，我也不会出此下策！"

冯万春立在原地犹豫片刻，拳头重重地砸在桌子上道："好！"

潘颖轩感激地握住冯万春的手，良久才说道："那我们谈谈具体的事宜！"

"好！"冯万春点了点头，接着两个人靠在桌子前低声商量着什么。片刻之后，冯万春忽然对潘颖轩做了一个嘘声的手势。潘颖轩神色立刻严峻了起来，两个人的视线同时转向窗外。

"喵……"窗外传来一声凄厉的猫叫，接着"哗啦"一声，屋檐的瓦砾从头顶上落了下来，冯万春与潘颖轩两人几乎同时站起来，几个箭步冲到门口，推开门，只见地面上散落着一些瓦砾的碎片和一些凌乱的猫爪印。冯万春抬起头只见一只左腿上带点红毛的花猫正摇着尾巴在屋檐上乱窜。冯万春不禁拍了拍脑袋笑道："看来我有点神经过敏了！"

潘颖轩微微点了点头，有些不放心地向头顶望了望，那只花猫早已经转身离开，只看见一条尾巴。他走到那堆瓦砾前面微微弓下身子，注视了片刻站起身回到屋内。

两个人回到屋内，继续商谈接下来行动的具体事宜。虽然长春地处东北，然而这样罕见的大雪也是极为少见的。在这个风雪交加的夜晚，长春城北一处偏僻的细料库中，一盏煤油灯将两个人的影子映在白色的窗纸上，影子随着煤油灯不停地晃动着。扑簌簌的大雪早已经掩盖住了雪地上散落的瓦砾和凌乱的猫爪印，同时也掩盖住了一串浅浅的脚印。

一直到三更时分，冯万春才向潘颖轩拱了拱手离开。而潘颖轩站在门口望着冯万春远去的脚步，又低下头看了看刚刚留下猫爪印的地方，忽然他像是想到了什么一样，神情骤然紧张了起来，难道是他们来了？想到这里他连忙回到屋里熄灭了灯，然后便离开了。

大约两个月后的一个下午，潘颖轩死在了北平的家中，年仅八岁的潘俊牢牢地记住了杀死自己父亲的凶手——冯万春！冯万春按照与潘颖轩的约定做完了这一切之后，便急匆匆离开了北平城，当天下午便在北平城北的一家小客栈里落脚。

按照事先与潘颖轩的约定，这两个月冯万春一直马不停蹄地四处奔走，疲于奔命。他始终无法忘记潘颖轩说的话，那件关于所有人命运的事。在他完成第一件事之后，返回北平完成了潘颖轩交代的第二件事，此刻他的神经终于放松了下来。

沏上一壶茶，虽然这偏僻的小客栈只有高碎，冯万春却觉得这茶的味道格外清香，较之前所喝到的任何极品名茶都无出其右。他平静地坐在椅子上，享受着片刻的宁静。忽然他似乎听到了什么，神经紧张地放下手中的茶壶，一个箭步冲到窗口，一把推开窗子。

此时已经入春，一股浓重的泥土的香味扑面而来，冯万春站在窗口向远处望了望，窗子对面是客栈的后院，院子里空无一人，只有马厩内的马匹在不停地打着响鼻。冯万春的心里这才稍微平静了一些，他回身拿过一把紫砂壶，双肘支着窗棂惬意地喝着茶，忽然他盯住马厩上徘徊着的一只花猫。那只猫的个头不大，身体十分灵活地在马厩上东跳西蹿，仿佛是在扑着什么。冯万春一边饶有兴趣看着花猫嬉戏，一边喝着茶，忽然他的目光落在了那只花猫的腿上，眼睛像是被蜇了一下。

他急忙放下手中的紫砂壶，三步并作两步走到门口推开房门向楼下走去，客栈里的人并不多，一会儿工夫冯万春便来到了后院，可奇怪的是那只花猫已经不见了。正在这时一个店小二走了过来，见冯万春痴痴地望着马厩的方向，不明就里地顺着冯万春视线的方向望去。

"客官，您在看什么？"店小二奇怪道。

冯万春一怔，扭过头大力抓住店小二的手问道："你们店中有没有一只左腿有一点红毛的花猫？"

冯万春这一抓已经用了六七分的力道，店小二哪里受得了，龇牙咧嘴地摇着脑袋，口中不断重复着："没，没……没有，我们店里从来没有养过猫！"

冯万春似乎对店小二的回答并不满意，接着问道："那这附近有没有那样一只花猫！"

"客官，客官，您放手！"店小二已经疼得满脸通红。冯万春这才发现刚刚自己的失态，连忙放手道歉道："不好意思小二哥，刚刚是我太着急了！"

店小二满脸怨气地揉着自己的手腕，气汹汹地说道："客官你看看这方圆二三十里，都是荒郊野地，除了这家店再无第二家，你说谁会养猫啊？"

冯万春点了点头，店小二的话不无道理，可是那只花猫究竟是从哪里来的呢？他分明记得两个月前他与潘颖轩见面之时，就见到过同样左腿上带着一点红毛的花猫，而此时再次见到，难道这真的是巧合？那未免也太巧了吧！

冯万春百思不得其解地回到房间中，此刻他再无心思喝茶了，而是靠在窗口希望能再次见到那只花猫。然而一直到日落西山，天完全黑下来却再也没有见到那只猫。

整个晚上冯万春躺在床上辗转难眠，满脑子都是那只猫，他隐隐有种不祥的预感。在似睡似醒的时候忽然他感觉脖子上凉飕飕的，刚一醒来便闻到淡淡的茶香，一个危险的念头立刻冲进了他的脑海，他刚想起身却发现身体像是被什么东西固定住了，根本动弹不得，正在这时他注意到一个黑影正端坐在不远处的椅子上，手中握着一个紫砂壶。

"你是什么人？"冯万春警觉地问道。

"呵呵，你终于醒了！你不需要知道我是什么人，只要我知道你是谁就足够了！"那个人的声音沉稳中透出一丝不可抗拒的威严。冯万春一边听着对方的话，一边暗中轻轻用力想要让身体摆脱束缚。

"你还是省省力气吧！"那个人说着从椅子上站起身来缓缓地在屋子里踱着步子。

"喵……"随着一声猫叫，一只花猫从窗口蹿了进来，那人低着头将那只花猫抱在怀里爱怜地抚摸着。

"这只猫……"让冯万春心神不宁的猫终于出现了，只是此时它的出现却让冯万春更加心神不宁。

"冯师傅，你的废话太多了！"那人冷冷地说道，"现在你能做的只有一件事，那就是老实回答我的问题，否则……"那个人顿了顿冷笑道，"我既然能在神不知鬼不觉的情况下出现在你的身边，那么如果我杀你也不在话下！"

冯万春心里明白这个人所言非虚，自己有土系驱虫师秘术八观，别说是近身即便是身在数里之外的人也能听得一清二楚，但却对他毫无防备。虽然不知道这个人是如何做到的，但是他两次都能在冯万春神不知鬼不觉的时候出现，一定也绝非善类。

"你究竟要问什么？"冯万春有些愤怒地说道。

"两个月前的那天晚上，潘颖轩和你说了些什么？你为什么要杀了他？"那人顿了顿说道，"还有，你父亲在什么地方？"

对于前两个问题，冯万春曾经答应过潘颖轩绝对不对第三个人说。而最后一个问题却让冯万春一惊，他连忙追问道："我父亲？他不是已经过世了吗？"

"看来你还一直被蒙在鼓里，你父亲没有死！至少一年前我见到他的时候还没有死！"那个人的语气缓和了下来，他缓缓地来到冯万春的床头说道，"潘颖轩是最后一个知道你父亲下落的人，现在也已经死了，恐怕这个世界上再也无人能找到他了。如果天命秘钥也从此消失的话，恐怕对于所有的人来说也未免不是一件好事！"

"你……你这话是什么意思？"冯万春不解地问道，"你究竟是什么人？"

"你真的想知道？"那个人反问道。

"难道你是人草师？"冯万春在黑暗中打量着眼前的这个人。他轻轻地叹了一口气，微微地摇了摇头，在冯万春的耳边低语了几句。冯万春如晴天霹雳一般，他错愕地望着眼前的这个人，"你……"

那个人微微地笑了笑，站起身来向门口走去，在关上门的瞬间那人道："明早你醒过来我希望你忘记今天晚上所发生的一切！"说罢那个人便轻轻地关上房门，冯万春甚至没有听到一丝脚步声。

翌日清晨，直到小二敲门冯万春才苏醒过来。他忙不迭地从床上坐起来，发现自己依旧躺在客栈的那张小床上，身上并无捆绑的痕迹。他不禁紧紧地皱起了眉头，难道昨晚发生的一切只是自己的噩梦？忽然他的目光落在桌子上的一绺红色猫毛上，冷汗顿时从脊背冒了出来。

两天之后，冯万春赶回了长春，接下来的几年，冯万春一直在暗中调查一件事。这件事他之前曾经听说过，不过那也只是个传说而已。在驱虫师家族之外还有一个秘密组织，那个组织的名字叫作：天惩。

傍晚的西北风卷着狂沙，遮天蔽日。落日西沉，血色残阳将火焰山照得宛如山顶上燃烧的熊熊大火。在火焰山对面欧阳家的老宅里，火系驱虫师欧阳家数十个门徒歪歪斜斜地倒在桌子旁。

欧阳燕云神色凝重地挡在众人前面，欧阳燕鹰带着几个荷枪实弹的日本人站在她对面。

"燕鹰，让我见识见识你从日本人那里学到了什么？"燕云冷冷地说道。

燕鹰嘴角微微敛起，略有些不屑地说道："姐，你不是我的对手！"燕鹰这句话所言非虚，虽然燕鹰的年纪较之燕云要小，而且对于火系驱虫之术也没有燕云那般熟稔，但毕竟男孩子，对于操纵皮猴这类火系家族技术却更胜一筹，当初在安阳潘家旧宅的后山上二人就曾交过手，当时若不是巴乌忽然杀出，恐怕燕云会吃大亏。再加上现在燕鹰操纵的是日本火系支族的皮猴，较之新疆火系家族的皮猴体型更大，力量更强，如果真的和姐姐斗起来，自己自然是占尽了上风。

"她……"燕鹰指着站在燕云后面的时淼淼说道，"历来水火不相容，我的对手是她！"话音刚落燕鹰已经闪到时淼淼近前，正要进攻时淼淼，却被燕云挡住了去路。

"姐，你真的要与我生死相搏吗？"燕鹰见燕云始终挡在自己前面怒吼道。他的话音未落，只听"啪"的一声，燕云重重地给了燕鹰一记响亮的耳光。燕鹰只觉得脸上一阵热辣辣的疼痛。

　　自从父母离开之后，燕云与燕鹰姐弟二人在爷爷的陪护下相依为命，燕云从小便对燕鹰呵护有加，倍加爱护，如同母亲一般，从未碰过弟弟一个指头，即便二人在安阳斗得不可开交，但都念及往日亲情，只想争个高低而已。而此时此刻，平日里如此关爱自己的姐姐竟然对自己大打出手，这确实出乎燕鹰的意料，他一边摸着微微隆起的脸，一边不可思议地望着燕云，只见燕云眼角含着泪水说道："你我姐弟缘尽，如果你还想以命相搏的话，我奉陪到底！"

　　燕云的声音在微微颤抖，这几句话燕云几乎用尽了全身的气力。燕鹰低着头深吸一口气，然后扑通一声跪在燕云的面前："姐，谢谢你这么多年对燕鹰的照顾！"说完燕鹰在地上磕了三个响头，然后站起身来道，"我不会手下留情的！"

　　燕云微微笑了笑，然后在时淼淼的耳边轻轻耳语了几句。时淼淼听完一把拉住燕云的手低声说道："燕云，你带着大家走，我去！"

　　燕云轻轻抽出被时淼淼握紧的手，强忍着泪水从嘴角挤出一丝微笑说道："这是我们欧阳家的家事，得我亲自动手！"说完她扭过头瞥了潘俊一眼，然后转身对着身后的燕鹰说道，"你还记得我们从小训练皮猴的地方吗？"

　　燕鹰点了点头。

　　"好，那我们就在那里了结这一切吧！"说完燕云头也不回地向后院走去，燕鹰望着姐姐的背影转身对日本人说道："把这些人看住，一个也不能跑！"他刚走出几步又停下来指着时淼淼说道，"那个女人的功夫很不错，一定要小心！"

　　几个日本人在燕鹰离开之后便将潘俊和时淼淼几个人围在中间。

　　"段姑娘，难道你真的准备和燕鹰一起与我们作对吗？"潘俊不解地望着始终站在不远处一直沉默不语的段二娥说道。

　　"呵呵！"时淼淼忽然冷笑道，"潘俊，她根本不是段二娥！"

　　"啊？"潘俊诧异地望着时淼淼。

"她的脸上不过是一层呆板的人皮面具而已！"时淼淼是易容术的行家里手，她早已经注意到进来的段二娥表情木讷，而且沉默不语，想必是易容术只学了一个皮毛，不能改变声音，怕对方揭穿。

听时淼淼这样一说，"段二娥"立刻紧张地向后退了退……

正在这时，一个日本人立功心切，刚上前一步，一只脚还未落地，只见时淼淼的袖口里一道白光闪过，三千尺从袖口甩出正中那日本人的脚踝，那个日本人脚上吃痛，"哎哟"一声跌倒在地。余下几个人连忙将其搀扶起来，而此时那个日本人的脚踝已经多了一个拇指大小的洞，鲜血汩汩地从里面流淌出来，其余人扶着那个日本人向后撤了几步，不敢再上前来。

夜风已冷，新疆地处西北高寒地带，昼夜温差极大，白天骄阳似火简直要将人晒化，而一旦到了晚上却又寒冷异常。时淼淼望着围困着自己的几个人，虽然有三千尺在手，但是她也清楚这些日本人的手段，他们不但对三千尺了如指掌，更兼其他几系驱虫师的秘术，若想脱身甚是困难。而潘俊自从来到新疆之后身体便一直虚弱不堪，如果想要带着一行人逃出，只能伺机而动。

这段时间过得极慢，时淼淼和潘俊在想脱身的办法，而对面的日本人经由刚刚时淼淼那一出手便如同惊弓之鸟，谁也不敢擅动。而在燕云与燕鹰两个人离开后不久，便传来了一阵凄厉的笛声，那是火系召唤皮猴所用的短笛发出的。

大约过了一刻钟的光景，忽然院子外面传来了几声枪响，院子中所有人都是一惊，几个日本人更是诧异万分。其中一个人匆忙向外跑去，时淼淼奇怪地望了潘俊一眼，潘俊也是眉头紧锁神色严肃，似乎对刚刚发生的一切也是一头雾水。不一会儿刚刚出去的那个日本人神色慌张，一脸惊恐地从外面奔进来大声喊道："死了，都死了！"

"什么？"其中一个日本人抓住他的领子大声呵斥道，"你慌什么，出了什么事情？"

"所有人，所有人都死了！"那个日本人惊恐万分地说道。

"是谁？是谁干的？"他的话音刚落只见眼前的日本人眼神痴迷地望着头顶，潘俊和时淼淼也顺着头顶的方向望去，只见房脊的黑暗处竟然出现了一两个闪烁的光点，渐渐地更多的光点开始闪烁。

"就……就是这些！"那日本人颤着声说道，话音刚落只见一个光点如同流星一般"嗖"地从房顶上滑下来，不偏不倚正好落在那个日本人身上，紧接着更多的光点似乎找到了目标纷纷向日本人身上扑来。顷刻间那个日本人的身上燃起了熊熊烈火，抓着他的那个日本人连忙放手，向后退了几步，看着眼前的日本人在烈火中哭喊了一会儿便倒在了地上，余下几个人面面相觑不约而同地向外奔去。

潘俊和时淼淼对视了一下，这种东西他们曾经在安阳的潘家旧宅中见过，可是怎么会出现在这里？此刻已经来不及多想，他们深知这种东西的厉害，一旦上身便会立刻燃起大火，可奇怪的是那些飞虫似乎对潘俊等人没有丝毫兴趣，相反却紧追着跑出去的日本人不放。

潘俊见日本人离开，便吩咐时淼淼到后面取来一些凉水，将现场的人都救醒，而自己则孤身一人奔出了欧阳家的宅子。

走出院子，外面漆黑一片，远近处星星点点地燃烧着数十个火堆。潘俊心下骇然，慢慢地向其中最近的那个火堆走去，还未靠近，一股刺鼻的焦味便冲进鼻孔，几欲令人呕吐，潘俊以手护面掩住步子靠近那堆火，只见火焰中有数节被烧成灰黑色的骨头。

潘俊从一旁捡起一截木棍小心翼翼地翻弄着火堆，忽然他停下了手上的动作，一种不祥的预感悄然地爬上心头，他猛然抬起头，只见距离自己不到三丈的地方站着一个黑衣人。

"你是谁？"潘俊本能地问道，随即右手下意识地摸到腰间，只是此时青丝并未在他的身上，他略微有些慌张。

"呵呵！"冷笑了两声，声音干涩却让人心惊，"难道你不应该先谢谢我救了你们！"

"你究竟是什么人？"潘俊站起身向眼前那人走去，谁知刚走了两三步，忽然黑暗处竟然闪出几个蓝莹莹的亮点，潘俊心知这是对他的警示，犹豫片刻停下了脚步。

"潘俊，这已经不是我们第一次见面了！"黑衣人的声音夹杂在风中有些飘忽不定。

"不是第一次？"潘俊一边重复着黑衣人的话，一边在大脑中寻找关于那个黑衣人的蛛丝马迹。

"我们第一次见面是在北平城外的乱坟岗！"黑衣人提醒道。

潘俊的记忆立刻回到了一个多月之前，当时为了寻找金顺的下落，潘俊来到了北平城外的乱坟岗，那是金顺的安身之处。谁知金顺诈死，在金顺安身的墓穴中发现了一具失踪已久的妓女尸体。恰在此时方儒德带着手下急匆匆赶到了那片乱坟岗，将潘俊和子午当成是杀害妓女的凶手带回警察局，可不想半路上却遇见一个黑衣人。

"原来是你！"潘俊凝视着眼前的黑衣人。

"怎么，想起来了？"黑衣人的语气中不无讥讽，他冷笑着说。

"你们究竟是什么人？"潘俊疑惑地问道，他的话音刚落便听到身后传来了一阵脚步声，潘俊连忙转身，见时淼淼带着刚刚苏醒过来的欧阳雷火一干人，跌跌撞撞地从欧阳家的老宅里走出来。等他再次转过身的时候发现那个黑衣人已经无影无踪了。

"这些……"时淼淼一边走一边惊惶地望着那数十个火堆，"这些都是日本人的尸体？"

"嗯！"潘俊点了点头，望着黑衣人离开的方向幽幽地说道。

"什么？"说话的是欧阳雷火，老头子虽然刚刚苏醒过来，但已恢复了意识，他望着这些火堆说道，"这些人难不成都是被活活烧死的？"

"嗯，是啊！"时淼淼虽然见识不浅，但回想起刚刚那些虫杀人的一幕却仍心有余悸。"这种杀人的虫在安阳潘家的旧宅曾经见过，可是它们又是怎么跑到这里来的呢？"

"什么？丫头，你说什么？潘家旧宅有这种杀人虫？"欧阳雷火激动地抓着时淼淼的肩膀询问道。

欧阳雷火实在不敢相信自己的耳朵，因此手上力度极大。时淼淼强忍着疼痛微微点了点头，说道："是啊，之前我们在潘家的旧宅中就见识了这种虫的威力！"

"不可能！不可能！"欧阳雷火松开手不停地摇晃着脑袋，坚定地说道，"绝不可能，这不是属于木系潘家的秘术，甚至不是属于驱虫师的秘术！"

"咦！"时淼淼惊异地望着欧阳雷火，他话中的意思显然是知道这些虫的来历，"欧阳世伯，难道您知道这虫的来历？"

欧阳雷火抬起头神情复杂地看了时淼淼一眼，又扭过头看了看潘俊，然后幽幽地说道："这种虫只属于一种人！"

"什么人？"时淼淼神情紧张地追问道。

"天惩！"

"天惩！"

潘俊和欧阳雷火几乎异口同声地说道，话音刚落只见欧阳雷火也惊异地望着潘俊道："你也知道落网？"

"嗯！"潘俊长出一口气道，"多年前我曾经在一本古书上看到过关于天惩的事情，但是那本书的撰写者想必对天惩也不甚了解，只是一笔带过。本以为那只是一个传言而已，谁知之前我曾见到一个黑衣人，那个黑衣人自称自己属于一个叫作天惩的组织。当时我立刻便想到了曾经看过的那本书，那时候我才相信原来天惩真的存在。"

"是的，天惩真的存在！"欧阳雷火平日里说话总是带着七分火气，而此刻却变得心事重重，他猛然抬起头想要说什么，却欲言又止。

正在这时欧阳烟雷急匆匆地从院子内奔出来，金素梅紧紧地跟在欧阳烟雷身后追了出来。只见欧阳烟雷上气不接下气地说道："时姑娘，你是说燕云和燕鹰两个人在他们小时候训练皮猴的地方决斗吗？"

"对，燕云曾经带我去过。"时淼淼说到这里似乎感觉哪里不对，"难道他们不在？"

欧阳烟雷连连点头，说道："刚刚我和素梅两个人醒来便赶到那里，可是上面除了两只日本火系的皮猴之外便再没有什么了！"

"怎么会这样？我和潘俊一直在宅子里，如果他们出来的话我们一定能看到的，难道还有别的出口？"时淼淼试探着问道。

可是欧阳烟雷却无奈地摇了摇头："那里是我们欧阳家世代训练皮猴的地方，而上去的路只有那一条密道，也是先人挖掘出来的，在那对面都是悬崖绝壁。"

欧阳雷火听完他们的话道："咱们再去看看！"

说完欧阳雷火带着潘俊、时淼淼、欧阳烟雷和金素梅返回到欧阳家的老宅中，几个人来到燕云的房间。欧阳家苏醒过来的徒弟们早已经守在了密道的入口处，见欧阳雷火纷纷鞠躬，欧阳雷火此刻顾不上这些，首先进入了密道，余下几个人紧随其后鱼贯而入。

密道很窄，是前人在石头上开掘出来的，两旁还留着深深的印痕。待所有人都进入密道之后，欧阳雷火便吩咐徒弟们看好密道的入口，谁也不准进入。几个人沿着幽深的密道向前走着，这条路是一直通向东面山顶的，大概一刻钟的时间，一行人终于从密道中钻了出来，来到一块开阔的平台之上。从这平台向前可以鸟瞰火焰山的全貌，向下便是欧阳家的老宅，所有人的举动尽收眼底。

欧阳雷火在这平台之上细细地观察着，目光敏锐，神情紧张，一直以来时淼淼都觉得欧阳雷火的性格便如同他的名字一般，火暴异常，点火就爆，但此刻的欧阳雷火却变得如此细腻。他仔细地将这平台上留下的所有脚印观察一遍，最后在洞口的地方停了下来。

"爹，怎么样？"欧阳烟雷望着沉思中的父亲终于还是有些沉不住气。

欧阳雷火从沉思中回过神来，看了看身边的几个人说道："恐怕他们两个真的找到了另外一条路！"

"另外一条路？"四个人无不惊讶地望着欧阳雷火。即便欧阳烟雷自小在这宅子中长大，却从来不知除了密道之外还能有其他的路，他连忙追问道："难道真的让这位时姑娘猜对了？还有另外一条路通到这里？"

欧阳雷火摇了摇头说："通到这里的路确实只有这一条，不过在这密道之中却隐藏着另外一条路！"

"隐藏着一条路？"欧阳烟雷从未听父亲提起过这件事。

"是的！"欧阳雷火拍了拍欧阳烟雷的肩膀说道，"其实这件事本应该早点告诉你，只是还未等时机成熟，你已经失踪了！"

"爹，这究竟是怎么回事？"欧阳烟雷不知道自己的家族之中究竟还藏着怎样的秘密。

"欧阳家的旧宅已经在这里屹立了上千年，听祖上说欧阳家的秘宝曾经被安放在一个极其隐秘的所在，那个地方的入口就在这密道之中。这秘宝是我们家族的传世之宝，因此历代火系驱虫师的君子都希望能将秘宝保存在最为隐秘安全的地方，而这个传说中的密室便是最安全的地方。于是几代火系驱虫师的君子费尽心思，在这洞穴之中寻找着那个传说中密室的蛛丝马迹。甚至找遍了密道中的每一寸地方，希望能发现密道的机关或者入口，然而两三百年过去了，所有的努力最后都变得徒劳无功！"欧阳雷火靠在密道的入口处长出一口气，轻轻地拍打着自己的膝盖。

"最后先辈们放弃了寻找密道的计划，为了防止秘宝丢失便请金系驱虫师帮忙设计了一个极其精密的机关楼，用它来保护秘宝。因此关于密道另外一个入口的事情也便成了一个传说。"欧阳雷火说完站起身来道。

"可是，既然几代人都不曾找到密道的入口，他们两个是怎么发现的！"金素梅焦急地说道，"而且谁也不知道那个密道是不是真的存在，即便真的存在，我们也不知道密道里会有什么危险！"

金素梅的话说出了所有人的担忧。即便传说中的那个密室真的存在，恐怕里面也会是机关重重，两个孩子进入稍有不慎便会有生命危险。

"我看这样！"潘俊在欧阳雷火说话的时候一直在沉思，此刻他走到欧阳雷火身边轻声说道，"欧阳世伯，我想如果我们双管齐下，一方面派人围绕着宅子方圆十里寻找他们二人的踪迹，另一方面在这密道中寻找传说中密室的入口。"

"嗯，也只能如此了！"欧阳雷火点了点头，对欧阳烟雷说道，"烟雷，你带着弟子们出去，围绕着这所宅子方圆二十里寻找他们姐弟的踪迹，不能放过任何蛛丝马迹。"他顿了顿又道，"我和潘俊还有时丫头三个人寻找密道的入口！"

"嗯！好的！"说完欧阳烟雷带着金素梅一刻也不敢耽误，走进了密道。欧阳雷火见二人离开密道之后，转过身对潘俊和时淼淼低声说道："一会儿你们两个跟着我，我要带你们两个去见一个人！"

"见一个人？"时淼淼和潘俊二人面面相觑，不知欧阳雷火的葫芦里究竟卖的是什么药。

火焰山，牢狱碧眼人

欧阳雷火微微点了点头，然后带着潘俊和时淼淼走进了密道。再次进入密道潘俊忽然觉得眼前有些恍惚，脑子阵阵眩晕，时淼淼连忙扶住潘俊。

"你没事吧？"时淼淼用难得的柔和语气问道。

潘俊摇了摇头："恐怕我的身体还不能完全适应这里的气候，没什么大碍，走吧！"

说完潘俊跟着欧阳雷火沿着密道一直走出来，密道的出口依旧被几个弟子把守着。他们离开之后，欧阳雷火仔细将密道的入口锁好，这才引着潘俊和时淼淼向后面的院子而来。

果然如欧阳雷火所说，欧阳家的宅子已经将近千年了，这院落也是一层套着一层，廊回小径蛛网交错，越是向内走，那些小路便越错综繁复。当他们走进最后一个院落的时候，只见院子之中假山林立，怪石丛生，有的如麒麟降世，有的如猛虎下山，与苏州园林的旖旎柔美不同，这里的园林更显粗犷雄壮。潘俊与时淼淼跟着欧阳雷火一直沿着假山中的小径向里面走去，在其中一座假山前面欧阳雷火停了下来。

那座假山怪石嶙峋，一股水柱从假山石缝间汩汩流淌，流入一旁的水池之中。欧阳雷火在假山上摸索片刻，之后在其中的一块石头上缓慢叩击了两下，接着又急促地叩击了三下。停顿片刻之后那水柱缓慢减弱，当那水柱彻底消失的时候，只听"轰隆"一声，假山中竟然开出一个洞口。潘俊和时淼淼对视一下均感诧异，没想到欧阳家竟然也有如此隐秘的机关。

欧阳雷火闪身让潘俊与时淼淼进入洞口，自己紧随其后。那洞口在他们进入片刻之后便在一阵"轰隆"声中缓缓消失，洞内湿气极重，洞顶间或掉下一两滴水落在潘俊和时淼淼等人的身上。下有台阶数级，欧阳雷火进入之后便轻轻地拍了拍手，片刻之后洞内竟然燃起火光，那火光迫近，照出一个人的身影。当那人看见远处的欧阳雷火时，连忙三步并作两步走上台阶轻声道："师父，您回来了！"声音满含苍老。

潘俊见那人心头不禁一紧，此人头发凌乱蓬松，胡须已经接近胸口，双目失明，只有两个白色的眼球在眼眶中乱转。

欧阳雷火连忙扶住他说道："那三，这些年有劳你了！"

"师父您这说的是哪里话，既然是您吩咐我做的，就算是那三死了也是理所应当的！"眼前自称是那三的徒弟毕恭毕敬地说道。

欧阳雷火满意地点了点头，拍了拍那三的肩膀说道："他……还好吧？"

"好，好！"那三连连点头道。

"那带我们去见见他吧！"欧阳雷火轻声说道，语气中带着一丝长久压抑的疲惫。

"嗯，师父您跟我来！"那三说完举着火把一步步地沿着台阶向前走。时淼淼见状在潘俊耳边轻声说道："他……真的是瞎子？"

未等潘俊回答那三便嘿嘿笑道："是，我十岁双眼便瞎掉了，到现在已五十多年了。"

"是啊，你来到这儿也有四十年了吧！"欧阳雷火意味深长地重复道，"那三虽然眼睛看不见，但是耳朵却比一般人更灵。"

"嘿嘿！"那三听到欧阳雷火的夸赞自然喜不自胜，"师父，您有整整十年没有来过这里了吧！"

"嗯，十年没有来过了！"欧阳雷火说这句话的时候心中有些惭愧，"那三你有没有埋怨过我，这几十年都将你放在这个整天不见天日的因牢中，看守着他。"

"唉，师父，若不是我十岁那年您救了我，说不定那三早就被豺狼虎豹吃了去，我不怪你，师父，这世上再没有人比我更适合看守他了！"

接着大家便谁也不说话了，耳边只有滴水声和踩在台阶上的脚步声，这台阶一直螺旋下降，整整有五十多级，当他们到了最下面的一级台阶的时候，那三停住了脚步，眼前豁然开朗，一个圆形的大厅，里面挂着数十盏煤油灯，大厅里有一张简陋的床和几把缺胳膊少腿的桌椅。在大厅的对面有一道石门，石门的下面有一个一尺见方的方形口子，大概是用来给里面的人送饮食所用。

几个人进入大厅，那三殷勤地搬过一把缺了一条腿的椅子放在欧阳雷火面前，接着拿过一块木板垫在下面请欧阳雷火坐下，又去帮潘俊和时淼淼搬来椅子坐下。这才恭恭敬敬地走到欧阳雷火面前跪在地上道："师父在上，受弟子一拜！"

欧阳雷火连忙搀起那三，上下打量着这个简陋的大厅满是愧疚地说道："那三，你受苦了！"

"师父这是哪里话，能帮师父分忧已经是我那三的福分了！"那三笑了笑，"师父，你现在要见他吗？"

"等等！"欧阳雷火扭过头望着潘俊和时淼淼说道，"这个因牢和那个传说中的密室一样，都是与欧阳家的这所宅子几乎同时建起来的。这因牢也消失了很久，几乎被人遗忘了，一个机缘巧合的机会被前两任君子发现，这才有了现在之用！"

"欧阳世伯，这里面囚禁的是什么人？"时淼淼好奇地问道。

欧阳雷火长长地叹了一口气刚准备开口，只听对面的牢房中一个人朗声大笑道："整整三十五年了，你终于肯来见我了，想必那些事情发生了吧！"

外面狂风肆虐，风沙漫天，欧阳烟雷和金素梅带着几个弟子，骑着几匹马从前后两门离开了欧阳家老宅。马蹄有力地踏在地面上，在他们脚下的地道中一颗吸足了水的水珠被震了下来，正好落在燕云的鼻子尖上，她一激灵睁开了双眼，只见眼前一片漆黑，伸手不见五指，一股刺鼻的霉味冲进鼻孔，让她连连打了几个喷嚏。

她在黑暗中不停地摸索着，就像是一个盲人。她首先摸到的是冰冷潮湿的地面，一层黏糊糊的东西抓在手上，接着她的手碰到一个毛茸茸的物事，燕云一惊不禁尖叫了起来。

这声尖叫宛如具有某种穿透力一般，刺痛了身在北平城中的子午的耳朵。

子午齾地从床上坐起来，额头上满是汗水，眼前黑乎乎一片，他圆睁着眼睛张大嘴不停地喘着粗气，刚刚他做了一个噩梦，梦中他看到燕云被困在一个没有门的密室之中正在呼唤自己的名字，而自己的嘴像是被东西塞住了无论如何也发不出一丝声音，就这样子午被硬生生地从噩梦中憋醒了。

"子午，子午！"子午喘息了一会儿呼吸渐渐平静了下来，他侧着耳朵听到门外确实有人在小声地喊他的名字。他穿上衣服走到门口贴着门轻声说道："你是谁？"

"我是管修，快点开门！"管修虽然将声音压得很低，但语气中依然掩饰不住他的急迫。

子午连忙推开门，只见管修正贴着子午的门口向外张望着，见子午开门立刻闪身钻了进去。子午向外望了望，然后小心翼翼地关好房门。

管修进了房间之后三步并作两步来到桌子前倒上一杯水，一口气将整整一杯水都喝了个精光，子午关上门站在距离管修一两米的地方望着他。待管修放下杯子之后他才走过来说道："这么晚来找我，难道是小世叔他们出了什么事？"

管修擦了擦额头上的汗说道："我刚刚从特高课回来，你知不知道松井尚元为什么要抓龙青？"

"啊？"管修此言一出，子午立刻紧张了起来，他快步走到管修身旁低声说道，"龙青被松井尚元抓起来了？"

管修点了点头道："嗯，我知道龙青和小世叔关系密切，唯恐松井尚元又准备做什么对小世叔不利的事情啊！"

"你的消息准确吗？"子午神情有些慌张地问道。

"没错，我亲眼所见，龙青被松井尚元关在特高课的看守所里！"管修是聪明人，见子午这般慌张已经猜出其中必有什么蹊跷，于是接着问道，"难不成这件事真的和小世叔有关系？"

子午本也是日本特务，隶属于特高课，他对特高课审讯犯人的手段了如指掌，落入特高课的手里便如同进了十八层地狱，不死也要脱层皮，一般人极难能从他们手中活着走出来。想到这里子午一屁股坐在了椅子上。

"子午，你告诉我究竟发生了什么事情，龙青是不是知道些什么？"管修向来沉得住气，凡事即便内心焦急如焚，外表却依然平静似水，唯独这次。管修凭借着多年来的经验，敏锐地嗅到了这其中似乎隐藏着一些不可告人的秘密。

"大概半个月之前，时姑娘来到北平城接小世叔的姐姐，在临行之前她曾经交代过我和龙青一件事。"子午一边说一边回忆着。

当天下午，当时淼淼劝说了潘苑媛陪同自己一起去新疆，之后便从那间房间走出来正要离开，时淼淼扭过头对龙青说道："龙青，这段时间谢谢你在北平的照料，不过还要麻烦你帮我做最后一件事！"

"嗯，姑娘请说！"龙青这个人虽然是黑白通吃，但却是一个侠肝义胆之人，性格直爽。

"你在北平的人脉广，也熟悉日本人，帮我调查一个人！"时淼淼犹豫片刻说道。

"哈哈，找人我龙青最拿手，姑娘你说让我帮你找谁？只要他尚在北平城，那么就算是掘地三尺，我也能帮你把人带到你面前来！"龙青拍着胸脯说道。

但时淼淼却绝没有龙青那般轻松，她踌躇片刻说道："龙青这件事你要想清楚，如果我所料不错的话，恐怕这件事会给你带来杀身之祸！"

这句话着实让龙青犹豫了起来，他见时淼淼的表情并不像是在开玩笑，过了一会儿龙青郑重其事地说道："姑娘，你信得过我龙青吗？"

时淼淼点了点头。

"呵呵，那就好！"龙青自嘲地笑了笑说道，"既然姑娘你信得过我龙青，就算为了您这番信任，我龙青豁出这条命也值得，你告诉我要找谁吧！"

时淼淼犹豫地向身后瞥了一眼，潘苑媛和子午立刻会意地笑了笑，两个人识趣地向外走去。待他们出去之后时淼淼才叹了一口气说道："龙青，我想让你帮我调查的那个人关在炮局监狱！"

"炮局监狱？"龙青在北平城中的人脉极广，不管是地痞流氓抑或是达官显贵，甚至日本军界高官也都与之有所往来。炮局监狱龙青早有耳闻，虽然那监狱极不起眼，却不知何故被日本人把守得如同铁桶一般，普通人别说是进去，听到这炮局监狱的名头便已经不寒而栗了。"姑娘，说到这炮局监狱我还真想起一件蹊跷的事情！"

"嗯？"时淼淼一脸狐疑地望着龙青。

龙青皱了皱眉头说道："可能你有所不知，北平城有句老话叫'臭沟开，举子来！'每年一到开春北京城拥堵了一年的小水道便积满了臭泥，都需找专门的人清理。几年来全部由日本人交给帮会来做，前面进展得都很顺利，可谁知差错就出在了炮局监狱那一段的下水道上。"

"究竟出了什么事？"时淼淼见龙青一脸惊恐的样子问道。

"清理炮局监狱那段下水道的时候是个下午，工头忽然跑到我的住处和我悄悄说在那段下水道里发现了一些东西！"龙青一边回忆一边说道，"当时我追问他究竟发现了什么，他一直吞吞吐吐，支支吾吾，只是想让我跟着他到那下水道里看一看。你也知道小世叔，那下水道囤积了一年的臭泥，臭味熏天，所以我当时也有些为难，推诿说第二天去工地上看看。可谁知当天晚上松井赤木忽然而至，他告诉我炮局监狱那段的下水道将由日本人接手清理，让我将清理炮局监狱下水道所有参与人员的名单交给他！"

"当时他来得太突然，我心知这些小日本必定是在里面藏着什么秘密。于是便故意拖延时间，暗中派人将那个工头偷偷藏了起来，交给松井赤木一份并不完整的名单。果不其然，第二天那名单上所有的人都像是人间蒸发了一般！"龙青叹了一口气说道，"十有八九是遭遇不测了。后来我发现很长一段时间我身边都有日本人在暗中监视，因此也未敢轻易与那工头见面。直到那件事情过去半年之后我才与那个工头再次见面，从他口中得知他们在清理那段下水道的时候竟然发现了另外的一条密道，出于好奇工头带着几个人冒险摸了进去，谁知那个密道竟然有百米深，应该已经深入到炮局监狱的内部了，他们行到密道的起点发现了一扇锈迹斑驳的铁门，铁门周围都是用混凝土建筑而成的。谁知道我只是与工头见了一面，第二天那个工头便与之前的工人一样离奇地人间蒸发了。直到后来我才知道，原来是日本人安插在我身边的奸细泄的密！"

"地下混凝土建筑？"时淼淼柳眉微蹙，口中重复着龙青的话。

"嗯，后来我曾秘密派人调查过这件事，据说炮局监狱之中确实有两间混凝土建筑而成的地下牢房，可却几乎无人知道其中究竟关着什么人！"龙青的眉毛微微动了动说道，"难不成姑娘让我调查的就是这牢房中的人的身份？"

时淼淼点了点头，长出一口气说道："对，你猜得没错！不过既然你已经知晓其中的利害，如果害怕牵连自己的话也没有关系！"

没想到时淼淼话音刚落，龙青竟哈哈大笑起来，那笑声中满是轻蔑："姑娘你也忒看扁我龙青了，虽然我不是什么正人君子，但是盗亦有道。别说是潘爷曾经救过我一命，就算是为那些枉死的兄弟，我这条性命又算得了什么！"

管修坐在对面一字不落地听完子午讲的这件事情的经过之后，整个人陷入了沉思。他眉头紧锁，下意识地从口袋中掏出一根烟叼在嘴里，却忘记将烟点燃。过了片刻管修终于开口道："这件事都谁知道？"

"只有我和龙青两个人！"子午接着补充道，"为了保密起见，自从那之后我和龙青只秘密见过两次面，而且时间和地点都是经过慎重考虑之后安排的，应该不会泄露出去，那次我们会面的时间极短，他只是告诉我那件事已经有些眉目了。"

"这么说来松井尚元并不知道你们暗中调查炮局监狱的事情！"管修点上一根烟，人渐渐地平静了下来，思路也越发地清晰了起来。

"应该是这样的，不过我了解松井尚元这个人，因为松井赤木的事情他早已经对小世叔恨之入骨，一旦他发觉龙青和小世叔有关系的话，恐怕也难活着走出特高课的刑房啊！"子午不无忧虑地说道。

"是啊！"管修吸了一口烟，长长地叹了一口气说道，"这件事我不好插手，虽然我现在身在特高课，可毕竟我是中国人，很多东西都难以接近，恐怕还需要你想一点办法。"

"嗯！"子午想了想说道，"现在几点？"

"十一点半！"管修看了看表说道，"你想做什么？"

"应该还不算晚，我现在就去特高课！"子午站起身从一旁拿过外套一边穿衣服一边说道，"现在这个点儿应该正是审讯的时候，往往犯人在这个时候身心疲惫，稍微用刑的效果最佳！"

"嗯！"管修点了点头。

"你先在这里等我一会儿，顺利的话一个小时之内我就会赶回来！"说完子午推开门离开了家。

　　九月的北平城已经接近初秋，天气微凉，秋高气爽，天空异常晴朗，繁星密布，子午走到外面仰起头，深吸了一口气，走出巷口不久便坐上了一辆洋车，直奔北平城宪兵司令部而去。

　　宪兵司令部北平方面设在铁狮子胡同，原中国军队宋哲元第29军司令部的所在地，这段时间北平的局势异常紧张，晚上经常施行宵禁，因此路上的行人稀少，洋车穿大街过小巷，用了二十分钟左右的时间便来到了狮子胡同口。

　　子午下车给了钱便径直向宪兵司令部的方向走去。特高课是日本间谍组织，建立于19世纪末20世纪初，隶属于日本内务省。最初的特高课是一个特高课首脑——土肥原贤二应付国内事变的机构，但随着日本侵略中国和远东的需要，其职能也开始逐渐转化，开始隶属于宪兵司令部。

　　对于特高课子午简直了如指掌，他自从离开潘俊之后便被安排在了这里。刚一走进特高课所在的院落，远远地便传来一阵撕心裂肺的惨叫声，子午停住脚步，他一直以来对这些刑罚十分厌恶，却碍于身份地位不敢表现。停顿片刻，他整理了一下衣服推开了牢房的门。

　　牢房东西一条走廊，走廊的左边是一排排的窗子，右边则是一间接着一间只有几平方米大小逼仄的牢房。刑讯室在走廊的尽头，子午进了牢房，两个值班的士兵立刻站起身来向他行礼。子午微微笑了笑，然后走到两个日本人面前一边询问今天犯人的情况，一边佯装随手翻开摆在桌子上的一本犯人花名册，果然在他翻到第二页的时候出现了"龙青"的名字。而在龙青名字的后面打着三个红色的叉，在那叉的后面写着时间。

　　子午心里清楚红叉的含义，几个叉便代表着犯人被询问过几次，而那时间则是代表着询问何时结束的。忽然子午的目光盯住了最后一个红叉，那上面竟然没有时间，一种不祥的预感立刻袭上心头，难道……

　　正在这时刑讯室传来了"啊"的一声惨叫，这声音子午熟悉，此刻受刑的人正是龙青。

　　他故作镇定地将手中的花名册放下，犹豫了片刻，最终还是迈开步子向刑讯室走去。这走廊只有五六十米长，可是子午却感觉似乎自己从未走过这么长的路，在刑讯室的门口子午忽然停了下来。

只见松井尚元正端坐在椅子上，双手抱在胸前，冷眼旁观般地望着不远处被牢牢地捆绑在钢制刑架上的龙青，一个上身赤裸的日本兵右手握着一把被炭火烧得通红的烙铁，来到龙青面前刚要动手却被松井尚元拦住了。

松井尚元把玩着手中的两颗油光锃亮的核桃，用一口流利的汉语说道："龙先生，你我合作这么久，一直相安无事。你我都是聪明人，只要你告诉我当年你的手下在疏通地下管道的时候看见了什么，我立刻就放你走！"

"呵呵！"龙青的血液从头顶流下来凝固之后，已经将龙青左眼的睫毛粘在了一起，只能勉强睁开右眼，他不屑地瞥了松井尚元一眼说道，"那些参与挖掘的工人都人间蒸发了，我怎么可能知道呢？"

"呵呵，龙先生，咱们明人不说暗话！"松井尚元说着站起身来走到龙青身边说道，"我知道你当时将其中一个人藏了起来。你自以为过了大半年已经没人注意了，却不知道当时我们的人一直在跟踪着你！"

"哈哈，既然是这样你可以直接去问他啊！"龙青本也是地痞无赖，耍这一套他自然不在话下。

"如果不是他自杀了，恐怕龙先生也不会安稳地活到现在了！"松井尚元此刻已经来到龙青的身边，轻轻吹了吹日本兵手上的烙铁，有些惋惜地说道，"龙先生，只要你告诉我那里面有什么东西，你还是我大日本帝国的朋友，以后你继续做你的生意，我们井水不犯河水！"

"如果我不告诉你呢？"龙青歪着脑袋说道。

"唉，特高课里面有上百种刑具，我想总有一款是适合你的！"说完松井尚元忽然将手用力压在那日本兵的手腕上，火红的烙铁印在了龙青的胸口，伴随着"滋滋滋"的声响，狭小的刑房立刻充满了一股刺鼻的焦臭味。龙青如同受伤的野兽一般，紧紧地咬着牙，低吼了一声。

眼前的日本人并未将暗红的烙铁脱离龙青的胸口，手上依然用力地按着烙铁，紧紧地贴在龙青的身上，张大鼻孔贪婪地享受着烙铁与皮肤接触的地方所散发出来的浓烟，直到脂肪被高温完全融化汩汩流淌出来，龙青猛然吸了一口冷气，剧烈的疼痛已经让他渐渐失去了神志，昏死了过去。

这时那个日本人才将烙铁狠狠地从龙青的身上拽下来，一块已经烧熟的肉被硬生生地拽了下来，露出鲜红的血肉。接着他将烙铁放在火炉上，从一旁的木桶内舀了一瓢冰水泼在龙青的脸上。龙青一激灵，猛然醒来目光狠狠地望着眼前的日本人。

松井尚元叹了一口气有些惋惜地说道："龙先生，我想再给你一个晚上，仔细考虑考虑吧，我希望你能活着走出特高课！"说完松井尚元站起身来正好迎面遇见子午，他眉头微微皱了皱奇怪道："你来这里做什么？"

子午一愣连忙行了个礼说道："今晚我来提审一个犯人！"

松井尚元显然对子午毫无兴趣，对于他的理由更是毫不关心，因此未等子午说完松井尚元已经带着人离开了。两个日本兵紧随其后将已经被折磨得不成人形的龙青拖了出来，龙青在经过子午身边的时候似乎察觉到了什么，挣扎着抬起头，用还未被血迹彻底粘住的右眼瞥了子午一眼，嘴角微微敛气笑了一下。瞬间子午做了一个决定，一定要将这个人救出去。

返回到住所时已经是凌晨两点多了，子午推开门眼角还残留着泪痕。他见管修迎面走来伸手道："还有烟吗？"

管修不明就里地掏出一包香烟，子午双手颤抖着从烟盒里抽出一根，接过管修递过来的打火机，可颤抖着的双手却无论如何也点不着香烟。管修无奈地摇了摇头，抢过火机帮子午点上。

子午猛地吸了一口烟，然后呛得剧烈地咳嗽起来，他一边咳嗽一边不停地流着眼泪，最后咳嗽终于被不停的干呕所取代。

管修轻轻地给子午拍打着后背，一刻钟的工夫，子午终于平静了下来。他泪眼蒙眬地望着管修说道："你知道吗？龙青已经被他们折磨得不成人形了！"

"我知道，我知道！"管修扶着子午坐在椅子上，待他稍微平静了一点儿说道，"你打听到松井尚元究竟为什么抓龙青了吗？"

子午一边抽烟一边点头，却说不出话来，过了一会儿才止住抽泣说道："松井尚元一直想知道龙青的手下，在疏通下水道的时候看到了什么！"

"啊？"闻听此言管修颇为诧异，炮局监狱本是在日本人的管辖之中，松井尚元身为特高课的头目，自然在北平城内所有的日本占领区都能如入无人之境，既然这样松井尚元为何又要费尽这般周折向龙青询问下水道中发生的事情呢？

"这一路上我始终想不明白，松井尚元身为华北特高课课长，想要知道炮局监狱里的情形还需要询问龙青吗？"子午百思不得其解地说道。

"难道就连松井尚元也不知道炮局监狱里面的事情吗？"管修说完这句话连自己都觉得不可思议，同时心头一阵恶寒。

"这怎么可能？"子午立刻反驳道，"松井尚元可以自由进出炮局监狱，怎么可能不知道呢？"

"子午你有所不知，在炮局监狱之中有两个特殊的牢房，牢房中所关押的犯人的身份资料全部都是最高等级的绝密文件，我一度想查明内中人的身份，怎奈日本人似乎对此格外小心，因此始终不知内中所囚禁的究竟是什么人！"管修想了想接着说道，"如果囚禁在内中人的身份连松井尚元也不知道的话，可想而知，那个人必定关系重大啊！"

子午微微地点了点头。

"当务之急，只能在松井尚元还不曾知晓龙青暗中调查炮局监狱之前将他救出来，也许我们能从他的口中知道一些事情。"管修抽出一根烟轻轻地在烟盒上磕了磕说道，"我们想想怎么才能把龙青救出来？"

"难！"子午的话不无道理，特高课是一个吃人不吐骨头的地方，再怎么强硬的人经过那上百种的刑具之后也变得半人半鬼。能活着从特高课走出来的，十个人不过一二，而能完整走出来的人几乎没有。

管修重重地吸了一口烟，然后缓缓地吐出来，埋头苦思片刻说道："我倒是有个办法！"

"哦？"子午望着自信满满的管修诧异地问道。

管修微笑着凑在子午的耳边，轻声低语了几句。子午听完管修的话一愣道："这……这行吗？"

"除此之外我想不出更好的办法了！"管修虽然也觉得这个计划欠妥当，不过眼下形势紧急却也想不出更好的办法了。

子午坐在椅子上沉思了一下狠狠地咬了咬嘴唇说道："好，需要我做什么？"

管修想了想说："一切听我的安排就行！"说完，管修站起身来对子午说道，"我要回去安排一下，这件事一定要做得严密，不能有一丝疏漏，否则恐怕会前功尽弃！"

子午点了点头，送走管修之后他便和衣而卧，躺在床上辗转反侧却无论如何也睡不着。他的脑子里始终是那把烧得通红的烙铁，耳边是龙青痛苦的闷哼声，甚至鼻子似乎都能嗅到那股弥漫在刑房中的焦臭味，还有松井尚元那张似笑非笑的脸。

而与此同时子午惊慌失措的样子也出现在了松井尚元的脑海中，他一手始终把玩着那两个核桃，另外一只手拿着一支烟。眼睛盯着挂在墙角的一身少尉军官的衣服，那是他的孙子松井赤木生前穿过的。现在已经物是人非了，每每想到这里松井尚元便是一阵心酸，他的眼眶有些湿润。

正在这时，一个日本军官走了进来，向松井尚元行了一个军礼，然后将一张纸条递给松井尚元。松井尚元接过纸条，上面写着一行细密的小字，他看完之后微微地点了点头，然后轻轻摆了摆手示意那个军官出去。随即拿起桌子上的火柴，"刺啦"一声点燃，将纸条的一端点燃。

望着手中的纸条一点点燃尽，松井尚元的脸上露出了一丝狡黠的微笑。

子午不知道自己是何时睡着的，他几乎做了一夜的噩梦，起身发现身上酸疼无比，脑子里乱作一团。他打了一盆冷水，将头浸在水中片刻才稍微觉得脑子清醒了一些。看了看时间已经快九点了，子午整理了一下衣服便离开了住所。

时针刚刚指向上午十点钟，子午便来到了宪兵司令部特高课的大院里，刚一进院门他便觉得一股浓重的死亡的味道扑面而来，压抑得令人窒息，接着几声清脆的枪声从院子里传来。子午三步并作两步进入院子中，只见几个犯人已经被处决了，他们的尸体以极其扭曲的姿势趴在地上。

子午长出一口气让自己的心稍微平静一下，然后走进牢房。昨晚看管牢房的两个日本兵已经被替换了下来，子午照旧在登记处随便翻了翻花名册，确定龙青之后再没有受刑这才放下心，对其中的一个日本人说了几句日语。

那日本人立刻拿出一串钥匙，带着子午来到了龙青的牢房前面，门被打开了。这里的牢房十分狭窄逼仄，牢门一开一股浓重的霉臭味便扑面而来。

此时，龙青靠在一张没有被子的木床上，撇着头，望着头顶那扇只能容下一个脑袋大小的窗子，脸上毫无表情，平静得如同湖面一般。

听到声音龙青站起身来道："今天你们准备给爷爷享受哪套刑具？"

子午站在龙青身后向跟随自己的日本人挥了挥手，那日本人行礼之后便回到了登记处，子午轻轻地走近龙青低声说道："龙爷！"

龙青的身体微微一颤扭过头来看见子午，眼神中闪烁着什么。他向外张望了一下，子午会意道："放心吧，没人！"

龙青这才走到子午面前一把拉住子午的手说道："你怎么这时候来看我，小心松井那只老狐狸怀疑到你！"

这一点子午未尝没有想到，只是他年纪尚轻加之现在形势危急，自己不得不出此下策。

"我们准备救你出去！"子午低声简短地说道。

"从这里救我出去？"龙青与日本人打了多年的交道了，他深知自己这次进来必定凶多吉少。

"嗯，我们已经计划好了，你只需要配合我们就行！"子午说着凑在龙青的耳边低声说道。

"不行，这太危险了！"龙青听完子午的计划之后觉得太过冒险，他一把抓住子午的手说道，"我进来就没打算能活着出去。这次松井尚元是下定了决心，他如果得不到想知道的答案是绝不会善罢甘休的！"

"可是，我们也不能看着你白白送死啊！"子午虽然从前与龙青有些过节，但却一直钦佩龙青的为人。

"兄弟，你现在仔细听我说，你从这里离开要去见一个人，我调查的所有的东西都在他手上。"龙青低声在子午的耳边一字一句尽量清楚地说道，"你一定要记住，你找到那些东西之后，要亲手交给时姑娘或者潘爷！"

"你放心我会的！"子午暗暗将龙青所说的地址和暗号记在了心里。

"好，那我就放心了！"龙青将这一切交代清楚之后忽然感觉自己像是虚脱了一样，肩上的担子一下轻了许多，他笑着说道，"你快走吧！如果我龙青能活着出去一定和你拜把子！"

子午明白龙青的意思，现在如果多在此处停留一刻，那么危险就增加不止一分。子午擦了擦眼角的泪水，唯恐被人识破，长出一口气向后退出了牢房，旋即将牢房的门重重地关上。

人离卦，只身陷火海

离开北平市宪兵司令部子午漫无目的地游荡在大街上，脑子中不停地勾勒着管修救人的计划。虽然龙青一再阻止，而且这次营救行动的风险也极大，可如果将龙青丢在特高课忍受着非人的折磨，子午始终是于心不忍。

此时已然是正午时分，子午不知不觉已经走了整整两个小时，他下意识地抬起头见前面不远处有一个酒楼，酒楼古色古香，雕梁画栋，一股香味从酒楼中飘出。子午顿时觉得饥肠辘辘，他迈开步子走进酒楼。在二楼的一个靠窗的位子上坐了下来，随便点了几个小菜便凭窗而望。

菜做得很快，小二很快将几个热腾腾的小菜端了上来。子午确实饿了，从昨晚到现在几乎滴水未进，此刻见到吃的自然狼吞虎咽般大口咀嚼了起来。一阵风卷残云之后子午觉得心里舒服了许多。

他靠在椅子上又坐了片刻，这才站起身准备结账走人，忽然他从窗口向外瞥了一眼，一个熟悉的背影闪进子午的眼帘，他连忙结账追了出去。可是一出酒楼那身影早已经没了踪迹。

　　子午心有不甘地向酒楼左右张望着，可再也没有看到那个身影。他一边摇着头，一边思忖着那个身影，难道这世上真的有长得一模一样的人？还是她根本就没有去新疆？这不可能。子午立刻否定了自己的想法。

　　回到住所子午便早早睡下，他现在要保存体力，养精蓄锐，今晚是营救龙青唯一的机会。子午双手压在头下，双眼微闭却无论如何也睡不着，正在这时子午的耳边忽然传来了一阵轻微的脚步声，他竖起耳朵，脚步声却在他的门前停了下来……

　　脚步声，一阵轻微的脚步声之后是厚重的锁链撞击所发出的"叮叮咣咣"的声音。

　　"雷火，三十五年了，你现在终于相信我说的话了？"此刻内中人的声音明显比刚刚的声音大了许多，似乎已经凑近到牢房门口。

　　潘俊和时淼淼二人面面相觑，然后奇怪地望着欧阳雷火，都对牢房内所囚禁之人充满了好奇和不解，究竟是什么人会被欧阳雷火在此处囚禁三十五年呢？

　　欧阳雷火低下头长长地叹息了一声，站起身来走到那三身边低声耳语了几句。那三微微点了点头，转身从身后的桌子上抽出一条寸许的黑布塞进口袋里。这才摘下挂在墙上的一串钥匙向牢门的方向走去。

　　那三显然对这牢门相当熟悉，虽然双目失明，但开锁的手法极为熟稔。不一会儿工夫已经打开了牢门，他将门锁放在一旁，用力将那扇石门移开。

　　潘俊和时淼淼二人纷纷站起身来却被欧阳雷火拦住，他低声说道："稍等片刻！"

　　石门移开的缝隙刚刚够一个人侧身而入，那三勉强进入，片刻之后才从中喊道："师父，你们可以进来了！"

　　"现在可以了！"欧阳雷火走在前面，引着潘俊和时淼淼二人向牢房而来。

欧阳雷火最先侧着身子钻进牢房，潘俊和时淼淼紧随其后，一进入牢房二人都是一惊，原本以为这牢房面积肯定不大，谁知这牢房内却比外面的大厅还大，别有洞天。牢房上下足有十几丈高，里面的几十盏煤油灯将牢房照得如同白昼。

一条生锈的铁链从牢房的顶端垂下来，顺着那铁链的方向望去，在牢房一个阴暗的角落中坐着一个长发披肩，双眼用黑布蒙着的老者。此刻潘俊才发现在老者的双脚上也捆着重重的铁链。

而那三正坐在那人的面前，手中紧紧地握着一截铁链，这截铁链正是从屋顶上垂下来的那根，铁链的另一端锁在老者的身上。

欧阳雷火带着潘俊和时淼淼进入这房间之后，便坐在那老者对面的一张椅子上。

"雷火，你终于肯来了！"那老者的声音沉静而淡定，像是在和多年不见的旧时知己说话一般，他顿了顿耳朵微微颤抖了两下说道，"呵呵，怎么？今天还带来两个人？"

欧阳雷火并不回答对方的问话。潘俊和时淼淼二人从欧阳雷火告诉他们要见一个人时便如同丈二和尚一般摸不着头脑，直到现在依旧如坠雾里云里。

时淼淼向前走了两步，搬过一把椅子刚要落座，谁知那老者又开口道："嘿，这是湘西水系时家的人？"

时淼淼一怔，心想老者的耳力确实超乎寻常，绝不在那三之下，竟完全凭借自己脚步的声音便能识出自己所属的派系。

"喂，另外一个你走走看！"老者打趣地说道，他在这幽深孤寂的密室中被困了三十五年，平日里只有一个瞎子那三陪同，现在忽然多了几个人自然欣喜若狂。

潘俊微微笑了笑，然后轻轻地走了几步。出人意料的是那老者舔了舔嘴唇说道："像是北平木系，可是又有点儿不像，你再走几步！"他像是天桥边摆摊算命的先生一样吆喝道。

潘俊亦不动怒，又在他面前走了几步，刚走出四五步只听那老者的身体猛然颤抖了起来，他挣扎着想要站起来，怎奈那三牢牢地握着手中的锁链，挣扎两下便又坐在了原地。他不可思议地说道："这怎么可能？这怎么可能？小伙子，你究竟是什么人？"

潘俊望了欧阳雷火一眼，只见欧阳雷火微微地点了点头。潘俊这才双手作揖鞠躬道："晚辈潘俊，前辈刚刚所说没错，正是木系君子！"

"呵呵！木系君子！"老者一边轻蔑地重复着这几个字，一边无奈地摇着头，显然对潘俊的回答有些失望。

潘俊似乎察觉到了一丝异样，想要说什么，可最终还是咽了回去。老者叹息了一下抬起头说道："雷火，你今天找我所为何事？是不是三十五年前我所说的那件事发生了？"

欧阳雷火眉头紧锁，一副欲言又止的样子，可最终还是"扑通"一下跪在地上说道："我想问你传说中的密室究竟在什么地方？"

"传说中的密室？"那老者说这几个字的时候脸上露出了一丝喜悦的神情，"我就说你不会无缘无故来这里找我，原来是因为这件事！"

"燕鹰和燕云两个孩子在密室中失踪了，我想来想去，他们最可能便是进入了传说中的密室！"欧阳雷火恭敬地跪在地上哀求道，"这火系一族中只有您曾经见过那个传说中的密室，你就救救孩子们吧！"

"哈哈哈哈哈！"老者忽然放声大笑起来，那种笑声似乎要将淤积在心中多年的怨气全部释放出来，笑声在牢房中回荡了半天，他才狠狠地对欧阳雷火说道，"雷火，你相信报应吗？这真是老天有眼啊，当年若不是因为那个传说中的密室，我又怎么可能有今天啊？而你呢？你又怎么可能成为火系驱虫师的君子？"

"唉！"欧阳雷火长长地叹了一口气说道，"怪只怪我当年一时糊涂，铸成大错，你看在孩子们的分上就告诉我密道的入口吧！"

老者的脸上始终带着一丝得意的微笑，他将腿跷起，带起的锁链发出"叮叮咣咣"的声音："雷火，那俩孩子进去多久了？"

欧阳雷火见老者答话连忙说道："时间应该还不算长，两三个时辰！"

"唉！"老者故作惋惜地摇了摇头道，"看来活下来的希望不大了，那密室之中布满了机关，稍有不慎便会死于非命，我看你还是不要费尽心思寻什么密道的入口了，免得进入密道见到他们更伤心啊！"

"你怎么能这么说话呢？"时淼淼听那老者在此危急之时还说出如此这般的风凉话，早已将压抑在胸口的怒气全部释放了出来，虽然她之前与燕云不睦，但是经过之前诸般事宜两人的感情已经日见好转。她此刻也极为担心燕云的安危，听老者此刻还在说这般的风凉话自然将心中的担忧全部转化为愤怒，冷冷地说道："欧阳世伯好言相求，现在人命关天，即便之前有什么误会也要放一放啊！"

"呵呵，常言说水火不相容，水系的姑娘怎么开始帮火系求情了！"老者奚落欧阳雷火还未尽兴，见时淼淼横插一杠子便将矛头指向了她。

"前辈，如果您真的知道密室入口的话就请您告诉我们吧！"潘俊拦住准备辩驳的时淼淼也弓身跪在地上说道。

潘俊这一跪老者脸上的表情忽然变得凝重了起来。他想了想说道："好，雷火，我可以说出密道的入口所在，不过我只会告诉一个人！"老者顿了顿指着跪在地上的潘俊说道，"我只会告诉他！"

此刻形势危急，欧阳雷火哪里管老者告诉谁，他现在心中唯一的想法便是尽早将欧阳姐弟从密道中救出来，于是连连点头道："好，好，那我们出去！"

欧阳雷火站起身来招手示意时淼淼跟自己出去，那三也识趣地放开手中的锁链跟随着欧阳雷火离开了牢房之后将牢房重重地关了起来。

当几人全部出去之后那老者才缓缓地站起身，随着一声声"叮叮当当"的声音走到潘俊的面前，说道："你真的要进入密室去救人？"

潘俊点了点头说道："是！"

"唉！"老者的眼睛上始终蒙着那块黑布，双手背在后面在屋子内踱着步子。"你们这又是何必呢，那密室本来是一处机密所在，因此内中机关重重，稍有不慎便有生命危险。而且即便我告诉了你那密道的入口所在，现在你们也进不去密道！"

"这是为何？"潘俊不解地问道。

"你有所不知，这密室是金系驱虫师匠人竭尽三代人的智慧修建而成的，设计得极其精密，入口会随着时间的推移不断变换。即便找到入口想要进去也只有两种方法，这入口每十年会开启一次，我想这俩孩子就是正好赶上这十年之期偶然进入。而另外一种方法便是用钥匙开启。当年为了五系驱虫师家族相互约束，因此钥匙的制作方法只有土系君子知道。"老者长叹了一口气说道，"现在即便我能推算出入口位置的所在，也难以在短时间内寻找土系君子制作打开密室的钥匙啊！"

"土系君子制作的钥匙？"潘俊忽然想起了冯万春，自从昨天晚上发生那一系列变故之后潘俊便一直没有时间理会冯万春，现在想来冯万春应该已经被欧阳雷火关押了起来。

"前辈，您所说的钥匙所有的土系君子都会制作吗？"潘俊担忧地问道。

"据我所知，最后一个会做那种钥匙的土系君子已经在四十几年前失踪了，至于后来是否被找到，这个我就不得而知了。"老者仰着头似乎是在回忆往事。潘俊对于这个结果很失望，按照老者所说最后一位会制作那种钥匙的人应该是冯万春的父亲。他也曾听闻冯万春的父亲多年前便下落不明，此后虽然冯万春一直派人四处寻找打探父亲的下落，然而却始终没有什么结果。

"前辈，难道就没有其他办法进入那个密室吗？"潘俊不甘心地问道。老者轻轻地摇了摇头："如果进不去密室的话，你就只能祈祷那俩孩子福大命大，能够自己找到出口了！"

潘俊一时语塞，果如老者所说的话那么燕云姐弟恐怕真是凶多吉少了。想了片刻潘俊叹了口气说道："前辈，有劳您将寻找入口的办法告诉我吧！"

"年轻人，没有用的，如果找不到钥匙的话，入口是打不开的！"老者苦口婆心般地劝说道。

潘俊笑了笑。

老者无奈地点了点头道:"好吧,我可以把寻找入口的方法告诉你,不过作为交换你也要告诉我一件事!"

"好,知无不言,言无不尽!"潘俊一字一句地说道。

"嗯!"老者沉吟片刻说道,"你刚刚进来的时候,我从你初始几步的声音判断你应该是木系驱虫师的传人,可是我隐约从你身上感受到了另外一个人!"

"另外一个人?"潘俊不解地望着眼前这个双眼蒙着一块黑布的老者,"谁?"

"难道你真的不知道?"老者诧异地问道。

大概半个时辰的工夫,潘俊在牢房的门口轻轻地敲击了两下,那三小跑着来到门口打开了牢门。欧阳雷火和时淼淼二人一前一后奔上前来,目光殷切地在潘俊的脸上寻找希望。只见潘俊像是丢了魂一样,低着头轻轻地摆了摆手道:"我们出去说!"然后便眉头紧锁地沿着楼梯向外走去,欧阳雷火和时淼淼二人虽然心中急迫却并不愿立刻知道结果,因为他们唯恐最后的一点希望也会破灭。

推开外面的那扇石门,一束阳光便斜射进来。潘俊觉得这光线有些刺眼,伸手挡在眼睛前面。虽然是九月初,新疆的早晨却依旧有些冷,潘俊渐渐适应了外面的光线后轻轻裹了裹衣服。

欧阳雷火和时淼淼这时才跟上来同时追问道:"潘俊,他究竟有没有告诉你怎么找到密室?"

潘俊点了点头。"他已经告诉我找到入口的方法,只是……"潘俊顿了顿没有继续说下去,"咱们先找到入口吧!"

一行人回到燕云的房间,此时欧阳烟雷还没有回来,想必他们还需要一些时日。潘俊、时淼淼和欧阳雷火先后进入到密道中去，潘俊这次进入密道相对于第一次要仔细得多。

他望着这个密道中第一次进来的时候墙壁上那些刀砍斧凿的痕迹，脑海中联想着牢房中老者对他所说的话，果然发现密道石壁上的那些痕迹并非杂乱无章，那些横竖无序，长短不一的痕迹仔细看来竟然另有深意。

潘俊眉头微皱盯着石壁上那些长短不一的凿痕出神。而时淼淼和欧阳雷火二人望着深思的潘俊对视了一眼，始终不明白潘俊究竟在看什么，不过他们心知潘俊聪明过人，想必心中早已有了打算，于是便都沉默不语地观察着潘俊的一举一动。

只见潘俊双眼紧紧地盯着石壁，口中念念有词，右手拇指在掌心上来回比画，宛若街头算命的掐指一般。时淼淼看得好奇也不由得顺着潘俊的目光望去，可是看了良久却始终看不出个所以然。

而潘俊却跟着那些凿痕忽然大步向前，忽然小步向后，这样经过大半个时辰潘俊终于停了下来。他低下头指着自己的脚下说道："入口应该就在这里！"

"啊？"欧阳雷火和时淼淼不约而同地惊呼道。一前一后走到潘俊的脚下，俯下身轻轻地敲了敲，果然，潘俊脚下的石板发出了一阵"空空"的声响。二人大喜，时淼淼好奇地问道："潘俊，你是怎么发现这密室的入口的，刚刚你在看什么？"

"呵呵，时姑娘你有所不知。那老者告诉我这密室乃是金系先人穷尽三代人的智慧修建而成，为防止外人进入，因此这密道的入口极为隐秘。"潘俊说着站起身来指着墙壁上那些看似毫无规则的凿痕，"这些凿痕如果不仔细看会觉得杂乱无章，可如果你把它们和伏羲八卦联系起来却又不一样了！"

"八卦？"时淼淼身为水系君子对八卦之术虽不精通，却也略有所知。她再次抬起头看着墙壁上的凿痕，那凿痕均是长长短短，真真便如伏羲八卦上代表阳的"——"和代表阴的"— —"。

伏羲八卦讲究的是阴阳相克相生之理，内中涵盖世间万物自身变化的规律。而金系驱虫师将其合理地运用到了密道之中，新疆之地自来地震多发，因此这凿痕便会随着地壳的运动发生不同的变化，而入口也便会随之发生改变。如果读不懂这凿痕中的含义，任是你找遍所有的地方也不一定能找到入口。

时淼淼暗叹金系驱虫师技艺之精妙，简直到了神乎其技的境界。而潘俊心中却更加担忧，一来虽然找到入口却如何能进去，二来这密道的入口处机关便如此精妙，那么密室里面的机关想必会有过之而无不及，倘若真的是那样的话，燕云恐怕……

此刻欧阳雷火已经将地面上的泥土和灰尘全都清理干净，地面上只有一处看似奇怪的小洞，除此之外再无缝隙。他抬起头目光中充满期待地望着潘俊，希望潘俊能像找这个入口一般再次有什么惊人之举。可是潘俊却长叹了一口气说道："那老者说进入这密室的入口只有两种方式打开，其一密室每十年会自己开启一次，其二就是用钥匙打开！"

"钥匙？"欧阳雷火和时淼淼二人不约而同地问道。

"对，一把只有土系君子才会制作的钥匙！"潘俊皱着眉头说道。

"冯万春还在这里，我们去找他！"欧阳雷火迫不及待地说道。

潘俊微微地摇了摇头："恐怕即便是他也不知道钥匙的制作方法，据说最后一代掌握那个方法的人是冯师傅的父亲，不过他早在几十年前就已经失踪了！"

"难道就没有别的方法了？"欧阳雷火的声音有些颤抖，这个已经年过半百的老人痴痴地望着潘俊。潘俊不忍地摇了摇头："入口既然已经找到了，我们现在去找冯师傅看看他有没有办法！"

说着潘俊站起来，转身便要离开，谁知却被时淼淼拦住，她望着地上的那个锁口出神地说道："这个形状我好像在哪里见到过！"

虽然燕云和他们距离并不远，但无奈一个在地上，一个在地下，燕云却对上面所发生的一切一无所知。她惊叫一声，却被黑暗中的一只手捂住了嘴。燕云一惊连忙抓住那只手，张开嘴用力地咬了上去。

"哎哟！"燕鹰吃痛，一边快速缩回手，一边埋怨道，"你用这么大力气干什么？"

燕云瞪了燕鹰一眼，黑暗中虽然看不见燕鹰的脸，但听到燕鹰的声音燕云的心里也稍微平静了许多。她靠在一旁的墙壁上深深地吸了一口气，幽幽地说道："燕鹰，你怎么样？"

燕云恍惚记得与燕鹰刚刚进入密道便忽然觉得脚下一空，接着整个身体就失重般地坠落了下来。

"什么怎么样？"燕鹰一边揉着自己的手一边没好气地说道。

"不愿意说算了！"燕云扭过头去，脑海中闪现出刚刚两个人在那平台上惊心动魄的一幕。本来燕鹰信心满满，日本火系的皮猴较之新疆火系的皮猴更加凶猛，力量更大，在安阳的时候燕鹰就已经大占上风。自那时之后燕鹰更加笃信日本火系的皮猴更强大，于是这段时间便潜心研究火系皮猴的操纵之术。

因此当他们二人来到平日里训练皮猴的平台的时候，燕鹰早已是胜券在握。只是让他万万没有想到的是，这次他的对手不是新疆火系皮猴，而是另外一种之前就让他心惊胆寒的东西——蒙古死虫。

他的信心就如同他的神情一样，从最初的踌躇满志一点点地变成了无比的绝望。当蒙古死虫忽然挡在日本火系皮猴面前的时候，燕鹰便放弃了挣扎。在那些瞬间便可以置人于死地的庞然大物面前，这些皮猴简直形同摆设。

于是燕鹰被燕云轻松制服，就在燕云带着他返回院子的时候，忽然发生了这一切。

"喂，燕鹰，死了没有？"燕云觉得身边静得有些可怕便伸腿踢了燕鹰一脚。

"活着呢！"燕鹰没好气地说道。此刻燕鹰依旧没有从刚刚两人决斗中忽然冒出来的蒙古死虫所带来的惊异中恢复过来，他几次想开口询问却话到嘴边又咽了回去。

"你知不知道我们现在在什么地方？"燕云虽然平日里大大咧咧，但她始终是个女孩，眼前黑乎乎一片总让她心中多少有些毛毛的感觉，倘若耳边一旦平静下来那种感觉顿时便会让人恐惧。

"我怎么知道！"燕鹰的语气中依旧带着怨恨。

"身上有没有带火折子？"燕云向燕鹰询问道。燕鹰不耐烦地摸了摸口袋，果然在口袋中摸出一个火折子，然后递给燕云道："给你！"

燕云从燕鹰手中接过火折子，打开，轻轻地吹了吹，火折子亮了起来。虽然光线不能照很远却依旧能看清周围的环境，这是一个狭窄的隧道，足有一人高，隧道的顶端不时向下滴着水。燕鹰靠在距离自己一步之遥的隧道边，身上和头上满是灰尘。燕云将火折子移向另外一边，却发现自己身后黑洞洞的根本看不到尽头。

火折子的光微微颤抖了几下，燕云心知火折子不能维持太久，这是他们现在唯一的希望，于是连忙将其熄灭，小心翼翼地将其揣在怀里。火折子熄灭之后隧道又陷入到了一片黑暗之中，燕云咬了咬嘴唇，向燕鹰的方向挪了挪说道："燕鹰，我们说说话吧！"

燕鹰不耐烦道："说什么？"

燕云又向燕鹰靠了靠说道："弟弟，你知不知道我们现在在什么地方？"

这句话像是当头棒喝一般将燕鹰问住了，他是一个极为要强的孩子，刚刚一直对那忽然冒出来的蒙古死虫大为不解，因此对于自己的处境并没有太多考虑，经由燕云这一提醒，燕鹰也觉得奇怪。他和燕云从小便在这密道中行走，不知走了多少遍却从来不曾发觉密道中还有如此一个机关。

"你……你也不知道？"燕鹰诧异地问道。

"我从未来过这个地方！"燕云的语气让燕鹰确认她确实对此处一无所知。

"那……那我们怎么出去？"燕鹰直到此刻才意识到这个问题，他回忆着刚刚进来的经过，似乎正是从自己的头顶上方落下来的。于是立刻便要站起身来，谁知却被燕云一把拉住道："你不用看了，刚刚我点燃火折子的时候就观察了四周，我们进来时的入口已经不见了。"

"什么？"燕鹰不可思议地说道，"这怎么可能？我们就是从这里落下来的，把火折子给我！"

燕云叹了一口气，掏出怀里的火折子递给燕鹰。燕鹰手足无措地打开火折子吹了吹，借着火折子微弱的光亮，将头顶上那块地方仔细检查了一遍，根本找不出那个入口的所在。

火折子的光在一点点消失，燕鹰觉得手指上一阵疼，便丢掉了火折子。火折子的光忽然亮了一下，然后就熄灭了，眼前便陷入了比刚刚更黑的黑暗。

"姐，这究竟是什么地方？"燕鹰毕竟还只是个孩子，他无助地握住燕云的手问道，"我们是怎么到这个地方来的？"

此刻燕云反而平静了许多，她轻轻地抚摸着燕鹰的头，便如同多年前父母失踪，两个孩子相依为命的时候一样。她感觉时间似乎一瞬间便退了回去，虽然是在这令人绝望的黑暗中，她心头却觉得暖烘烘的。

"弟弟，如果我们真的出不去了，你怨恨姐姐吗？"燕云痴痴地望着黑暗处幽幽地问道。

"不！"燕鹰将身体向燕云的方向缩了缩道，"我从来没有怨恨过姐姐，自从我懂事开始就一直和姐姐相依为命，我不想姐姐受任何人欺负，谁也不行！"

燕鹰说着顿了顿，泪水顺着眼眶缓缓流淌了下来："我知道姐姐心里一直喜欢潘哥哥，可是我不喜欢他对你那种不冷不热的态度。如果他真的在乎你，又怎么会让你冒着生命危险为那个姓时的吸毒呢？"

"吸毒？"燕云立刻想起当天在安阳潘家旧宅的那个晚上，时淼淼被狼蛛所咬，身中剧毒。如果稍微耽搁便会有生命危险，而自己便毫不犹豫地替时淼淼将毒液吸出。因为那狼蛛的毒性极强自己也昏迷了几日，险些丧命。"弟弟，那不是潘哥哥交代的，是我自己情愿做的！"

"你自己情愿做的？"燕鹰坐起来不可思议地盯着燕云，想了一会儿说道，"不可能，这绝不可能，你和姓时的早有嫌隙。你曾经拜托子午给她下毒，如果不是潘俊强迫你，你怎么会救她！你别再为潘俊辩解了！"

"弟弟，你真的不明白！"燕云柔声道，"很多事情若是不经历的话是不会懂的，潘哥哥和时姑娘才是天造地设的一对啊！而我……"燕云凄然地笑了笑说道，"好了，不说这些了。现在我们被困在这里不知有没有机会出去了？"

"姐，你真的不知道这是什么地方？"燕鹰抱着最后一线希望问道。

燕云轻轻地咬了咬嘴唇说道："弟弟，你知不知道爷爷还有一个哥哥！"

燕鹰"啊"了一声神情立刻紧张了起来："姐，你是说这个就是那个传说中的密室？"

"嗯！"燕云点了点头抓住燕鹰的手说道，"我很小的时候曾经听父亲提起过爷爷还有一个兄弟，叫欧阳雷云。据说他天生异禀，一双眼睛长得极为奇特，且深通火系驱虫术，本来太爷爷准备让他继承火系驱虫师君子之位，谁知他发现了传说中的密室，就告诉了太爷爷。他说在密室之中见到了一些极为怪异的事情，可是太爷爷再带着人去寻密室的时候却什么也没有发现。渐渐地他成了欧阳家族的笑柄，他一气之下远走异乡，从此便杳无音信。"

"是啊，姐，这件事我也曾听一些家族中的老人说过！"燕鹰附和道，"这么说来，我们也进入了那个传说中的密室？"

"嗯，刚刚我在想我们进来时所发生的一切，我前思后想似乎也只能有这一种解释！"燕云深吸了一口气说道，"如果真是那个密室的话，恐怕就连爷爷他们也不知道入口在何处！"

"那我们岂不是要困死在这里了？"燕鹰想到这里，脑海中最先闪过的竟然是段二娥的脸，他皱着眉头说道，"不，一定还有什么办法的，既然有人从这里出去过，那我们肯定也能找到出口！"

说着燕鹰慌乱地站起身来，向燕云身后的黑暗处走去。燕云急忙站起来拉住惊慌失措的燕鹰，谁知为时已晚，燕鹰的脚似乎踩在了什么上面，只听一声轻微的"咔嚓"声。燕云心知不妙连忙拉住燕鹰，刹那间整个地面开始晃动了起来，尘土从头顶上落下来，砸在他们的头上和身上。

接着隧道就像是一条被按住了脑袋的蛇一般剧烈地翻转了起来，燕云和燕鹰两个人紧紧地抓住隧道上凸起的地方，身体随着隧道的翻转不停地上下起伏。终于燕云觉得支撑着身体的手指有些酸麻，轻轻一滑整个人从凸起的地方落了下来，她感觉身体在快速地下坠。

"啊！"燕云惊叫一声顺着翻转成竖直的隧道落了下去。燕鹰一阵惊慌大声喊道："姐……"随即也松开双手，任由身体顺着隧道的方向落了下去，直到感觉身体撞在了地面上，整个人疼得都像散了架一般。

隧道又翻转了片刻终于停了下来，他感觉自己刚刚落下了一两丈高。他挣扎着从地面上爬起来，深深地吸了一口气，只觉得肋骨处传来阵阵的刺痛，他捂着肋骨小心地揉了揉而后轻声呼唤道："姐，你在哪里？"

他喊了几句，见始终没有回音心中便有些慌乱，这虽然算不得太高，可如果头部先着地的话恐怕也有生命危险。越是这样想燕鹰心中越是急，他的声音渐渐提高："姐你在哪？你别吓我了！"

可即便这样依旧听不到燕云的任何回音，燕鹰站在原地踌躇了片刻。因为刚刚的莽撞，他不敢妄自向前走一步，唯恐又会触动到什么机关。可是眼下的情形他也只能硬着头皮一点点向前缓慢地挪动着。

眼前黑乎乎一片，燕鹰有些后悔刚刚将那个火折子白白浪费掉，此刻哪怕有一丝光亮也是极好的，至少能让此刻慌乱的自己找到一些安慰，燕鹰不甘心地在怀里摸了摸，希望能再找出一根火折子。不过他摸遍了全身终究是一无所获。他脚下的动作一直没有停歇，后脚压着前脚跟一步接着一步地向前走，同时双手在前面凭空乱摸着唯恐碰到墙壁，可出乎意料的是他足足走了两三丈远却始终未走到尽头，燕鹰狐疑地停下脚步，这密室究竟有多大？走了这么久竟然走不到头？

时间一刻一刻地过去，随着时间越来越久，燕鹰的心里越来越慌，就在他心乱如麻的时候耳边竟然传来了一阵轻微的滴水声。滴答声在这静谧的空间中显得格外刺耳，未听到水声时尚且不觉得口渴，可一听到水声燕鹰顿时觉得口干舌燥。在这暗无天日的密道之中根本没有时间概念，他只觉得似乎进来了很长时间。寻着那声音的方向燕鹰屏气凝神地一步步向滴水的声音而去。一颗水滴忽然从顶上落在了他脖子上，燕鹰微微颤抖了一下，然后仰起头，一滴水落入了他的口中。

欧阳家的宅子在沙漠深处，这里的泉水无比甘美怡人，虽然只有一滴水，燕鹰也觉得这水简直像救命稻草一样，他贪婪地大张着嘴，嘴唇伴随着水滴一张一合。渐渐地，他忽然发觉这水滴的速度越来越快，水滴不知何时已经连成了线，又变成了水柱。燕鹰连忙躲闪，谁知这一闪躲，脚底踩在一块硬邦邦的东西上面，那东西被燕鹰这样一踩竟然动了起来。接着一阵"空空"的响声传入燕鹰的耳朵，那声音如同空谷中的和尚在敲击着木鱼，随着声音越来越紧凑，燕鹰忽然觉得一股水从自己的脚下喷射出来。

燕鹰连忙躲闪，谁知刚一闪开旁边又喷出一根水柱。燕鹰从小便生活在新疆旧宅之中，周围是一眼望不到边的广袤沙漠，因此从小便对水心生畏惧。此刻在这幽暗的密道之中竟然喷出水柱简直是要了他的命。

他一边躲闪那些水柱一边向初始的方向奔去，慌乱之间便乱了章法，只觉得脚下踩到之处尽皆变成了泉眼一般，一股接着一股的水柱不停地从地面上冒出来。

"这究竟是什么鬼地方啊？"燕鹰终于压抑不住内心的怨愤大声惊呼道，声音在黑暗的密室中被夸张地放大了许多倍，而密室宛若有生命一般，燕鹰的声音刚落只听周围竟然又传来了一阵"空空"的声音，这次的声音比刚才的声音要急促很多。随着那声音一点点的消弭，刚刚那些凭空从地面上冒出来的水柱也骤然减弱，渐渐地从地面上消失殆尽。燕鹰终于长出了一口气，不过此刻这里已然变成了一片泽国，踩在哪里都湿乎乎的。他弓着身子双手扶住膝盖不住地喘息着，正在这时他隐隐觉得似乎在身后的某处，一双冰冷的眼睛正在注视着自己。燕鹰从小便开始训练皮猴，一直与动物为伍，因此他对动物有一种天生的感应，十有八九是不会错的。他猛然转过身，屏住呼吸，双眼圆瞪着，侧耳听着周围的声音。

周遭异常静谧，但燕鹰心里却清楚地知道这仅仅是暴风雨来临前的平静，藏在这黑暗中的那双眼睛在一刻不离地盯着他。他在身上摸了摸，将腰间的匕首握在手里，忽然他感觉一阵劲风迎面而来，燕鹰连忙矮下身子，那庞然大物便从他头顶蹿过，接着又隐没在这厚重的黑暗之中，毫无声息。密室中的黑暗便成了它最好的保护。

"啪啪啪！"一阵有节奏的敲击声从暗处出来，那声音来自于厚厚的石壁对面两块相互撞击的火石。燕云双手握着两块手掌大小的石头用力地相互撞击着，每次撞击便会产生一道长长的火花，接着石头上散发出一股难闻的气味，借着那道转瞬即逝的光亮燕云将周边的环境了解了个大概。

这是一个椭圆形的封闭场所，地面上都是类似手中这样如同鹅卵石一样的白色石头，墙壁上雕刻着一些看不清的图案。在密室的正中央有数根缸口粗细的柱子，那些柱子直通到顶端，至于上面是什么东西却不得而知。刚刚进来时的那个入口应该就在自己落下来的正上方，也许太高，因此根本看不清此刻的状况。刚醒过来燕云便察觉到密室的温度很低，才一会儿工夫双手就已经有些不听使唤了，必须马上找到出口，不然的话即便不被困死、饿死，也会被冻死。

燕云一边双手不停地敲击着手中的石块，忍着刺鼻的臭味，一边继续一圈一圈地在密室中寻找着，她明明记得燕鹰是紧跟着自己从隧道中坠落下来的，自己坠落下来便昏过去了。可她从醒来到现在却始终没有听到燕鹰的声音。

难道燕鹰刚刚坠落下来落在了石头上？燕云的脑海中闪过燕鹰头顶着地，满脸是血地躺在地上的画面。想到这里她的心忽然变得焦躁不安起来，手上的动作也不再如初始般有节奏。正所谓乱中出错，两块撞击的石头错开了一点，砸在了手上。一阵刺痛从燕云的手指上传来，她连忙丢掉手上的石块，鲜血已经从手指破皮的地方流淌出来，燕云只觉得双手黏黏的。

她咬着牙，忍着疼痛，可却忍不住泪水。这个坚强的姑娘颓然地坐在地上，黑暗的空间令人绝望，而找不到燕鹰又将这种绝望夸大了无限倍。尖锐的疼痛便像是那骆驼身上的最后一根稻草，终于压破了泪腺的闸门，泪水便如同破堤之水从燕云的眼眶中奔涌而出，落在地面上。

瞬间一阵更加怪异的味道钻进了燕云的鼻孔中，那种味道燕云似曾相识，她快速在自己的脑海中回忆着。她记得几年前曾在门房老头那里闻到过这种味道，那是从一个坛子里散发出来的。门房里的老头说这种石头是他在沙漠深处发现的，这种石头非常奇妙只要将其浸入水中便会冒出气泡，那些气泡沾火即燃，唯一让人难以忍受的便是那种难闻的臭味。

想必是刚刚燕云的泪水落在了石头上，因此出现的气体。想到这里燕云连忙从地上摸起两块石头，而后用力地相互撞击着，这次用的力气较之前大了许多，只见一条长长的火舌从石头撞击处飞溅出来，几粒火星从火舌中飞出，在即将熄灭的时候忽然一下燃烧了起来。一条淡淡的暗黄色火苗便从燕云眼前的石头上冒了出来，燕云大喜过望，一个人若是在黑暗处待的时间太久见到星火也会感觉异常温暖。她来不及多想，借着火光将周围又细细打量了一番，却始终未发现燕鹰的身影。那火苗越来越小，就在火苗即将消失的瞬间，燕云的目光忽然被不远处的一件黑乎乎的东西吸引住了，她柳眉微皱，轻轻咬着嘴唇伸手拿起那东西，此刻她才惊异地发现，眼前黑色的东西竟然是一截被烧得已经炭化了的白骨。

她战战兢兢地丢掉手中的白骨，火苗也在这时彻底熄灭了，整个空间再次陷入到了一片无边无际的黑暗之中。燕云安静地坐在地上，脑子乱作了一团。这密室干燥异常，且阴冷无比，而刚刚那火光之中的骸骨却绝对是被大火烧成这样的，这火究竟是从哪里来的呢？燕云百思不得其解，双手互相揉搓着，密室实在是太冷了，刚刚平静一刻便觉得那股冷气又从四面八方透过皮肤直接钻进骨头里，这里简直就是一个冰窖。

冰窖？一个危险的念头立刻闪过燕云的脑海，紧接着一滴水落在了她的脖子上，冰凉冰凉的，如同一枚尖锐的针一般让她产生了一丝刺痛感。她忙不迭地在地上摸了摸，拾起两块白色的石头，双手颤抖着用力撞击着，立刻火花飞溅，正在这时又是几滴水从头顶上落了下来，落在了眼前的石头上，那股难闻的气味撞击到火花立刻燃烧了起来。这次的火苗显然较之前大了许多，燕云借着微弱的火光缓缓抬起头，接着整个人都怔住了。

果然不出所料，在她的头顶上满是晶莹剔透的冰凌，在火光的映衬之下闪烁着妖艳的光，那光像是有某种魔力一样让人看了之后便不能自拔。不一会儿又是几滴水从头顶上落了下来，落在那堆火上，渐渐地难闻的气味更胜，而火焰却燃烧得更旺。原本漆黑的密室变得越来越明亮了，燕云发现那些巨大的冰块几乎占据了整个密室的上方，随着房间的火燃烧得越来越旺，身边温度不断提高，那些水滴的速度也越来越快。

燕云立刻意识到一个问题，倘若那些冰继续融化落在密室的这些石头上，那么这火岂不是更大了。此刻她终于明白刚刚那截烧焦的白骨的来历，难不成此前就曾有人这样做过，最后这个地方变成了一片火海？

想到这里燕云连忙用脚去踩燃烧着的火苗，谁知一脚踩下去不但火没有熄灭，自己的鞋子也跟着燃烧了起来，她慌乱地拍打着鞋子上燃起的火苗，火星四处飞溅，燕云脚上的火终于熄灭了，可是火星所落之处尽皆燃烧了起来，随着那些火渐渐地旺起来，原本分散的火堆竟然连成了一片。燕云连忙跳出了火堆的包围，躲在一旁的角落中，她有些绝望地望着那已然不可遏制的大火，心里在默默祈祷着奇迹发生。

燕云望着火光缓缓抬起头，目光随着中间的那几根柱子向上游移，当她看见柱子上的物事的时候不禁倒吸了一口冷气，身上微微一颤，整个人向后退了几步，绊在一块石头上重重地摔倒在地。

四

拆机密，伏羲八卦阵

在密室上方的密道中，潘俊和欧阳雷火二人都在诧异地望着时淼淼，异口同声道："你见过那把钥匙？"

就在刚刚时淼淼看见那个钥匙孔的时候便觉得熟悉，于是道："我似乎在哪里见过这个图案？"之后她顿了顿快速地在脑海中回忆着，片刻之后她兴奋地说道，"没错，我见过那把钥匙！"

欧阳烟雷向前走了一步，激动地抓住时淼淼的手道："时丫头，你真的见过那把钥匙？"

时淼淼此刻反而变得冷静得多，微微地点了点头："嗯，那把钥匙就在我手上！"

"什么？"时淼淼的这句话让欧阳雷火又是一惊，"在你的手里？"

"嗯，那把钥匙是我从金顺情妇的手中得到的！"时淼淼淡淡地说道。

"金顺？"潘俊眉头紧锁，他诧异地望着时淼淼，希望她能给自己一个满意的答案。时淼淼笑了笑："回到北平城之后，我便一直在暗中监视着炮局监狱，不久之后发现方儒德竟然去了炮局监狱，这件事让我十分诧异。炮局监狱与北平城所有的监狱都不一样，这是唯一一个连日本人也不能擅自进入的监狱，更别提是方儒德了。我当时就极为诧异，于是便开始暗中跟踪方儒德，发现他将一件物事放在了巷子旁边。我想那件物事想必关系重大，正想将其盗走，谁知金顺不知何时冒了出来，将那件物事取走藏在了他情妇的手中。后来我便假扮成男人将他情妇打晕将这物事得到了。"时淼淼的语气依旧是平稳中透着淡淡的冰冷，"之后我曾打开看过，里面除了一块有些瑕疵的玉石之外便是一把奇形怪状的物事，但看起来根本不像钥匙。"

"那钥匙在什么地方？"欧阳雷火救人心切急不可待地问道。

"钥匙就在我的房间里！"时淼淼若有所思地说道。

"那我们赶紧去拿钥匙回来救人！"欧阳雷火满眼期待地望着时淼淼激动地说道。时淼淼微微点了点头转身向外走去。

走出地道已然快近中午，又是一个艳阳高照万里无云的天气，火热的太阳发着淫威，几乎要将人晒化。时淼淼带着潘俊和欧阳雷火二人向隔壁那间屋子走去，这房间是燕云帮时淼淼安排的。想当初在甘肃的时候二人的关系缓和了很多，燕云本也是个心地善良的姑娘，此前与时淼淼有太多的误会，一旦这些误会冰释，两人就像是多年不见的好友一般亲若姐妹。因此她将时淼淼安排在了自己房间一侧，这样更方便二人无事之时互诉衷肠。

推开门，时淼淼惊异地发现她的包袱已然被人拆开，内中的物事散落在床上。她一惊之下三步并作两步走到床前，欧阳雷火和潘俊二人也诧异地对视了一下，跟着时淼淼来到床前。

"钥匙……钥匙被盗了！"时淼淼翻了翻散落在床上的物事说道。

"来人啊！"欧阳雷火恼羞成怒地向门外喊道。一直守在隔壁燕云房间密道洞口的两个徒弟闻声匆忙向这里跑来，推开门见欧阳雷火双目圆瞪，脸色阴沉，便知事情有些不妙连忙问道："师父怎么了？"

"刚刚有没有听到这个房间里有什么动静？"欧阳雷火声如洪钟，这句话几乎是在怒吼。

二人茫然不知所措地对视了一下，颤声道："师父，您吩咐我们两个看守洞口，不准任何人靠近，我们两个一直不曾离开欧阳师姐的房间，至于这里面的声音却未曾听到啊！"

"你们去把守院门的人叫来！"欧阳雷火的话音刚落，两个徒弟便如获大赦一般退出房间向院门跑去。

这是欧阳家的二进院落，两个守在门口的徒弟被唤了进来，此前他们已然从师兄弟的脸色上看出了一丝端倪，心想必定是出了什么事情，便小跑着匆匆而来。进了房间未等二人开口欧阳雷火便怒吼道："你们两个守着门口的时候有没有看到什么人进来？"

"进来？"二人琢磨着欧阳雷火的话，片刻之后说道，"没有，除了师父和您身后的两位之外便没有人进过这个院子了！"

"放屁！"欧阳雷火大怒道，"如果没有人进过这个院子，这屋子里的东西怎么会凭空不见了？难不成是见了鬼了？"

两个徒弟见师父发了雷霆之怒，便都低着头不敢正视欧阳雷火，甚至大气也不敢喘一下。欧阳雷火怒不可遏地紧紧攥着拳头，最后重重地砸在桌子上，桌子上的茶壶茶碗这么一震立刻掉在了地上，"哗啦"一声摔得粉碎。两个徒弟早已经被吓得腿都软了，听到声音不禁"扑通"一声跪在地上，脸色苍白，汗如雨下。

正当欧阳雷火准备再次发作的时候被潘俊拦住了，他语气平和地说道："欧阳世伯恐怕你错怪他们了！"

欧阳雷火不解地望着潘俊。只见潘俊若有所思地说道："恐怕那个人真的不是从门口进来的！"

"不是从门口进来的？"欧阳雷火思忖着潘俊的这句话，而时淼淼却停下了手中的动作，似乎有些明白潘俊的意思。

"潘俊，你是说他？"时淼淼想到这里立刻打量着自己的房间，忽然她的目光被一个角落地面上些许新鲜的泥土吸引住了，然后自言自语道，"看来我们到现在为止还是忽略了一个人啊！"

"冯万春！"潘俊一字一句地说道。欧阳雷火听到这个名字不禁猛然拍了拍自己的脑袋道："我怎么把这个兔崽子给忘了！"

冯万春是土系驱虫师的君子，土系驱虫师的秘术之一便是控制一种叫作神农的怪异蜘蛛，这种蜘蛛不但吐出的蛛丝柔韧性极强，而且最重要的一点便是能在极短的时间内挖掘出一个足以让一个人顺利通过的隧道。当初潘俊被松井尚元囚禁在北平城中零号公馆的时候，身为土系传人的子午便是利用神农将潘俊顺利地解救出来。此刻恐怕冯万春正是利用这神农挖掘出的密道脱身了。

"糟了！"欧阳雷火立刻正色道，"冯万春那兔崽子一定拿着钥匙逃了！"说罢他指着跪在自己眼前的两个徒弟说道："你们一个现在去告诉烟雷，冯万春跑了让他们多加注意，另一个立刻召集宅子里剩下的人，老子要亲自去逮他！"

二人连忙点头称是，然后跌跌撞撞地相互搀扶着站起身来，刚要向外走却被另外一个急匆匆赶来的徒弟撞了个趔趄。那徒弟满头是汗气喘吁吁地奔进来说道："师父！"

"什么事慌慌张张的？"欧阳雷火没好气地说道，定睛一看那人正是他派去看管冯万春的徒弟。

"师父，那个……那个人喊着要见你！"那徒弟上气不接下气断断续续地说道。

"啊？"几个人都是一惊，按理说冯万春既然能用神农逃脱来到这里盗走密室的钥匙，却为何又要返回到牢房里呢？难道盗走钥匙的不是冯万春？

"他说……他说……"那个徒弟一口气还没有捯上来，脸憋得通红。

欧阳雷火不耐烦地大吼道："他究竟说什么？"

"他说如果你不去见他的话，恐怕以后想要再见到他可就难了！"这句话无疑是在告诉欧阳雷火冯万春随时可以离开这里，从此消失不见。

欧阳雷火听到这句话立刻迈开步子向外走去，潘俊和时淼淼两个人紧紧地跟随在欧阳雷火的身后。

关押冯万春的牢房在二进院中，这里此刻是牢房，之前则一直是某个弟子触犯了门规之后被关禁闭的地方，因此相对简陋得多。推开牢房的门是一个台阶，老远便听到冯万春敲着牢房的门在大喊大叫："欧阳雷火，你如果不快点来见老子的话，以后就再也见不到了！"

欧阳雷火顿了顿，几个看守牢房的徒弟立刻迎了上来。欧阳雷火亦不说话拾级而下，那台阶是用红色的泥土烧制而成，只有十几阶。进入牢房之后有一张桌子和几把椅子，在对面是一扇铁门，门上有一个四四方方的小窗，冯万春透过窗口看见欧阳雷火一行人来到牢房，不禁得意地笑了笑说道："我就说你们一定会来的！"

"冯万春，咱们明人不说暗话，是不是你从时丫头的房间里偷走了那把钥匙？"欧阳雷火迫不及待地问道。

"哈哈，你是说这个？"冯万春大笑着将一把奇形怪状的钥匙握在手上，像是炫耀一般地晃了晃。欧阳雷火扭过头看了看时淼淼，只见时淼淼会意地点了点头。

欧阳雷火回过头长出一口气，语气温和地说道："老冯，你我相识也非一日，有什么话或者有什么要求你就明说，你若是想离开这里，现在我就可以放了你，不过那把钥匙你要留下。我现在需要那把钥匙救人！"

"哈哈，欧阳师叔，你也忒小看我冯万春了。"冯万春不屑地说道，"你以为你这小小的牢房能困住我？再说我既然有能力到时丫头的房间里去，从这里出去恐怕也不在话下吧！如果我真的想出去的话，只怕现在你们连我的影子也找不到。"

虽然冯万春的语气颇大，但说的却是实话。这也正是潘俊一直不解的地方，既然冯万春可以逃出去，可为什么还要见欧阳雷火呢？

"冯师傅，燕云和燕鹰现在被困在欧阳家传说中的密室中，如果没有那把钥匙，恐怕时间太久他们两个人会触碰到里面的机关性命堪忧。如果您有什么要求的话我们一定会答应的！"潘俊叹了口气说道。

冯万春瞥了潘俊一眼说道："你们准备一直把我关在牢房里谈这件事吗？"

欧阳雷火连忙吩咐徒弟将牢房的门打开。只见冯万春将钥匙塞进怀里微笑着走出来，毫无顾忌地坐在桌子旁的椅子上说道："你们也坐下吧！"

"老冯，我们的时间不多，有什么话你就赶紧说吧！"欧阳雷火性格本就急躁，此刻更是心急火燎，见冯万春一副悠然自得的样子更是怒上加怒，但现在是有求于他，也只得强忍着怒火好言抚慰道。

"燕云这孩子还真是讨人喜欢，如果真的出了什么事我老冯心里还真是有些难过！"冯万春说着自顾自地倒了一杯水，"哎，这钥匙我可以交给你们，但是我也想知道一件事！"

"什么事？"几个人异口同声地问道。冯万春打量了几个人一番，目光最后落在了时淼淼的身上，他盯着时淼淼沉吟片刻道："时丫头，这把钥匙你是从哪里得到的？"

时淼淼愣了一下，看了看潘俊和欧阳雷火，见二人均微微点了点头，这才将得到这把钥匙的经过一五一十又详细地对冯万春说了一遍。当她讲完之后，冯万春像是僵住了一样眉头紧皱，下意识地从怀里摸出一根烟叼在嘴里却迟迟没有点燃。

"就是说你也不曾见过那个制作这把钥匙的人？"冯万春将口中的烟捏在手里不停地揉搓着。

"嗯，这把钥匙是方儒德从炮局监狱里面带出来的！"时淼淼又确认了一次。

"炮局监狱！"冯万春皱着眉头沉吟片刻才抬起头来说道，"你们知不知道这把钥匙叫什么名字？"

"难道这就是土系家族代代相传的天命秘钥？"潘俊不可思议地说道。

　　冯万春肯定地笑着点了点头："潘俊果然是名不虚传，对于驱虫师几个家族都了如指掌，没错，这的确就是天命秘钥。多年前我曾经看到过父亲留下的一幅图，上面所画的天命秘钥便是这个形状。今天本来我想离开这里却不想机缘巧合地挖进了时丫头的房间，见到床上的包裹便不由自主地打开了，没想到竟然发现了这个。于是我便再次回到这里！"

　　冯万春的这番话让潘俊和在场的几个人都恍然大悟，原来他只是想弄明白这天命秘钥的来历。

　　"好了老冯，钥匙的来历你也知道了。我不管什么天命秘钥，我只求现在你把钥匙给我让我去救两个孩子！"欧阳雷火此刻早已经不耐烦了。

　　冯万春将钥匙掏出来递给欧阳雷火。欧阳雷火连忙去接钥匙，谁知冯万春却将手缩回去说道："我还需要你答应我一件事！"

　　欧阳雷火焦急地说道："慢说是一件，就算是十件八件，只要我能做到的我也一定答应你！"

　　冯万春点了点头，然后将头凑在欧阳雷火的耳边，低声耳语了几句，眼睛不时地看着潘俊。欧阳雷火的两条浓眉忽然竖立起来，待冯万春说完欧阳雷火诧异地望着冯万春。

　　"欧阳世叔希望你能答应我这件事！"冯万春正色道。

　　欧阳雷火用力地抓了抓头咬着牙说道："好！"

　　"君子一言，驷马难追，我相信欧阳世叔会信守承诺。而且这件事干系重大！"冯万春拱手道。

　　"你放心，我欧阳老头子活了大半辈子，从未食言！"欧阳雷火拍着胸脯说道。

　　"好！"冯万春说完将钥匙递给欧阳雷火说道，"还请您帮我准备一匹快马，我要立刻赶回到北平城！"

　　欧阳雷火点了点头，现在当务之急是首先救出欧阳姐弟，至于冯万春，早已不在他考虑的范围之内了。于是他吩咐旁边的弟子道："带着冯师傅去挑一匹快马！"

　　冯万春在离开的瞬间瞥了潘俊一眼，目光凝重而复杂。

　　拿到钥匙的欧阳雷火兴奋异常，他迫不及待地想现在就进入密室救出困在里面的欧阳姐弟。谁知刚要离开，却见一个徒弟从外面走进来说道："师父，有一个叫那三的瞎子说要见你！"

　　那三自从被欧阳雷火派去看守欧阳雷云之后，在欧阳家的大宅子中便如同人家蒸发了一般，为了保守住欧阳雷云还活着的秘密，他曾严令那三如果没有紧急的情况决不允许抛头露面。现在那三出现想必一定是遇到了什么事情。欧阳雷火想到这里连忙问道："那三现在何处？"

　　"就在门口！"那徒弟本也好奇，这欧阳家看守十分严密，一个瞎子是如何进入宅院的呢？此刻见师父如此这般关注这个瞎子，恐怕其中必有什么缘由。

　　欧阳雷火闻言便匆匆带着潘俊和时淼淼来到门口，只见那三正仰着头享受着阳光。这个长年累月生活在幽暗地下的瞎子虽然看不见阳光，但是这温暖的感觉还是让他似曾相识，于是他利用这片刻的机会贪婪地享受着。

　　听到远处的脚步声那三连忙上前几步低声说道："师父，那个人刚刚说如果想要救出小姐和少爷就必须现在去见他，迟了恐怕就来不及了！"

　　欧阳雷火早已猜到了大致的情况，马不停蹄地带着几个人向后面的院落奔去，依然是沿着石子小径，绕过园林假山来到其中一座假山前面。可是让欧阳雷火倍感诧异的是那假山上的溪水不知何时已经断掉了。此刻他最揪心的始终是欧阳姐弟，来不及详加询问便从石门走了进去。

　　刚进入牢房的大厅便听到欧阳雷云长叹了一口气说道："可惜啊，可惜！"

　　"可惜什么？"欧阳雷火立刻追问道。

　　"我在为两个孩子惋惜，看来我欧阳家要绝后了！"欧阳雷云的这句话多少有些悲怆，听不出此前的那种轻蔑。

　　"你……你什么意思？"

"哎，雷火你有没有注意到你刚刚进门的时候假山上的泉水已经消失了？"欧阳雷云虽然身在牢狱之中，却似乎比身在外面的欧阳雷火还要清楚外面的情况。

"是……是！"欧阳雷火隐隐有种不祥的预感，"可是……那又怎样？"

"唉，这个你不清楚，甚至连我们的父亲都不知道。传说中的密室全部靠地下的泉眼驱动。就如同这牢房的石门一样，叩击几下之后那泉水会消失而石门会打开，但是一旦关闭泉水会再次流出。现在泉水消失了，石门只能一直开启，却无论如何也不会再动了，这是因为密室的机关已经被无意中开启了！"欧阳雷云叹了口气说道，"恐怕现在就算是进去也很难救出他们来了！"

"那这钥匙……岂不是……"欧阳雷火颓废地握着手中的钥匙说道。

"钥匙？"欧阳雷云诧异地说道，"雷火，难不成你找到钥匙了？"

"是啊！"潘俊见欧阳雷火痴痴地望着钥匙却迟迟不回答，便代替他说道。

"嗯，如果现在找到钥匙的话说不定还有可能！"牢房里的锁链"哗啦哗啦"地响了一会儿说道，"雷火，如果你还想救他们两个的话，那么现在就放了我，这里没有人比我更熟悉里面的地形了。我是唯一一个从里面走出来的人！"

欧阳雷云的话确实不错，潘俊和时淼淼两个人均望着欧阳雷火。但见欧阳雷火紧紧地皱着眉头，一只手抓着裤子用力地捏着却始终不说话。潘俊和时淼淼都有些诧异，这欧阳雷火为了解救燕云姐弟不惜对冯万春低声下气，最后也放了他，却为什么对这牢房中的人如此忌惮。

"欧阳世伯……"潘俊用询问的语气轻声说道。

欧阳雷火抬起头，满眼苦衷欲言又止，他忽然双手快速地抓了抓头，狠了狠心说道："好，我放你出来可以，但是你必须戴上脚镣！"

"呵呵，你始终是怕我跑了！"欧阳雷云淡淡地笑了笑，片刻之后说道，"好，我戴上脚镣！"

他答应之后欧阳雷火从怀里掏出一把钥匙递给那三，然后在那三的耳边轻声低语了几句，那三点了点头又拿起一块黑布走了进去。不一会儿，只听"哗啦哗啦"铁链的撞击声不断，当声音停止之后那三带着欧阳雷云缓缓地从牢房中走了出来。只是让潘俊和时淼淼诧异的是，此刻欧阳雷云的眼睛上始终戴着一个黑色的眼罩。

就如同他们在这牢房中第一次见到欧阳雷云一样，潘俊和时淼淼都深感惊讶，不过此刻却不是向欧阳雷火询问缘由的时候。走出牢房的一刹那，欧阳雷云深深地吸了一口气，这种清新的空气是他这些年来从未享受过的。欧阳雷火命几个徒弟拿来几个火把，然后命令其把守在洞口，便跟随着潘俊他们走进了密道。

来到那个钥匙孔的旁边，欧阳雷火小心翼翼地拿出那枚钥匙轻轻放入孔中，那钥匙进入钥匙孔竟然严丝合缝。他不禁心中一阵惊喜，接着耳边响起一阵轻微的"嚓嚓"齿轮咬合的声音，那声音越响越大，忽然密道震动了起来，密道里面的灰尘全部落了下来。时淼淼下意识地抓住潘俊的手，而欧阳雷火和欧阳雷云二人紧紧地贴着墙壁。震动持续了一刻，只听地面上传来"隆隆隆"的响声，一个方形的入口就此打开，紧接着一股霉潮的味道扑面而来。

欧阳雷火将火把全部点燃分给时淼淼和潘俊之后便要下去，谁知欧阳雷云却挡在了入口处轻声说道："这密道设计得极为缜密，一旦这道门被打开，便会在一炷香的工夫内被关上，之后我们不可能再从这里出来，只能穿过密室的中央从另外一个出口逃脱。这下面的那个密道只是第一层密道，在它下面按照伏羲先天八卦分成，一乾、二兑、三离、四震、五巽、六坎、七艮、八坤，八个密道。通过任何一个密道都可以走到中央最大的那个密室。而且这八个密道正如八卦一般之间是相互关联的，一旦其中一个密道的机关被触动，其他密道的机关也会相应开始运转。每一个密道的机关又完全不同。当年金系家族花费了三代人的精力和智慧，耗费了一百三十多年的时间才将这个密室建成，因此内中的机关无所不用其极，若稍有差池便是十死无生啊！"

欧阳雷云顿了顿说道："所以在进入之前我希望你们能最后考虑一下，说不定进去之后就再也出不来了！"

欧阳雷火淡淡地笑了笑，他此刻即便是用自己的命去换两个孩子的性命，也会毫不犹豫。时淼淼看了潘俊一眼，微微笑了笑，从欧阳雷火的手中夺过一个火把便纵身跳了进去。潘俊紧随其后也跳了进去。欧阳雷火看着欧阳雷云，想要说什么最后还是咽了回去，拿着火把纵身而入。欧阳雷云长出一口气，有些惋惜地跳进了入口。

当他们所有人都进入入口之后，一会儿工夫，入口正如欧阳雷云所说缓缓地关上了。潘俊和时淼淼二人先进入密道，因此已经用火把将密道看了个周全。

密道里有些阴冷，墙上均是刀砍斧凿的痕迹，并不太长，可奇怪的是左右的尽头都已经被堵死，根本没有欧阳雷云所说的第二层的八条密道。欧阳雷云见密道口渐渐关上之后才提醒众人道："现在我们不知道两个孩子究竟是进入了哪一个入口，只能碰运气，这八条密道既然是按照伏羲八卦而来，也就是分为阴阳两种，乾、震、坎、艮属阳，而坤、巽、离、兑属阴。属阴密道内部之间相互连通，属阳密道之间相互连通。现在我们两个人一组，一组人寻找属阴密道，一组人寻找属阳密道。通往中央密室的密道只有一条，那是一条存在于阴阳两种密道中间的一条狭窄的小隧道。"

欧阳雷云的话音刚落。欧阳雷火便微微笑道："我和你一起！"欧阳雷火这样决定恐怕也是唯恐欧阳雷云会借着这个机会逃跑，因此他不等别人反应过来，便已经站在了欧阳雷云身边。潘俊和时淼淼对视了一下微微地点了点头。

"好，现在大家熄灭火把趴在地上抓住凹凸起来的石块，一会儿这密道运动起来在我没有说话之前一定不要松手，如果我们都进入一面的话，恐怕那两个孩子的性命就真的保不住了！"说完他和欧阳雷火趴在了地下。时淼淼和潘俊二人也趴在一起等待着欧阳雷云下一步的指示。

欧阳雷云见大家都准备停当，这才在自己的身旁摸了摸，碰到一块特别凸出来的石块轻轻按下。那隧道在"吱吱"两声之后骤然运动了起来，从最开始的水平渐渐地开始倾斜，潘俊和时淼淼只觉得身体一点点地向下，双手加大力道尽量贴着密道壁不让自己滑落。

密道运动了一刻之后欧阳雷云忽然喊道："你们两个跳！"

潘俊和时淼淼闻声立刻放开双手，只觉得身体快速下坠。足足下坠了有三四丈深，潘俊和时淼淼二人才重重地摔在地上，可奇怪的是这地面上软绵绵的，虽然从数丈高的地方摔下来却丝毫不觉得疼。二人睁开双眼，眼前竟然是一片明亮，周围全部都是蓝莹莹的，脚下还有一层薄薄的烟雾缭绕，这哪里像是在地下？明明如同进入了仙境一般。

"潘……潘俊……这……"时淼淼也为眼前的情景深深一惊。本以为这一坠下之后眼前必定是漆黑一片，因此落下来之时二人手中均紧握着一个火把，谁能想到进入之后竟然是此番情形。

潘俊眉头微皱环视了一下四周，眼前除了蓝便是那层层的烟雾，他迟疑了片刻说道："难道这密室是八个密室中属乾的那个？"

"乾？"时淼淼对于伏羲八卦这些东西不甚了解，刚刚欧阳雷云所说的那些也只是听了个一知半解。

"在伏羲八卦之中'乾'卦代表的方位是南，所代表的是天！"潘俊望着周围说道，"时姑娘，你看我们周围宛若是进入了天宫一般。"

听了潘俊的话时淼淼再看眼前的环境不禁微微颔首，不可思议地说道："真没想到金系先人竟然如此神乎其技，在密室之中营造出这样一座天宫！"说着她痴迷地观察着周围那蓝色的天空和身边流动的云彩。

而站在一旁的潘俊却对此充满了忧虑，传说中的密室他从未听说过，刚刚欧阳雷云虽然将这密室的构成说了个大概，不过却未曾提及每一个密室之中会遇见何种机关，该用什么方法才能顺利避开那些机关。这种种情况一无所知。

"潘俊，你看……"时淼淼向来不是大惊小怪的人，她为人极其冷静，不过此刻也禁不住激动了起来。潘俊抬起头见时淼淼正指着自己的脚下，潘俊向脚下望去只见在那层薄薄的烟雾之下竟然能看见地面上被缩小的湖泊山川，甚至连那些蚂蚁般大小的房屋也能依稀看清。潘俊蹲下身子用手在脚下轻轻触碰，谁知踩在上面软绵绵的地面竟然形若无物。

"我们……"潘俊简直不敢相信自己眼前所发生的一切，他诧异地说道，"我们现在是飘在空中……"

他的这句话也让时淼淼极为惊讶，不管他们还将遇见什么精妙的机关，仅仅这悬浮于半空就已经足以令人叹为观止了，金系家族的人究竟有什么办法做到这点的呢？

潘俊忽然觉得鼻子里一阵阵的发酸，像是鼻孔中吸入了灰尘，几次想打喷嚏，可都在刚刚要张嘴的时候那种酸酸的感觉顿失。这种感觉似乎从他们进入这密室中便开始时不时地出现了。

"潘俊，这个地方好像根本就没有边界，连我们刚刚进来时的入口都不见了，更别提什么出口了！"时淼淼在四周转了转，忧虑地说道。潘俊却始终沉默不语，他总觉得这事情发生得有点诡异，眼前的这个密室太不可思议了。平静的天空背后似乎隐藏着某种杀机。

刚想到这里他下意识地用手在眼前轻轻挥了挥，他迟疑了一下缩回手，这个动作？潘俊的脑海中闪过了什么。正在这时周围渐渐地暗淡了下来，原本湛蓝的天空像是被滴入了浓墨一般，墨点渐渐在此处弥散开来。

"时姑娘！"潘俊呼唤着时淼淼的名字。时淼淼显然也意识到了危险，立刻来到潘俊的身旁，这时浓墨已经将眼前的一切全部点染成了浅黑色。忽然潘俊觉得背后隐隐发冷，猛然回头，只见一个穿着黑衣的人正站在距离自己一丈多远的地方，虎视眈眈地盯着两个人。

"潘俊！"那个人的声音阴沉冰冷，宛若便是从某个角落发出来的。

"你？"未等潘俊说话时淼淼便抢在了前面诧异地惊呼道。

"怎么？时姑娘你见过他？"潘俊诧异地望着时淼淼。只见时淼淼一脸惊恐地望着眼前的黑衣人，幽幽地说道："这声音……这声音我一辈子也忘不了。"

　　"哈哈，水系君子时淼淼。"那人狂笑，笑声在耳边被夸大了无数倍。时淼淼听到这笑声只觉得身体一阵阵发寒，她下意识地碰到潘俊的手，然后就像是抓住了最后一根救命稻草一般紧紧握住再不放开。

　　"他从我回国之后便一直跟着我……"时淼淼握着潘俊的手，却依旧止不住身体的颤抖。

　　"你们以为逃到这里就能摆脱我们吗？"说着那黑乎乎的云层中凭空亮出几个蓝色的光点，那光点越来越多，这些东西潘俊和时淼淼在欧阳家的宅子中都曾见过，也领教过它们的威力。一旦它们碰到人的身体便会立刻燃烧起来。潘俊拉着时淼淼想也不想地向反方向狂奔而去，那个人在身后放声狂笑，而那些蓝色飞虫紧追而来。

　　两个人不知跑了多久，渐渐身边又陷入了一片黑暗之中。这时两个人才停下来不停地喘息着，刚刚的一幕简直太让人难以置信了。那个人怎么会到这个幽闭的空间来呢？

　　忽然潘俊又觉得鼻子一阵发酸，他张大嘴巴想要打喷嚏只是那种感觉又凭空消失了。而就在这时她瞥见时淼淼竟然也下意识地用手在空中凭空摆了一下。

　　"时姑娘，你这是……"潘俊盯着时淼淼说道。

　　"我也不知道，刚刚进来的时候觉得鼻子里有种酸酸的感觉，像是吸入了灰尘！"时淼淼说着轻轻揉了揉鼻子。

　　一个危险的念头瞬间闪过了潘俊的脑海，他刚要说什么，只见不远处站着一个浑身鲜血淋淋的人，微弱的光线洒在他的身上显得极为诡异，活脱脱便是一个冤鬼。

　　"你……"潘俊依稀辨认出眼前人的模样，那人分明便是龙青。可是一来龙青尚在北平城中，二来龙青在北平城中也算得上是一个呼风唤雨的角色，如何能变成这般模样。

　　谁知龙青像是能看透潘俊的思想一样，一行清泪夹杂着浑浊的血迹从眼眶流淌出来，他一个踉跄跌倒在潘俊面前道："潘爷，我是因为帮助时姑娘调查炮局监狱才变成这样的！"

潘俊心头微微一颤，今日炮局监狱已经不是第一次听到了。他诧异地望着时淼淼，只见一向冷漠的时淼淼看见被折磨的早已不成人形的龙青满脸愧疚，一下子跪在龙青面前颤声道："龙青对不起！"

闯龙潭，龙青殉大义

一声沉闷的哀号声从横滨银行的地下刑房中传来。北平城东交民巷区的四合院纵横相连，错综复杂的胡同穿插其间将这些格子串联起来，早有"有名胡同三百六，无名胡同赛牛毛"一说。而在这错综复杂的格子之中却车水马龙，热闹非常。

东交民巷与西交民巷相连的江米巷（使馆街）更是集中了"四夷馆"和各国使馆。而义和团之后各国的银行也在这条街上蔚然成风，如雨后春笋般地搬入江米巷，而日本的横滨金正银行就在其中。

今天凌晨，宪兵队忽然接到了来自松井尚元的密令，将龙青秘密转移到横滨金正银行的地下刑房之中。于是在天刚刚破晓的时候，几个人便将龙青捆绑着由一辆拉货物的马车运抵此处。

此时龙青的双手被牢牢地捆绑在刑具架上，头发凌乱，眼睛微闭，眼球上翻，胸口是暗黑色的鞭痕和数处烙印的痕迹，溢出来的白色脂肪从烙痕边缘流出最后凝结在烙痕周围，而他也因剧烈的疼痛昏死了过去。昏迷中他仿佛听到了时淼淼一声愧疚的对不起，接着一瓢冷水冷不防地淋在了身上。

龙青一激灵醒了过来，脸上却露出了一丝难以察觉的微笑，小声嘟囔了句："没事儿，死不了！"

眼前那个日本大汉赤裸上身，扎着一条军腰带，身上早已被眼前的火炉烤出了汗水。他手中拿着鞭子，正要继续，谁知却被正从外面走进来的松井尚元止住了。那日本人见松井尚元连忙搬过一把椅子。松井尚元从容地坐在汉子面前，脸上带着一丝难以捉摸的微笑，淡淡地说道："龙先生，你这又是何苦呢？"

"呵呵！"龙青笑着长出一口气说道，"松井，我以前一直以为你们小日本用刑有一套，今天算是见识了！"

"哦？"松井尚元饶有兴致地望着虚弱不堪的龙青说道，"龙先生感觉如何？"

"呸！也不过如此嘛！"龙青吐了口痰毫不客气地说道。

"看来龙先生似乎对我这些无能的手下极为不满啊！"松井尚元的脸上始终挂着一丝微笑，然后轻轻地拍了拍手，接着一个戴着黑色礼帽，穿着一身笔挺的黑色西装，戴着一副黑色圆墨镜四十来岁的中年人，嬉皮笑脸地提着一个药箱子走了进来。他见了松井尚元连忙鞠了几个躬，之后将药箱子放在面前的木桌上，又转身来到龙青面前看了看，"啧啧啧……"中年人惋惜地说道，"龙老大，您瞧，您真是没必要这样啊！"

"呵呵，没想到活阎王也来了！"龙青识得眼前这人，这人祖上便是皇宫之中负责用刑的，对于用刑颇有几分研究，而这些年更是将西洋的用刑方式引了进来，号称在他手下就算是死人也会开口说话，知道他的都叫他活阎王。

"可不是嘛！"活阎王脸上带着谄媚的微笑，不无惋惜地说道，"你瞧这不是大水冲了龙王庙嘛，我还真不知道今天这活儿是您！"

"少废话，有什么招就赶紧使出来，你龙爷倒是想尝尝！"龙青深知这活阎王的手段非常，日本人既然把他请来看来今天自己是凶多吉少了。其实龙青早已经做好了必死的准备，然而让他懊恼的是未能将时淼淼交给自己的事情完成。

"年轻啊，啧，还是年轻啊！"活阎王一边惋惜地摇着头，一边自顾自地走到桌子前面将药箱子打开，里面有上下两层，上一层是各色针头，而下面则是一些针灸用的银针。活阎王的手指在下层的银针上轻轻滑动，最后停在其中一根上，从容地抽出来，一双小眼睛笑得眯成一条缝，带动着眼角细密的鱼尾纹。

他手中拿着那根针，从瓶子里倒出一些粉红色的液体均匀涂抹在银针上，转过身向松井尚元媚笑了两声，走到龙青面前上下打量着，终于他的目光落在了龙青的手上。他轻轻地按住龙青的手掌"怜惜"地说道："龙爷，有点儿疼，您忍着点儿……"这个"点儿"字还没说完，他已经将那银针插入了龙青的合谷穴中。

龙青顿时觉得一股冷气顺着手臂灌入，强烈的刺痛感让龙青的冷汗倏忽间从后背直冒出来，瞳孔放大，眼珠子似是要从眼眶中蹦出来了一样。他倒吸一口冷气，身体在疼痛中微微颤抖了两下。

活阎王一边轻轻捻着银针，一边诧异地望着龙青自言自语道："嘿，看来我还真是小瞧龙爷了，年轻人，有两下子！不过，这不过是开场的小菜……"

"还有什么尽管给你老子上来！"龙青说这话的时候也只是强撑着一口气。因为刚刚那一针自己差点背过气去，这活阎王果然是整人的高手。只见活阎王微微地笑了两声，看似无害，却让龙青听着心里一阵发寒。

"嗯，嗯！"活阎王听着龙青的话也不生气，倒是有几分委屈地说道，"马上来，马上来，别急！"说完活阎王又回去忙活一阵儿，之后又拿出另外一根针。这次活阎王比之前利落得多，蹲在龙青的面前，抬起头说道："龙爷，这次会稍微疼点儿，您忍住啊！"说罢那根银针早已插入龙青脚下的涌泉穴中。

涌泉穴可谓是人身体上对疼痛最敏感的穴位，加之那活阎王秘制的药剂，使得疼痛更增加数十倍。龙青只觉得一阵刺骨的疼痛顺着脊柱直冲进大脑，瞬间整个人便昏死了过去。

旁边的日本人舀上一瓢凉水便向龙青身上泼，意料之中的情形却并未发生，龙青像是一摊烂泥一般挂在刑架上。活阎王这整人的功夫绝对不是盖的，经过他手的人非死即残。看着昏死过去的龙青，松井尚元立刻站起身来，见他迟迟没有醒来，连忙大声喊道："快，立刻送医院，一定要让他活着！"

他的话音刚落，几个站在门口的日本人便急匆匆从门外奔进来，将龙青从刑架上卸下来背着向院子里奔去，此刻院子里早停着一辆黑色的轿车。一个汉子推开后面的车门，另外一人将龙青放进车内，然后一前一后坐进车里，对司机说了两句，那司机开着车疾驰着从横滨银行的大门驶出，沿着江米巷向尽头的医院疾驰而去。

车子刚行了一二里忽然向一旁的巷子一拐，两个日本人本来一直盯着前方的医院，这突如其来的变故二人都始料未及，坐在副驾驶上的日本人立刻扭过头，怒视着司机，谁知迎面而来的却是重重的一拳。坐在副驾驶上的日本人连忙掏枪，正在这时司机一脚踩在刹车上，那日本人和枪就着惯性向前冲去，司机手疾眼快，右手顺势抓住那日本人的领子向前猛然一带，那日本人的头重重地撞在前面的挡风玻璃上，昏死过去。这动作一气呵成，干净利落，毫不滞涩，这时司机才推开车门，快步走到后面将龙青背在后背上，一路小跑向巷子深处奔去。

一路的颠簸让龙青缓缓睁开眼睛，他歪着脑袋看了一眼背着自己的人，不禁一愕，"你……你是谁？"

"一个不愿意让你死的人！"背着他的人不是别人，正是管修，自从当天他与子午见面得知龙青被松井尚元所擒，他便暗中制订了一个计划。松井尚元将龙青囚禁得极为严密，如果想要闯进去救人，不但不能救出龙青，最后恐怕连自己的性命也要搭上。因此管修将形势仔细分析之后，决定必须让龙青离开松井尚元的视线，而让龙青能离开松井尚元的视线也只能靠一个方法，那就是之前管修所说的这个方法恐怕龙青会吃些苦头。

思来想去管修将目光锁定在一个人的身上，那个人就是松井尚元的御用刑讯高手活阎王。活阎王真名叫善仁，虽然上天赐给他一个"善良"的姓氏，却让他生到了一个毫无善良可言的家族。善仁家从祖上数代开始便一直行走于刑房之间，折磨人的手段可谓是五花八门，从中医针灸到麻汤毒药，无所不为其用，而无所不用其极。因为这门缺德的手艺，善仁家族几代人为王室效力，且与爱新觉罗·庚年家族交情极深。

日本人来到北平之后，善仁便因整人的功夫闻名遐迩而成为松井尚元的座上宾。不过善仁却始终对庚年家族感恩戴德，且善仁曾多次在庚年府上见过管修，深知两人是至交。因此管修心想劝说善仁帮忙应该是十拿九稳。

果不其然，善仁听到管修所说，并未问其缘由，一口答应。当这一切都准备停当之后管修本以为事情便顺理成章地发展下去，没想到凌晨却接到了善仁的电话。他告诉管修松井尚元通知自己早晨去横滨金正银行。管修一时之间有些慌乱，他一边告诉善仁见机行事，一边匆忙地来到子午家中，想让子午去宪兵队确认一下龙青是否被转移走了。

可是谁想到他刚一踏进子午家中便觉得气氛有些不对，院门敞开着，院门内有一摊已经干涸的血迹。管修下意识地摸出枪蹑手蹑脚地走进去。子午的房门虚掩着，这个院子里异乎寻常的平静让管修有种不祥的预感，他矮着身子缓慢地移动到子午的房门口，贴着墙轻轻踢开房门，然后猛地闪进屋子里，左右环视一周。

只见屋子中除了床上的被子有些凌乱外并未发现打斗的痕迹。管修长出一口气揣起枪又仔细地打量了一周，确定没有异样这才离开子午的住所。

后来他从宪兵队打听到凌晨被秘密运走的人确实是龙青。管修做事向来谨慎缜密，如若按照平日里他的行事风格，松井尚元既然将龙青暗中转移必定是发现了什么端倪。那么此刻龙青必定在松井尚元的严密监视之下。但今时不同往日，松井尚元在宪兵队见到子午之后便立刻采取了行动，而且现在子午离奇失踪了，极有可能是他已经被松井尚元怀疑并被秘密带走了。虽然这只是管修的猜测，不过他却宁可信其有不可信其无。如果今天不行动的话，那便是告诉松井尚元子午确实参与了，这样做无疑不打自招，将子午硬生生推进了火坑。

所以在得知龙青确实被关押在横滨金正银行这个消息之后，管修毅然决然地安排了这次营救行动。

而让管修感觉诧异的是，他本以为松井尚元这次将龙青转移至此看守一定会更加严密，所以这次营救必定困难重重。却没想到事情进展得竟如此顺利，只是这种顺利却让管修隐隐地感到一丝不安。

这种不安很快便应验了，松井尚元是一只狡猾的老狐狸。横滨金正银行不但内中有层层的看守，在外围数里之内他也布置了不止一道封锁线。龙青被人救走的事情很快便传进了松井尚元的耳朵里，他立刻拨通了电话。

命令很简单，不管是谁救走了龙青，即便见不到活的也要看到龙青的尸首，绝不可以让这个人落在别人手中。

这道命令一下达，周围的日本人以迅雷不及掩耳之势将方圆几里的路完全封锁了，大队的日本人在大街小巷中搜索着龙青的下落。就在管修刚刚背着龙青走出一个巷口，便发现前面一队日本人正向自己的方向而来，他连忙转身向来时的方向跑去。

谁知此刻已经气息奄奄的龙青忽然挣扎了起来，管修用手死死地抓着龙青的双腿恼怒地说道："不要动！"

"放下我！"龙青的声音虽然有些微弱，但是语气却很决绝。

管修渐渐停下脚步说道："你放心，我是来救你的，我是子午的朋友！"

"子午？"龙青狠狠地咬着这两个字说道，"那你更要放下我，难道他没有告诉你不要来救我吗？"

管修不愿再与龙青争辩，自顾自地在东交民巷的那些九曲回肠的小巷子里穿梭。而龙青却用尽浑身的力量拼命地扭动着身体道："快放下我，这里已经完全被日本人封锁了，你带着我是离不开的！"

管修虽然清楚龙青所说绝无半点虚假，却始终牢牢地抓着龙青抵死不放手，这时龙青忽然双手扶着管修的肩膀猛地发力，借着身体的重量向后翻去，一下子倒在了地上。

管修这才停下连忙扶起躺在地上的龙青，只见龙青嘴角中淌着血，那只被血痂粘住的眼睛始终还是睁不开，眼皮已经浮肿起来了。他微微笑了笑说道："我龙青该做的事情都已经做完了，你带着我始终是逃不出这里的！"

龙青顿了顿，耳边响起了一阵急促的脚步声，从声音判断日本人应该会很快就到这里。龙青说着"哇"的一声吐了一口血水说道："而且即便你带我逃出去也没有用了，松井那条老狗不知给老子吃了什么邪门的毒药，如果一天吃不到解药我也会死！"

"啊？"管修长大嘴巴望着已经血肉模糊的龙青。

"兄弟！"龙青忽然柔声道，伸出手在管修的肩膀轻轻地拍了拍道："我从不认识什么叫子午的人，不管你是谁？我只求你一件事！"

管修明白龙青之所以说不认识子午是因为他从未见过自己，并不确定自己和子午的关系。如果这只是松井尚元设的局，那么龙青在这时候承认与子午有关，那么想必子午就会遭受灭顶之灾。这是龙青唯一能保护子午的方式。想到这一点管修的眼眶微微有些湿润，对眼前这个汉子心中顿生敬意，于是点了点头道："你说！"

"给我一把枪！"龙青这句话似乎用尽了所有的力气，将几个字咬得字正腔圆。

管修知道龙青此时死志已决，看着龙青那张血污模糊的脸他有如又看到了那个为了保护自己不惜杀身成仁的庚年。管修停顿了一下将一把枪放在了龙青的手上，然后又在身上找了找摸出一颗手雷也一并交给了龙青。

　　龙青将手雷揣在怀里淡淡地笑了笑指着一旁的巷口说道："你快点离开这里！"

　　管修嘴唇微微颤抖还想要说什么，却始终没有说出口。最后，缓缓地站起身对龙青行了一个军礼然后向一旁的巷口奔去。

　　在管修刚刚转进巷口的时候，龙青趴在地上听着地面的动静，心中暗自计算着那些日本人就要转进巷口的时候将怀里的手雷摸了出来，口中默念了三个数，然后将呲呲冒着白烟的手雷用力飞掷出去。那手雷刚刚落在巷口日本人便已经赶到，未等前面几个人反应过来手雷已然爆炸！

　　"砰"的一声巨响，几个日本人被炸得血肉模糊倒在了巷口，手雷的声音立刻产生了连锁反应，周围的日本人听到声音之后便如同苍蝇一样蜂拥而至。而管修听到声音立刻停下了步子，他原本以为那手雷龙青会留到最后，谁知却第一时间便用了。他心知龙青虽然不大相信自己的身份，但是他会这么快便投掷手雷，无疑是想用声音吸引周围日本人的注意，来帮助自己顺利逃脱。想到这里管修心里又是阵阵发酸。

　　接着龙青趴在地上，举起手中的驳壳枪照着前面日本人的脑袋就是一枪。那些日本人知道龙青手里有武器已经小心防备，片刻之后见龙青不再开枪便试探着从外面走了出来。

　　只见此刻龙青已经靠在墙上，仰着头，一只手牢牢地握着那把驳壳枪，另一只手无力地瘫在地上，像是一个悠闲的老者正在慵懒地享受着午后的阳光。

　　一个日本军官手中握着枪带着身后几十个日本兵将龙青围在核心。龙青像是刚刚睡着被人吵醒了一样瞥了一眼那日本军官，然后伸出手道："想让我跟你们回去？"

　　日本军官久居中国对中国话也能听个似懂非懂，他点了点头。龙青微微笑了笑说道："有烟吗？"

　　那日本军官会意地摆了摆手，一个日本兵从怀里掏出一根烟点上小心翼翼地塞进龙青的嘴里，龙青深吸了一口烟，满意地点了点头竖起大拇指说道：

"你们小日本儿啊，也就是这点小东西做得还不错！"

那日本军官本以为龙青竖起大拇指是准备赞扬一番，没想到却说出如此这般的话来不禁有些恼怒。龙青不再理会一边哼着《十八摸》，一边抽着烟，神情惬意。待他把烟抽完之后抬起头看了看周围那些日本人，此时闻声赶来的日本人已经不下百人，挤在巷子里。他微微一笑忽然举起枪将枪口吞进嘴里，手指扣着扳机。

日本人显然没料到龙青手中的枪内还有子弹，都是一惊。只见龙青握着枪的手颤抖了几下，又将枪缓缓地从口中拿出来，轻声骂道："操，老子怕疼！"话音刚落便将枪口对准眼前的日本军官，扳机扣动，随着一声枪响日本军官应声倒地，龙青立刻抢上前去想要抢夺军官腰间的配枪。

刚刚那一幕是日本人猝不及防因而得手，此刻那些日本兵见自己的军官被杀死，一个个眼眶发青，握着手中的枪便向龙青刺来。周围十几个人，十几把枪，十几口刺刀，几乎同时落在了龙青的身上，龙青的身体微微抽搐了一下，嘴角露出一丝诡异的微笑……

龙青虽然死了，但是日本人的搜索却并未停止。那个营救龙青的人一定并未走太远，于是越来越多的日本人向这个方向聚集，管修一刻也不敢停留，向前狂奔。这次的营救计划就连他自己也不得不承认欠妥当，但是情势危急也只得如此。

他在巷子里走了几圈，几乎每个巷口都被日本人封锁了。而身后的日本人更是如影相随，阴魂不散。这巷子内的人家听到枪声都已将房门紧闭。即便不关闭房门那些日本人也不会放过的，必定会挨家挨户地搜查。

管修越走越急躁，他转过一个巷口忽然眼前一亮，前面的巷口处竟然没有日本人。他立刻加快步子向巷口的方向走去，谁知就在距离那巷口只有十几步远的时候，耳边忽然传来了一阵汽车的轰鸣声，接着一辆黑色轿车停在了巷口挡住了管修的去路。

管修心头一紧，下意识地摸了摸腰间的配枪，却忘记刚刚已经把枪交给了龙青，现在即便想拼个鱼死网破也没有了武器。他颓然地一步步向后退，可是那些死缠不休的日本人的脚步声已经渐行渐近。正在管修左右为难的时候，驾驶室的门却忽然打开了，车中人向管修招了招手，管修一见那人心中大喜，立刻奔上去打开后门钻进了车里。

在管修刚刚进入车子之后，那人便发动了车子。来营救管修的不是别人，正是今晨失踪的子午。管修坐在车里喘着粗气，如果刚刚哪怕迟了一步，恐怕自己今天也要命丧于此了。他一边摘掉帽子不停地扇着风，一边撩起黑色的窗帘向外瞭望。

这时的街上到处是荷枪实弹急匆匆奔来走去的日本人，在他们刚离开巷口不久便已经将那个巷口层层封锁住了。管修放下窗帘舒了一口气靠在椅子上问道："子午，你怎么会在这里？"

子午一脸严峻地开着车，微微抬起头从后视镜望了管修一眼，然后一边开车一边低声说道："早晨我一回来便回到了宪兵队，见龙青已经被秘密转移到了横滨金正银行便想找你商量从长计议。可是就在这时听到这边传来了一阵爆炸声，于是我便驱车直奔这边而来！"子午说到这里顿了顿问道，"救援没有成功？"

只见管修神色黯淡地摇了摇头："龙青死了！"

管修这句话的声音很低，然而却让子午心头猛地一颤，手在方向盘上一滑差点撞在墙上。他连忙调整自己的状态让车重归于平稳，这才接着问道："怎么会这样？"

管修长出一口气将事情的来龙去脉一五一十地讲述了一遍，讲完之后子午和管修无不扼腕。车内的两个人一下子沉默了下来，只有发动机的嗡嗡声似乎在诉说着什么。过了好一会儿管修抬起头问道："子午，早晨你去了哪里？"

子午沉吟了一会儿说道："一会儿我带你去见一个人！"

管修点了点头，他并未问即将见到的究竟是谁。车子缓缓离开被日本人团团围住的东交民巷并未遇到什么阻拦，离开东交民巷子午便开始加速。车子穿过光源大街，然后驶入了一条小巷。在子午家门口停了下来。

子午下车向周围望了望，见四下无人这才轻轻地拍了拍后面的车门。管修会意地推开车门来到子午的家，而子午也紧随其后进了家门，然后将院门重重地锁上。虽然管修不问，但是这一路上管修都在想，即将见到的那个人究竟是谁。

只是看子午一副讳莫如深的样子便也不再提，子午走在管修前面推开房门，闪出身子请管修进去，管修有些诧异地与子午对视了一下，目光中满是疑惑。子午微笑着点了点头，管修这才走进屋子。

但此时见一个十来岁的孩子正躺在子午的床上睡得正香，梦中时时露出满足而幸福的微笑。管修盯着床上的孩子愣了一会儿，然后一脸疑惑地望着子午说道："你让我见的人就是他？"

"嗯！"子午微笑着，然后来到桌子前面为两个人一人倒上一杯茶说道，"管修兄，您知道这孩子叫什么名字吗？"

管修接过子午递过来的茶摇了摇头。

"金龙！"子午一字一句地说道。

"金龙？"管修虽然未曾见过金龙，却早已经听闻这孩子是潘俊的姐姐和金系驱虫师金银的孩子，当时在安阳的时候他知道这孩子一直跟在潘俊一行人身边，不过之后所发生的一切管修便不得而知了，"他怎么会在这里？"

"唉！"子午叹了口气轻轻喝了一口茶说道，"这还得从多日前我和龙青去见世叔时说起！"

"嗯？"管修眉头微微皱了皱，坐在子午对面的椅子上点头示意子午继续说下去。

"当日世叔还有一件事便是劝说潘俊小世叔的姐姐潘苑媛去新疆！"子午将当日时淼淼在龙青的仓库中如何劝说潘苑媛，以及用胭脂虫的神奇治好了已然面目全非的潘苑媛，最后两人一起上路离开北平的经过说了一遍。（详见《虫图腾3》）

"嗯，那后来呢？"管修追问道。

"昨日我在酒楼吃饭的时候见街上有一个女子行色匆匆地向前走，那背影与潘苑媛极像便立刻追了出来，谁知一追出来便没了人影！"子午说着又将二人杯中的茶续满，接着说道，"回到家中因为一直在想着如何营救龙青的事情，便整夜辗转难眠，三更时分我忽然听到门口传来了一阵窸窣的脚步声！"

"当时我极为诧异，便从枕头下面拿出了配枪，轻轻地将枪上了膛蹑手蹑脚地摸到床下！"子午摇了摇头说道，"我刚走到门口，门外一个女人的声音忽然道，'子午是我，开门！'"

子午望着眼前的那扇门，一阵微风轻轻吹过，门轴轻微转动了一下，一扇门缓缓打开了一道口子。子午的记忆之门也同时被打开了，回到了昨晚……

"你……"子午靠在门口手中握着佩枪，他觉得这声音虽然有些熟悉，但一时之间却也猜不出究竟是谁。

"我是潘苑媛！"女子贴着门低声说道，子午听到这个名字立刻摘掉了枪上的保险，别在腰里缓缓打开门。只见潘苑媛穿着一袭黑色的斗篷，帽檐很低几乎看不见脸。

"快进来吧！"子午闪身让出门，潘苑媛径直走入房间。

子午警觉地关上房门，随手打开灯。潘苑媛站在屋子中间，子午看着潘苑媛一时有些手足无措，无数的疑问在他头脑中乱撞，却又不知从何问起。

"您……您没有去新疆？"子午在思忖了片刻之后终于找到了最恰当的问题。

谁知子午的话音刚落，只见潘苑媛忽然"扑通"一下跪在地上。这突如其来的举动让子午更加局促不安，他连忙伸手扶住潘苑媛，谁知潘苑媛却极其坚定，声音沙哑地说道："我现在在京城也不知道找什么人，你和潘俊是朋友，所以我只能来找你帮我一个忙！"

子午顿了顿，手上加大力道扶起潘苑媛道："您这不是折杀我吗？有什么事情您起来再说好不好？"

潘苑媛望着地面微微点了点头，然后站起身来。子午将潘苑媛让在座位上，然后给她倒了一杯茶道："潘俊是我的小世叔，如果不是他恐怕我子午早已经死了。您又是小世叔的亲姐姐，不管什么事情只要您需要我子午，我赴汤蹈火在所不辞！"

子午的这番话让潘苑媛极为感激，她微微地点了点头道："子午，我请你帮助照顾我儿子，如果我半个月还没有回来想拜托你将他送到潘俊的身边！"

"金龙？"子午疑惑地问道。

"嗯，是的！"潘苑媛这几个字说得十分无奈，"恐怕我以后没有机会再照顾他了！"

"您……您何出此言？"子午惊讶地站起身来，潘苑媛话中之意极其明显，显然是命不久矣的意思。关于她此前的遭遇当初也听闻时淼淼说过一些，唯恐她会自寻短见。

"呵呵！"潘苑媛凄惨一笑，"其实多年前我本就该死了，如果那时候真的被他毒死的话，也不会让龙儿孤苦伶仃一个人活在这世界上了！"

"您究竟发生了什么事情？"子午觉得潘苑媛的话越说越让人担忧，不禁追问道。

谁知潘苑媛忽然站起身来，然后将头顶上的帽子缓缓摘掉，只见数条黑线从潘苑媛的脖子上一直蔓延到她的脸上，如同植入的一般，细小的黑线几乎占据了整张脸。子午一惊向后连连退了几步道："这……这……这是什么？"

"数年前我被人下了一种极其古怪的毒药，每三个月那个人会拿解药给我吃。如果超过三个月这种毒便会蔓延至全身。他以这种毒药威胁我，让我为他做了许多事情。直到数月之前我终于见到因为我而惨死的人，那时我便决定再也不会帮助那个人了。从那时起便断绝了解药，如果不是金龙的出现，恐怕我现在早已经失去了活下去的意义！"

"原本我是和时淼淼姑娘一起去新疆的，也只是想见金龙最后一面，可是……可是……"说到这里潘苑媛的嗓子已经哽咽了，"一见到金龙我便再也离不开他了！可是与此同时我也发现我身上的毒在快速地蔓延，如果短时间内得不到解药一定会与金龙阴阳相隔！"

"因此我并未去新疆，而是在他们离开甘肃之后带着金龙马不停蹄地来到了北平！"潘苑媛说到这里又将帽子遮在脸上，接着说道，"只是到了北平我却发现如果把金龙带在身边的话行动多有不便，而且解药能否拿到也全然未知，我现在在北平是举目无亲。正在这时我想到了你。"

"你是说今天在酒楼的时候？"子午凝视着潘苑媛。

潘苑媛微微点了点头："我知道你下来找我，只是白天人太多，我怕被人发现，所以才在你回家的时候暗中跟踪你，找到了你家的住址，趁着晚上来找你帮忙！"

"你等等……"子午似乎明白了什么，他皱着眉头捏着下巴说道，"您刚才所说的意思是不是那个给你下毒并且有解药的人就在北平？"

潘苑媛笑了笑淡淡地点了点头："嗯，是的！"

"他究竟是什么人？"子午追问道，只见潘苑媛轻轻摇了摇头，似乎并不愿多说。子午也不方便再继续追问下去，"小世叔是京城名医，又是木系驱虫师的君子，难道连他也没有办法吗？"

"唉！"潘苑媛叹了口气说道，"潘俊虽然医术高明，精通解毒之术。如果给他一两年的时间说不定真的能够找到我身上所中之毒的解药，可是现在我的时间已经不多了。而且……"潘苑媛咬了咬嘴唇，接着说，"现在有太多的事情等着他去做，一切全在他的选择。"

子午虽然对潘苑媛的话实在听不大懂，想要继续追问。却见潘苑媛满脸焦急便随着她一起去接金龙，谁知刚一出了门口潘苑媛便"哇"的一声吐出一口血水。子午紧张地扶着潘苑媛，潘苑媛轻轻摆了摆手示意自己无事。

之后二人一起进入了北平城南的一所小客栈，此时金龙正在睡觉，潘苑媛轻声唤醒金龙告诉他自己要离开一段时间，用不了多久便会回来，这段时间便由子午代为照顾。金龙哪里肯听，此时他已经隐约感觉到了什么，死死地抓着潘苑媛不放。无奈之下潘苑媛只得给金龙吃了一些安睡的药物，这才将金龙交给子午。谁知这孩子睡熟了双手依旧紧紧抓着潘苑媛的衣服。母子分别，本是最令人伤感之事，更何况潘苑媛的前途堪忧。她强忍着眼泪拨开金龙的手，子午这才带着金龙返回住所。

六／天行健，君子以自强

　　子午讲完这些眼眶早已湿润，而管修较之子午要冷静很多。他用手轻轻且有节奏地叩击着桌子，脑子里在想着另外一个问题，好一会儿才道："既然松井那只老狐狸并没有对你产生怀疑，那为什么他会忽然将龙青转移了呢？"

　　管修的这句话提醒了子午，他也点了点头道："是啊，我当初听说龙青被秘密转移了也十分吃惊，以为他发现了什么端倪。不过松井这只老狐狸做事向来阴险狡诈，不知道这次他的葫芦里卖的是什么药！"

　　"不管怎么样，我们以后行事还是尽量小心。"管修顿了顿道，"我们这段时间如果没有要紧的事情还是暂时不要见面，以免多生事端！"

　　"嗯！"子午点了点头，忽然想起来什么便小声说道，"对了，我见到龙青的时候他曾经让我去找一个人，他说调查得到的东西都在那个人的手上！"说着子午看了看床上熟睡的金龙接着说道："恐怕这几日我要照顾这孩子，这件事还要拜托你去走一遭！"

"哦？什么人？"管修皱着眉头说道。

傍晚时分，一辆黄包车从中心阁向南经丽正门一直沿着大街奔向北平城南。北平城自来便有"东富西贵，南贫北贱"的说法。其实这种说法是有来历的，最早起源于明朝，因北平城东距离大运河较近，而那个时代多数的货物是通过漕运输送的，因此当时大多数的商铺都在城东。商铺兴旺必定会带来经济的繁荣，因此这一带居住着的都是富商。而西贵却是因为西城距离皇宫较近，王宫贵胄们为了能觐见皇帝方便多将家安在城西。这南城则主要是一些三教九流等一些不入流的行业，多是贫苦人在此处讨生活。

黄包车行至南城的时候天已经黑了，当他在一家狭小破旧的店面前停下的时候，管修整了整衣服从车上走下来。

给了车钱之后管修抬起头望了望，只见店铺上蓝边金字写着"龙记锁匠铺"，此时锁匠铺已经上了门板，管修在门口站了片刻，轻轻在门板上敲了敲。

不多时门板上的一个窗口被拉开，一个六十来岁头发花白的老头探出头说道："已经关门了，有事明天再来吧！"

就在老头准备将窗口关上的瞬间，管修轻声说道："龙青龙老大叫我来拿东西！"

他的话音刚落只听屋子里"啪"的一声像是什么东西被打碎了一样，同时老头抓着窗口的手也停在了半空，表情僵硬，半晌才缓过神来连连点头语无伦次地说道："好，好！"

接着他放下窗口，将门板卸下几片，正好容得一个人进入才停下来。管修缓步走进房间见一只摔得粉碎的碗落在眼前，一股难闻的汗臭味夹杂着什么东西烧煳的味道冲进了管修的鼻孔。他寻着味道望去只见不远处的一个小灶台上煮着的饭已经煳了！

"老人家！"管修见老者木讷地站在自己的面前提醒道。老头这才缓过神来向灶台一看，匆忙奔过去。

借着这个当口，管修打量了一下这个房间，房间很小，十分简陋逼仄。在灶台一旁是一张很小的土炕，上面的被褥肮脏而杂乱。炕头一侧的地上摆放着几个小木箱子，在房间的另一头是形色各异的钥匙和锁。

那老头将一瓢冷水倒入已经烧煳的锅里，煳味儿顿时消减了不少。然后老头走到门口将门板上好，之后才从墙角搬来一把坏掉一条腿、勉强能坐的椅子请管修坐下。

"你刚刚说……"老头想了想咬咬牙接着问道，"你说龙青让你来拿东西是吗？"

"嗯！"管修点了点头道，"龙老大说他前几日将一个重要东西放了您这里！"

"那……那龙青是不是已经……"老头始终口中含着那个"死"字半天才小声地补充道，"死了？"

管修点了点头，心想龙青恐怕在将那些东西交给这老头的时候，就已经想到自己命不久矣。

老头见管修点头忽然老泪纵横，他痛心疾首地捶打着自己的胸口，喉咙中发出断断续续的低吼，管修站起身想去安慰一下他。老头伸出手摆了摆强忍着喘息道："他……他是怎么死的？"

管修简短地将龙青的死叙述了一遍，讲到最后老头忽然微微地笑了笑说道："儿子，你总算是没有丢咱们龙家人的脸啊！"

这声"儿子"让管修立刻站了起来，他自从子午处得知那人的住所，便一直暗叹龙青这人做事甚为缜密。任何人也不会想到他会将那些东西藏在南城这么一个不起眼的锁匠铺，而如今更让他想不到的是那个叱咤北平城的黑帮老大的父亲，竟然居住在这个简陋的地方，竟然是一个锁匠。

"伯父……"管修不知说什么好。

龙青的父亲长出一口气说道："这么多年龙青干了那么多伤天害理的事情，甚至帮小日本做事。我一怒之下就与他断绝了关系。虽然他逢年过节就会派人送东西过来，可是那些人根本进不了家门。但几天前他忽然深夜来到这里，他说要在我这里藏一件东西。这个东西至关重要，如果过些日子他没事便会亲自回来取走。如果是别人来的话就说明他已经死了。他说自己这么多年做过太多错事，但是这一次一定是正确的！"

管修不禁一阵叹息，一直以来任何人都不知道龙青的身世。恐怕龙青也是有意隐瞒，他或许早已经料到自己走的这条路，早晚有一天会让他送命，因此不愿牵扯到自己的父亲吧！就像他在不确定自己的身份时拼命与子午撇清关系一样。

"伯父您节哀顺变啊！"管修劝说道。

"我没事，龙青最后终于没有继续为日本人做事。这已经足够了！"说着龙青的父亲站起身从怀里掏出一把钥匙，这把钥匙是圆形的，如同阴阳鱼，周围有数十个形状怪异的齿痕。他走到炕上，将被子掀起来，内中藏着一个牢固的镶嵌在炕中的铁箱子，他将钥匙小心地塞进钥匙孔中，向左转了一周，然后向右回转了几个刻度，只听"咔嚓"一声锁便打开了。

他掀开铁箱子从中拿出一个信封递给管修说道："这就是他留在这里的东西！"

管修接过那个信封小心翼翼地揣在怀里，然后从身上掏出一些钱递给老头。老头笑了笑没有接受也没有拒绝。管修长出一口气将钱放下便离开了锁匠铺。

回来的路上管修一直在摩挲着那个用龙青性命换来的信封，唯恐会丢失掉，就在他经过炮局头条的时候忽然一辆黑色的轿车映入他的眼帘，他知道那辆车是松井尚元的座驾。只见那辆车缓缓驶入炮局头条，管修警觉地跟了上去。

松井尚元的车在炮局监狱门口停下之后，松井尚元从车里出来，在四周打量了一下进入了炮局监狱。

一个日本军官带着松井尚元进入炮局监狱那个地下牢房门口，快速地打开牢房的门才离开。

　　松井尚元长出一口气，整了整衣服，轻轻推开牢房的门。在这个牢房式的公寓中，一张金丝楠木方桌，桌子后面是一个同样为楠木制成的书架，书架上摆满了各种经史典籍，中文、日文皆有。那个人正像之前一样背对着他坐在床上，手中捧着一本书。

　　"松井君？"那个人淡淡地说道。

　　"是，阁下有什么吩咐？"松井尚元身体站得笔直，望着那个人的背影。

　　"难道你昨晚没有收到我给你的命令？"那个人的话语虽然平和，却依旧能听出几分质问的语气来。

　　松井尚元立刻想起就在他回到住所之后，一个日本军官送来了一张字条，那张字条上写着的命令便是放掉龙青。对于这个人的命令松井尚元是必须绝对服从的，只是他却始终不死心。他知道眼前这人的耳目众多，如果不照办的话必定会招惹麻烦。但如果就这样放掉龙青，他却心有不甘。前思后想之后，他决定将龙青秘密送往横滨金正银行，可是不想还是出事了。

　　"阁下，对不起！"松井尚元知道他转移龙青的事情是无论如何也隐瞒不了的。

　　"蠢材！"那人终于狠狠地骂道，"这本是抓出内奸绝好的机会，你以为我不知道龙青在暗中调查这里吗？"那个人顿了顿接着说道，"我倒是很好奇，你是如何知道龙青在这里的秘密的！"

　　"我……"松井尚元迫于无奈，只得将当年龙青派人修缮炮局胡同附近下水道的事情一五一十地讲述了一遍，希望得到那个人的谅解。

　　"呵呵！"听完松井尚元的话眼前的人笑了笑说道，"松井君，恐怕你抓龙青的目的是想知道我的身份吧？"

　　松井尚元连连摇头否认。

　　"好吧！"那人忽然放下手中的书站起身来说道，"既然你对我的身份那么好奇，今天我就让你看看我！"说完那人已经转过身来了。

　　松井尚元望着眼前这人瞠目结舌，眼前这人穿着一袭黑装，面部棱角分明，下颌留着短短的胡子，目光炯炯有神。那人微微向松井尚元笑了笑道："现在你满意了？"

其实松井尚元并不满意，因为眼前这个人他未曾见过。与其让他看脸还不如直接告诉自己他的真实身份。不过他还是连忙点了点头。

那人缓缓走到松井尚元身旁，拍了拍他的肩膀说道："我今天叫你来有两件事，一件事是让你看看我。还有一件事是帮我找到金顺，然后带他来见我！"

"是，是！"松井尚元连连点头。

"好，时间不多了，你最好快点找到他！"说完挥了挥手，松井尚元退出了牢房。只见那人转过身，缓缓走到那张金丝楠木桌前，在桌子上平铺着一张画得极为复杂的设计图。

他坐在椅子前，双手拄着下巴，眉头微皱，双眼死死地盯着那张图发呆，只见那张图是一个巨大的阴阳鱼，各分成四个小格子。阴面依次写着坤、巽、离、兑；阳面的四个小格子则为乾、震、坎、艮。这张图的周围用红笔做了无数标记。

他似乎对上面的一些标记极不满意，忽然想起什么似的伸手从旁边的笔筒里抽出一杆笔攥在手里，刚准备落笔却又停在了半空。无奈地摇了摇头，又将笔放回到笔筒中。

他靠在身后的椅子上，双眼微闭，揉了揉太阳穴。忽然他的肩头传来阵阵尖锐的刺痛，他连忙一手捂着肩膀，另一只手死死地抓着桌角。冷汗顺着额头缓缓流下，持续了大概一炷香的工夫，那种刺痛顿时消失。他这才松了口气，觉得口干舌燥，拿起眼前的一把紫砂壶"咕咚咕咚"地喝了一气。

喝完水他觉得身上已经被冷汗浸透，十分难受。于是便走到床前，弓身从床下翻出一件干爽的衣服放在床上，接着一件一件将浸了汗水、贴在身上的衣服脱掉。当他脱光上衣的时候，只见他的左肩上一片巴掌大小的烧伤，伤疤周围呈锯齿状，而中间的地方向内塌陷了有一指深。他用脱下的衣服擦了擦身上的汗渍，换上衣服将脱下来的衣服伸展了一下正欲收起，忽然一个物事落到了地上。

他停住了手上的动作，低头看着脚下的物事，沉吟良久，放下手中的衣服弓下身子将物事捡起，目不斜视地盯着手中的物事，缓缓走到那张金丝楠木的桌子旁……

这牢房的外面繁星似锦，此刻已然入秋。初凉午寒之时，管修躲在炮局头条胡同口的隐秘处，见松井尚元大概进去半个时辰才从中走出。松井尚元眉头紧锁站在炮局监狱门口，仰望着天上的银河出了好一会儿神才钻进车里。

车子缓缓离开炮局监狱，管修见那辆车子绝尘而去这才离开。他此前便知这炮局监狱中关押着两个身份极为特殊的人物，而且这两个人似乎与驱虫师家族有着千丝万缕的关系。想必松井今晚来到炮局监狱还是为了见那两个人，可是他们究竟是什么人？还有龙青究竟发现了什么秘密？他摸了摸怀里的那封信，希望这封信能给他答案吧！想到这里管修的脚下加快了步子。

回到家中时已经是午夜时分，管修小心翼翼地关闭房门。然后打开桌子旁的台灯，快速脱掉外衣，将那封信平摊在桌子上。又从桌子下面掏出一副眼镜戴上，用火机融掉信封上的火漆拆开信封。

拿起信封轻轻抖了抖，三张照片从中掉了出来。管修放下信封，拿起第一张照片，这张照片像是在一条隧道中拍摄的，四周黑乎乎的，只能看见眼前的手电光。管修接着拿出第二张照片，依旧是那个隧道，只是前面似乎有一扇黑乎乎锈迹斑斑的铁门。他又快速拿起第三张照片，这张照片并非在隧道中，从角度上看应该是月朗星稀的夜晚，拍摄者躲在某个破旧的小屋子里照的，从照片上破烂不堪的纸窗子边就能看出来，那照片拍摄的是一棵单薄的杏树，在杏树下面有一口枯井，枯井边散落着几个东倒西歪的木桶。

管修依稀记得子午曾说，龙青曾经派人修缮过炮局监狱附近的下水道，而那些人似乎发现了一条密道而最后被追杀。因此他断定第一和第二张照片便是在密道中拍摄的。

而最令人费解的是第三张照片，这照片拍摄得极为诡异，如同是鬼屋一般。而且从管修看见这张照片的第一眼，就总觉得这张照片有些别扭，可是究竟别扭在何处，自己却也说不清楚。他又抖了抖那个信封，确定再无他物这才有些失望，又重新盯着那张别扭的照片出神。

忽然他的眼前一亮，不禁倒吸了一口冷气。刚刚他被眼前的那些木桶迷惑住了，在那些散落在井口周围的破旧木桶中间竟然是一颗黑乎乎的人头，那人头像是聊斋中的恶鬼一般正欲从井口中钻出……

管修放下手中的照片，小心地将照片又放回到信封中，最后锁在中间的抽屉中。这才站起身，双手背在身后走到门口推开门，仰望着漫天的繁星幽幽地说道："庚年兄，恐怕你的猜测是对的！我会完成我的使命，现在只希望潘俊小世叔能果如你所说的那般，那样的话我们的牺牲都是值得的！"

湛蓝得有些发黑的天空繁星点点，那条亘古未变的银河横贯苍穹，川流不息，如果银河有思想的话，看着这从未改变过的历史更迭，世事变迁，却又始终如一，尘始终是尘，土始终是土。这苍穹下面的幼稚生物自以为改变了历史，可是却不知道自己始终未能改变历史，他们能做的仅仅是换上了一身新的行头，取了一个新的名字，重复着之前的剧情，那银河会不会感觉可笑……

而在那新疆深深的地下，一条银河也渐渐清晰地横亘在潘俊与时淼淼之间。当龙青渐渐消失之后，这原本弥漫在周围的黑雾便渐渐散尽，未等二人高兴却忽然发现有些怪异，两人不知何时已经被中间的一条闪烁着无数星辉的银河隔开了。

潘俊和时淼淼二人便如同是被隔在银河两岸的牛郎和织女一般，虽然他们清楚此刻依旧在那个传说的密室之中，但是眼前的这条银河是如此之宽，两个人相对而望却只能隐约看见对方的身影。

"潘俊！"时淼淼望着银河对面的潘俊喊着他的名字，可她却发现自己的声音是如此缥缈，对岸的潘俊根本听不见。她向眼前的银河望去，只见眼前的银河中似乎有什么东西在缓缓流动，那镶嵌其中闪烁的星星便如同是这条黑得透明的河里闪烁的钻石一般。她小心翼翼地向前挪动着步子，走到河边将一只脚伸入眼前的银河中，那感觉便真如同是伸进了水中一般。

而隔岸的潘俊却皱着眉头望着眼前的这条银河，经过刚刚那两次经历之后，潘俊已然发现这个密室极为奇怪，即使金系驱虫师技艺再精湛，却又如何能制造出这般鬼斧神工的地方呢？他想起眼前这些神奇的变化似乎都与鼻子中那种酸酸的感觉有关，每次鼻子产生那种感觉眼前的一切便立刻会发生改变。

一瞬间潘俊想到了什么，多年前他曾经在一本《异虫拾遗》中看到过一种传说中的小虫，这种虫极为特别，因此当时给潘俊留下了很深的印象。那是一种生活在洞穴中的飞虫，虽然没有翅膀，但因为身体极小，有如小米粒一般，因此能悬浮在半空中。这种虫两两成双，它们会一起飞入人的鼻孔，如果两个人同时吸入的话便会产生相同的幻觉，如同身在幻境一般。可是让潘俊不解的是，据书上记载，这虫让人产生的幻觉是断断续续的，而眼前这些幻觉却如此连贯宛如真实的一般。最重要的是这些虫只能改变你眼前的景象，却无法改变你的其他感觉。

正在潘俊百思不得其解的时候，他抬起头，恍然望见银河对岸的时淼淼双手扶在岸边双脚已经深入到银河之中了，一种不祥的预感袭上心头。他大声疾呼道："不要下去，时姑娘你不要下了！"

可是时淼淼却像是完全没听见潘俊说的话一般，自顾自地将身体深入到那银河之中。她只觉得自己的身体刚一进入银河，周围便被那些黑乎乎的水流包围住了，自己就像坠入了一个流沙陷阱中，一股强大的吸力正在将自己的身体快速地向下拉扯着。时淼淼双手胡乱地在水中乱抓着、挣扎着，可是越是挣扎身体下坠得就越快。她只觉得水从她的口鼻流入，竟然无法呼吸。

潘俊隐约看见对岸的时淼淼进入银河之后便没了踪迹，心头一紧，脑子一片混乱。虽然潘俊此刻还不知道眼前的银河究竟是什么，但恐怕也是这密室之中的陷阱。他紧皱眉头让自己的心绪稍微平和下来，然后在身上摸了摸。忽然他摸到随身携带的青丝，他小心翼翼地将一根青丝握在手中，这青丝共有一十二根，两根一组配上六种毒药。每种毒药的特性各异，他抽出其中一根细小的青丝。这根青丝的特别之处是上面的毒药会让人产生剧烈的痛感。

此刻潘俊已经别无他法，如果眼前这一切都是幻觉的话，那么想消除这种幻觉恐怕只能依靠强烈的痛感了。为了使效果更加明显，他将那根青丝对准了自己的人中穴，这人中穴又名水沟，可以醒神开窍、调和阴阳、镇静安神、解痉通脉。潘俊长出一口气闭上双眼然后将青丝轻轻地刺入人中穴。随着一丝凉意，尖锐的刺痛从潘俊的人中穴开始快速蔓延，接着那疼痛变成了一阵持续的阵痛，潘俊的牙齿在阵痛中微微打战，这时他缓缓睁开双眼。只见眼前的银河忽然变成了一条黑乎乎的水沟，而那水沟之中一人正在不停地挣扎。而四周的墙壁是一些发光的让人眼花缭绕的石头。紧接着鼻子一阵酸，眼前的景物一晃又变成了刚刚那浩瀚无边的银河。潘俊知道此时自己正介于幻境与现实之间。

他捏着青丝的手左右微微转动着，让痛感变得更加强烈。这时的疼痛已经不仅仅是阵痛了，那种痛就像是有一把巨锤在撞击着大脑，潘俊的后背已经完全被汗水浸透了，随着手上青丝的转动，眼前的一切渐渐地明亮开来，银河上点点闪烁的繁星变成了眼前那条溪流上荡漾的微波，溪流中挣扎的人已经不见了。潘俊觉得痛感已然到了极点，一用力便拔出了人中穴内的青丝，痛感顿时消减了一大半。他就像是一个窒息了很久的人突然又能够呼吸了一样，弓着身子剧烈地喘息着，鼻子上的一滴汗水也随着空气进入了潘俊的鼻腔。

他只觉得鼻孔中那种酸麻的感觉渐生，一个喷嚏打出来，伴随着一丝血迹，一个淡黄色的飞虫从鼻孔中飞出。潘俊手疾眼快，一把抓住那只准备再次进入自己鼻孔的飞虫，轻轻一拍，那只飞虫便被他拍死在手中。

此刻他终于看清了周围的环境，这间密室呈狭长形，构造极为不规则，有些地方宽阔异常，而有些地方则极为狭窄，密室四周的墙壁上全部是一些被打磨得如同镜面一般的石块。潘俊来不及多想便向眼前的溪流走去，那之前幻化作银河深不见底的溪流竟然只有膝盖深，潘俊一边向前试探着行走，一边在水中寻找着时淼淼的踪迹。随着潘俊一点点地向前移动，水面上渐渐荡起了很多波纹。

　　"时姑娘……"潘俊一边走一边呼喊着时淼淼的名字。时淼淼的眼前黑漆漆一片，她觉得身体寒冷异常就像是坠入了冰窖中一样，她微微抬起头，只见头顶上的那条银河中的星星在时聚时散。这时潘俊见不远处的水底一人正躺在其中，他三步并作两步来到那人旁边，只见时淼淼正瘫软地躺在水中，已经昏迷了过去。他立刻将时淼淼从水中救起抱到一旁的岸上，一边按住时淼淼的人中，一边轻声呼喊着："时姑娘，时姑娘你醒醒……"

　　过了片刻时淼淼"哇"地吐出一口水，接着缓缓地睁开了双眼。潘俊见时淼淼醒来脸上露出喜色，接着按住时淼淼手掌上的劳宫穴，时淼淼顿时感觉一股热气从劳宫穴直奔鼻腔而来，一阵痒痒的感觉，她猛然打了一个喷嚏。伴随着淡淡的血丝，另外一只黄色的飞虫也被时淼淼喷了出来，潘俊一把抓住那黄色的飞虫也将其按死在手中。

　　"这……这是什么？"时淼淼渐渐清醒了过来，刚刚一直出现在眼前的银河早已经消失掉了，只是脑子里还阵阵头痛。

　　"幻觉！"潘俊长出一口气说道，"刚刚我们进入这密室中的时候这两只小虫就钻进了你我二人的鼻孔中，让我们产生了刚刚的幻觉！"

　　"这世上还有这样离奇的虫？"时淼淼说着脸微微泛红，因为她发现自己此刻正躺在潘俊的怀里。潘俊一时也有些尴尬，连忙将时淼淼搀扶起来，顿了一下接着说道："这种虫叫作梦蝶！"

　　"庄公梦蝶？"时淼淼摆着双肩问道。

　　"嗯，这名字应该就由此而来！"潘俊点了点头道，"《庄子·齐物论》中有一段妙语：'昔者庄周梦为蝴蝶，栩栩然蝴蝶也，自喻适志与！不知周也。俄然觉，则蘧蘧然周也。不知周之梦为蝴蝶与？蝴蝶之梦为周与？周与蝴蝶则必有分矣。此之谓物化。'"

　　"这是何意？"时淼淼此时因为刚刚在水中浸泡多时身体有些发冷。

　　"庄周梦蝶，是一种状态，即醒是一种境界，而梦也是一种境界。我们穿梭于醒和梦之间的是一种摸不清看不见的东西，好比我们的身体只是一个容器，而蝴蝶的身体也是同样的容器，而我们每一次的梦境便是在不同的容器内穿梭。而我们本身是虚无的！"木系君子崇尚道家学派自然对庄子感悟更深，而时淼淼却只听了一个大概。不过让潘俊极为不解的还有两件事，一来是那梦蝶的幻觉只是断断续续，却如何能如此长久地延续，而另外一个疑问便是那青丝，他从小便用这青丝，深知青丝毒性极强，这青丝一旦进入人的体内便会疼痛不止，而今日这青丝拔出不久痛感便消失了。他看了看手中的青丝，这几根青丝都是在黄河岸边那神秘老者所赠。

忽然潘俊抬起头看见这构造怪异的密室，眉头立刻皱紧，想了片刻潘俊的脸上露出一丝欣喜。

"潘俊，你怎么了？"时淼淼见潘俊莫名其妙地微笑不禁好奇道。

"时姑娘你有所不知，据书上记载这梦蝶使人产生幻觉，但是这种幻觉不能连续，总是断断续续地出现让人身在幻境与现实之间。正如庄周梦蝶中所说，不知是庄周梦见了蝴蝶，抑或是蝴蝶梦见了庄周。可是刚刚我们所产生的幻觉却是如此的连续，这也是我当时不敢确定是梦蝶的原因。可是当我看见这构造怪异的密室时终于明白了！"潘俊指着眼前那忽而宽阔，忽而狭窄的狭长密室说道。

"哦？"

"时姑娘你看这房间的四壁上全部是被打磨得如同镜子一般的方形石板，这些石板你初看上去似乎都是一样大小，但是仔细看则不然！"潘俊指着就近的一块石板说道。时淼淼顺着潘俊的方向望去，果然发现初始看上去似乎所有石板的大小都是一样的，然而细看之下却发现这些石板有些是另外一些的两倍大小。

"确实大小不一样啊！"时淼淼到此时仍不明白潘俊所说的话究竟是什么意思，"可是，这与幻觉有什么关系呢？"

"时姑娘，我给你举一个例子吧！"潘俊说着用手指沾了一些水在地上写了几个字：叶口十叶。接着说道："时姑娘知道我写的是什么吗？"

"初始看上去像是三个叶字，但是仔细看却又不是！"时淼淼似乎有些明白潘俊的意思了。

"嗯，就是这样！"潘俊肯定地点了点头，"就是因为中间的叶被巧妙地拆分开，占据了两个位置，因此我们在第一次看的时候会留下三个叶的印象，但是仔细看却又不是，这样我们就一直会产生现实和印象的混淆。而我们刚刚被梦蝶致幻，当致幻的效果消失的瞬间，看到眼前的那些石板的时候，大脑会残存幻境的印象，因为现实和印象的混淆便再一次加深了我们的幻觉，恰恰这时候我们再次进入了幻境。"

潘俊的一席话时淼淼听得似懂非懂，隐约明白潘俊的意思却又不十分清楚，她身体微微一颤道："没想到这密室中竟然这般寒冷！"

潘俊这才意识到时淼淼的身体一直在颤抖，连忙脱下外衣披在了时淼淼的身上，可是却依旧抵不住时淼淼身上的寒意。潘俊皱了皱眉头轻轻将时淼淼揽入怀中。时淼淼被潘俊这突如其来的举动惊住了，整个人呆呆地靠在潘俊的怀里，就像是一只受了惊吓的兔子一般不敢乱动，只感觉潘俊胸口传来的阵阵暖意。

这密室之中的机关潘俊已然知晓，虽然破解了幻觉却并没有发现燕云姐弟的下落。更加让潘俊觉得头疼的是，刚刚他环顾一圈，这密室浑然一体，除了他们进入时的出口之外，再也没有任何可以出去的地方了。但入口距离地面足有数丈高，无论如何也是无法原路返回的。

眼前的水面平静异常，波澜不惊，头顶上那些白色的石头反射着不知从哪里来的光线，洒在水面上，让那平静的水面有些刺眼，像是满眼白花花的银子一般。

过了好一会儿时淼淼的身体终于暖和了起来，她抬起头在潘俊耳边轻声说道："潘俊，如果……如果我们离不开这里了该……该多好！"说到这里时淼淼脸颊绯红。

潘俊轻轻握住时淼淼的手，心跳骤然加速。他嘴唇微微动了动想要说什么，却终究还是咽了回去。经历了这么多的波折无论是潘俊对时淼淼，抑或是时淼淼对潘俊都有一种难以言说的好感，可就像是一层窗户纸将两个人隔在两端，倘若不是眼前形式所逼，恐怕两个人依旧会将这些感情压抑在心底。

二人四目相对，两双眸子脉脉含情，在这密室之中，所有的千言万语仿佛都变得如此的轻微而不值得一提，只剩下两个人的心跳声在彼此的耳边回荡，这两颗心都太过孤独。此时此刻，与其说是两个人在交流，不如说是两颗心在倾听着对方。

两个人的视线越来越近，随着两个人的身体一点点的靠近，嘴唇相接……

正在这时旁边的水池中忽然传来了一阵"哗哗"的划水的声音，潘俊和时淼淼二人都是一怔，不禁同时向那水中望去，只见此时那水面上泛起无数的涟漪。

二人对视一下都觉得有些诧异，而后潘俊牵着时淼淼的手来到那片"银河"边，二人向水中望去，只见在那只有膝盖深的水池中竟然有几条乳白色的鱼在水中游弋，刚刚潘俊营救时淼淼心切根本没有注意到这些鱼的存在。

此时二人牵着手弓身观察着这些鱼，与地上的鱼有所不同，这些鱼身上长着鳞片却又形同泥鳅，眼睛的地方已经蜕化成两个小小的黑点，嘴角长着长须，最为奇特的是这种鱼竟然长有四肢。它们在这清水之中游弋翻滚，潘俊和时淼淼盯着鱼看了半晌，忽然时淼淼觉得旁边似乎有一个巨大的黑影，她将头移过去不禁一阵愕然，然后轻轻地碰了碰潘俊，潘俊顺着时淼淼手指的方向望去不禁也是一怔。

此刻在那些白色的如同镜面一般的墙上竟然有数条飞龙的影子，那水面的微波像是天上流动的空气，那些黑影便在天空中纵横飞舞，活脱脱便是飞龙。

"这些难道就是水中那些鱼的影子？"潘俊一边说，内心一边佩服金系家族的技艺着实十分了得，那些原本在水中的鱼影竟然被投射到了墙上。

"真是太神奇了！"时淼淼望着那些飞舞在墙壁上的影像禁不住说道。

而潘俊此时却沉默了，他皱着眉头幽幽地说道："既然我们进入的是乾这个密室，而且是从伏羲八卦而来，在八卦中'乾'卦的爻辞便是描绘龙的！"

"龙？"时淼淼一边询问一边微微地点了点头，"里面怎么说？"

"爻辞中的龙，能潜于深水，能出现于田野，能跳跃在深渊，又能飞舞在天。"潘俊一边说着一边望着四周，这水中的鱼便是潜于水，而那四肢便说明这鱼能出现于田野，这墙壁上的龙便是能飞舞在天啊！

"和上面说的完全一样！"时淼淼不禁有些惊喜地说道。

"但是这龙却有一个缺点：亢！"潘俊说着缓缓地抬起头。

"亢？"时淼淼不解潘俊所说的意思，疑惑地望着潘俊。潘俊望着头顶上一块白色的石头一边细细地观察着，一边解释道："亢龙，有悔！龙在中国古代代表着力量和阳刚，而事物的发展总是物极必反，这亢的意思是说到了最高点，有悔意思是灾祸，或者是漏洞！"这时潘俊伸手指着自己头顶上的那块白色的石头说，"我想这'乾'卦密室的漏洞就在这里了！"

时淼淼顺着潘俊手指的方向望去，见上面的那块石头初始看起来与其他的石块并没有丝毫区别，都是白色的被磨得如同镜面一般。但经由潘俊这样一说，仔细看来那石头确实有些怪异，那块石头明显比周围的石头要亮得多。

潘俊掏出腰间的青丝握在手中，又转过头看了看时淼淼。这青丝弹出之后如果那块石头果然是开启这"乾"卦密室的机关尚好，如果不是的话，恐怕会开启新的不为他们所知的机关，那时候恐怕两个人的生死也要命悬一线了。

时淼淼本来就是聪明人，当然清楚这一下的厉害，然而她还是微笑着点了点头，然后紧紧地握住了潘俊的手。潘俊长出一口气，瞄准上面的那块石头轻轻按动青丝的开关，瞬间一根青丝从盒子内弹出，直奔头顶上的那块石头而去。

青丝飞至顶端竟然凭空进入了那块石头之中，潘俊和时淼淼二人诧异地对视了一下。正在这时青丝似乎碰到了什么，传来一声轻微的"啪"的一声，接着头顶上的那块原本亮着的石板竟然变成一个黑洞，旋即整个房间都黑了下来，唯独西北角处依旧有一块石板四壁依旧闪烁着白光。

潘俊和时淼淼二人牵着手来到那块石板处，这块石板的大小与其他石板并无差异，而石板的四壁镶嵌着四颗夜明珠。潘俊轻轻推了推那块石板，石板竟然动了起来。潘俊和时淼淼二人顿时一阵惊喜，两人一起用力将那石板推开，眼前则又出现了一条暗道。

潘俊回到他们落下来的地方拾起丢下的两根火把，点燃之后带着时淼淼走入密道。

"潘……潘俊！"时淼淼一时有些尴尬却不知此时如何称呼潘俊为好，"刚刚究竟是怎么回事？"

潘俊顿了顿说道："进入密室的时候我就一直在想一个问题，我们此时身在地下可那些光是从何而来，我想那些被磨成镜面一样的石头一定是在反射着什么地方的光。只是我们找不到光源而已，后来我发现头顶上看似石头的地方光线明显要亮很多，当我用青丝射掉那个光源之后这屋子便暗了下来，平时在光线下找不到的几颗夜明珠也就出现在眼前了！"

"哦！原来如此！"时淼淼佩服地说道，"金家人当初设计这个密室真是费尽了心思。如果不懂的人进入其中，想必不被梦蝶制造出的幻觉所惑，也会活生生困死在里面的！"

"是啊！"潘俊一边观察着密道一边说道，"他们将密室设计成那么离奇的形状一方面可以增加人的幻觉，另一方面恐怕就是为了隐藏光源的所在吧！"

七 / 定海针，命悬坎卦阵

正在这时时淼淼忽然对潘俊做了一个噤声的手势，潘俊也隐约听到了什么声音。只在他们一墙之隔的密室之中，燕鹰右手紧紧握着短刀倚靠在墙壁上，另一只手臂已经受了伤不能动弹，而此刻他所有的神经都已经绷紧了，在这黑暗的密室中隐藏着一只快如闪电的怪物。

那怪物体型甚大，而行动敏捷，倏忽间便能从密室的一头蹿到另外一头去。那怪物很奇怪，总是在一阵极其轻微的"吱吱"声之后突然发起攻击，燕鹰几次三番想避开它。然而那怪物在这黑暗之中却如同长了一双夜视眼一般，总能准确无误地追到燕鹰。

三两次差点要了燕鹰的性命。多亏那奇怪的喷泉总是不失时机地忽然从地面上冒出来，那怪物对那忽然出现又忽然消失的喷泉似乎毫无防备，屡屡受伤。就这样一人一怪僵持了一个时辰有余，此刻燕鹰只感觉饥肠辘辘，身体异常疲惫。但是整个人却不敢有丝毫怠慢，唯恐那怪物会趁着自己松懈的时候趁机来袭，那时自己必定会命丧这怪物之口。

"啪啪啪"几声响声，忽然燕鹰的脚下一股泉水奔涌而出，那水柱的劲道极大，幸而距离燕鹰的脚还有一段距离，否则这水柱强大的冲击力足以让燕鹰的腿骨尽断。

他缓缓地挪动身体，刚刚听到那有节奏的"啪啪啪"声他便想起了什么，早年听闻爷爷说起当年他在沙漠中迷路坠入一个山谷之中，那山谷中的泉水总是时断时续，每次泉水即将来临的时候总是能听到几声空洞的"啪啪"声，燕鹰心想恐怕自己此时遇见的便是那种时隐时现的泉水。

没等他多想，奇怪的"吱吱"声又起，一股劲风再次从眼前袭来，速度之快简直令人咋舌。因燕鹰长期驯养动物，因此当自己遇到动物袭击之时，身上的肌肉便像是条件反射一般立刻将身体弹开，可哪知却还是稍微迟了一步，怪物的利爪还是在燕鹰的后背上划了一道口子。

燕鹰只觉得背后一阵凉意，紧接着是火辣辣的疼痛，原本被冷汗湿透的衣服贴在伤口上让痛感愈发强烈了。燕鹰倒吸了一口冷气，紧紧地咬着牙，身体禁不住疼痛在微微颤抖着，宛如秋风中摇曳的树叶一般。

而那只隐藏在黑暗之中的怪物又将身体潜伏在眼前黑色的迷雾之中，没有了半点声息。燕鹰弓身在泥泞的地上，他知道眼前这个动物在这样的黑暗之中能准确无误地攻击自己，靠的并非是眼睛。

正如夏夜的蝙蝠在漆黑的天空和茂林间横冲直撞，却始终不会撞到树木一般。燕鹰想到这里慢慢地舒展胸口，暗暗地吸了两口气，然后屏住呼吸。他猜测那怪物说不定便是从声音和气息之中察觉到自己的方位的。

然而正在他憋着气的时候，一阵"吱吱"声响起，那怪物忽然从他身后扑来。又带着一股强劲的风，如果不是燕鹰反应灵敏，向右一偏，恐怕那怪物必定已经一击致命。他倒在泥泞里连滚带爬地向另一边狂奔过去，动作极为狼狈。而那怪物再不像之前一般静待时机，此刻紧随其后穷追不舍。燕鹰听身后的脚步声越来越近，忽然翻身过来，平躺在地上，双手将短刀举在胸前，只觉得那怪物猛扑过来，燕鹰眼见一团黑云以迅雷不及掩耳之势越过自己的身体，将手中短刀向上猛刺过去。那怪物的皮极厚，短刀就像是碰在了石壁上一般，刀肉相击发出"叮当"一声。手中的刀顺着怪物的巨大力道被远远抛了出去，不知所终。这唯一一件勉强可以防身的武器此刻也已不知踪影，燕鹰心下一紧。燕鹰来不及多想，那怪物转身再次向他扑过来。

燕鹰猝不及防，就在这千钧一发之际，脚下一个喷泉忽然从一旁喷涌而出，那怪物连忙躲闪到一旁，再次潜伏进了这无边无际的黑暗之中。燕鹰半靠在墙边轻微地喘息着，他不知道自己的体力还能支撑多久。

此刻他半靠在墙边欲哭无泪，周围黑漆漆的环境总是给他一种宛若梦境的幻觉，而身上的伤口却一再地提醒着他这不是梦境。他靠在墙边双手放在膝盖上，低垂着头眼泪缓缓从眼眶中流淌下来，落进嘴里咸咸涩涩的。所有的记忆就像是沙漠中被狂风卷起的漫天黄沙般向他席卷而来，这短短的两个多月身边发生了太多的事情，因秘宝被盗而随从爷爷欧阳雷火、姐姐欧阳燕云来到北平。而后随从爷爷返回新疆的途中遭遇日本人的陷阱，自己险些命丧悬崖。幸而得到段二娥相救，才幸免于难。之后一行人离开北平辗转安阳的途中燕鹰终于见到他朝思暮想的母亲金素梅，从此与姐姐反目成仇。姐弟二人自小相依为命，他从不曾想两人会闹到如此地步。然而当两人在密室中刚刚冰释前嫌却又坠入这虎穴之中。

燕鹰悲从中来，望着眼前一片黑暗，心中的那一丝绝望也被无限放大了，极度的绝望会令人恐惧，而极度的恐惧又会让人愤怒。他忽然忍着后背和肩膀的疼痛豁地从地上站起身来，冲着眼前的黑暗大声喊道："混蛋，来吧，有本事你就吃了老子！"

他顿了顿，见那藏在黑暗中的怪物始终没有攻击，便向中间走去大声说道："来啊，你不是想吃了我吗？来吧！"也许是他的声音让他的胆子骤然大了，或者是胆子让声音更大。无论如何，燕鹰此刻已经被这无尽的黑暗逼到了崩溃的边缘，他此刻已然将生死置之度外。

　　"燕鹰？"时淼淼和潘俊二人初始在密道中听到那只怪兽发出的奇怪的"吱吱"声，而此刻却听到了燕鹰的咆哮。

　　"嗯，应该是燕鹰没错！"潘俊向密道四周望了望，然后手中握着火把带着时淼淼向声音的方向走去。

　　燕鹰此刻如同是一只被困在黑暗中被激怒的小狮子一般，听到东边有一丝响动，哪怕是滴水的声音都会狂奔过去，然后大吼几声，见没有回应又听到西边有声响便再次冲到西边。

　　忽然他的脚底踩在泥泞的水洼中身体一下子失去了重心，一个趔趄重重摔在了地上。他咧着嘴怒骂道："操，你怎么还不出来啊！"正欲起身忽然摸到地上一件硬邦邦尖锐的物事，正是自己刚刚被那怪物拨飞的短刀。燕鹰将短刀拾起，在袖口上擦了擦上面的泥握在手中。

　　而与此同时，潘俊感觉脚下软绵绵的，像是踩在了什么物事之上，他顿感不妙与时淼淼交换了一下眼神，便要松开时淼淼的手，时淼淼聪明绝顶她从潘俊的眼神中已经读出了危险的信号。在潘俊准备松开时淼淼的手的时候，时淼淼却始终不放手。

　　潘俊脚下的地面碎裂开来，两个人同时坠了下去。那一直握在潘俊手中的火把在碰到陷阱四壁的时候脱手而出。

　　怒气正盛的燕鹰忽然听到耳边传来一阵响声，而后一个黑色物事在眼前一晃，他想也不想握住手中的那柄短刀便冲了过去，在那黑色物事还未落下之时一刀戳了上去。

　　"啊！"一声低吼，燕鹰的手就像是触电般地缩了回去，与此同时胸口被人重重地踹了一脚。燕鹰倒在地上却依旧满脸愕然，他脑海中空白一片，刚刚那一刀刺中的绝不是躲藏在暗处的怪物。

　　"潘俊……你怎么了？"时淼淼听到潘俊痛苦的低吼声，眼前闪过一个黑影，她便凌空踢出一脚，正是那一脚将燕鹰踹倒在地。

　　潘俊躺在地上，疼痛让他额头上冒出了冷汗，时淼淼不及潘俊多说，便在潘俊的身上摸索着，忽然当她的手碰到潘俊的肩膀的时候，手指被一个尖锐的东西碰了一下。她惊诧地摸了摸，直觉得一把匕首深深地插在了潘俊的左肩上。

"潘俊，你撑住！"说着时淼淼掏出口袋中的火折子，又拿出一支系在身后的火把点燃，插在一旁的泥泞中，只见那把匕首已经全部没入潘俊的肩膀。潘俊满脸汗水，紧紧地咬着牙，嘴唇泛白。此情此景让时淼淼有些不知所措，潘俊强忍着疼痛，露出一丝微笑向时淼淼点了点头。时淼淼这才狠狠地咬着嘴唇，一只手按着潘俊的肩膀，另一只手抓着匕首猛一用力，潘俊觉得像是有人在向外拉扯着自己的骨头，痛苦难当，"啊"的一声，时淼淼已然将匕首拔出，丢在一旁。

然后掏出一块手帕叠在潘俊的伤口上，从衣角上扯下一块布帮潘俊包扎着。这一切被坐在一旁的燕鹰看得清清楚楚，他也渐渐从刚刚的震惊中恢复了过来，连忙爬到潘俊身边望着潘俊瞠目结舌，然后不知说什么好。

而潘俊瞥了一眼一旁的燕鹰说道："你……你姐姐呢？"

燕鹰迟疑地摇了摇头："我们坠下来之后就只有我一个人！你们怎么到这里来了？"

"哼！"时淼淼冷冷地说道，"如果不是为了救你，我们怎么会来这里呢？"

"你们……是来救我的？"燕鹰听到时淼淼的话心中有些愧疚，他一直对潘俊颇多怨言，而今竟然为了自己以身涉险，不由得心生感激。他跪倒在潘俊面前说道："潘哥哥，对不起，我刚刚不是有意的，只因这密室中藏着一只怪物，你看！"说着他指着自己的伤口接着说道，"这都是那只怪物攻击所致！"

时淼淼和潘俊看了看燕鹰身上的伤口，确实是被什么东西所伤。知道他所言非虚，时淼淼的怒气也便消减了许多，她帮潘俊包扎好伤口之后向周围打量了一圈，只见眼前这座密室周围漆黑一片，黑暗在此间像是有了重量一般，让人产生一种沉重的绝望感。而且潮气逼人，浓浓的湿气缭绕在火把周围，像是要将这火光吞没一般。

"这是什么地方？"时淼淼禁不住问道。

与此同时潘俊也在打量着周围这一切，他皱着眉头说道："刚刚咱们两个人是在'乾'卦密室，那么说明我们现在所在的应该是伏羲八卦中的阳面，阳面密室中除了乾之外，还有震、坎、艮三个密室。从这氤氲的水汽来看，我们现在所在的密室应该属于'坎'卦密室！"

燕鹰对于时淼淼和潘俊二人所说的事情并不懂，但他深知潘俊聪明绝顶，而这时淼淼也是女中难得一见的聪明人。虽然他对这两人的印象不佳，然而却不得不佩服他们二人的智谋。因此虽然听不懂，却也并不多问。

"扶我起来！"潘俊忍着肩头的疼痛对时淼淼和燕鹰说道。燕鹰刚想上前去搀扶潘俊却被时淼淼挡住，只见她站起身轻轻搀扶着潘俊，潘俊的心思全在眼前这"坎"卦密室上，并未注意时淼淼和燕鹰之间这些微妙的变化。

他伸手拿过火把，在时淼淼的搀扶下一边打量着密室，一边向密室的一端走去。密室的地下都是一些石块和水洼，想必是刚刚那些喷泉的积水。而密室的顶端隐藏在黑暗处根本看不清楚。燕鹰捡起那把短刀小心地跟在两人身后，他一直警觉地提防这周围的变化，唯恐那只怪兽会猛然从什么地方跳出来杀他们个措手不及。

潘俊一边扶着时淼淼，一边向前迈着步子，足足走了二三十步却始终没有到达密室的尽头。潘俊的神色渐渐凝重了起来，他深知在这伏羲八卦之中"坎"卦属于凶卦，而在八八六十四卦中坎"卦"是第二十九卦，也是"四大凶卦"之一，极其凶险难测，稍有不慎便会落入万劫不复之地。而眼前这境地却异常平静，只是在这平静的空气中潘俊嗅出一丝不安的东西，这种不安让潘俊的心弦渐渐绷紧了起来。

又走了数十步，就在他们隐约看见密室墙壁的时候，潘俊忽然停住了步子。他怔了怔，缓缓地将手中的火把向前移动了一下，火把的光一直被一层薄薄的湿气缭绕着，并不能照出很远，但却足以照亮前面的墙壁。

随着火把渐渐移向墙壁，潘俊和时淼淼甚至一直跟在他们身后的燕鹰都是一惊，只见眼前不远处倒挂着一只硕大的浑身泥泞的猴子，那猴子的体型较之皮猴还要大一圈，如同小牛犊一般。脑袋不大，双眼凹陷蜕化得只剩下深深的眼窝，最引人注目的是它头两侧那两个尖尖的耳朵，像是放大了数倍的蝙蝠耳朵一般。它的爪子抓着墙壁，身体倒悬过来，干涸的泥泞将他的身体包裹得严严实实，宛若一套刀枪不入的盔甲。

潘俊向时淼淼和燕鹰做了一个后退的手势，然后几个人缓缓地迈着步子向后一步步退去。刚退了几步只听石壁上传来了三声"啪啪啪"的声音，紧接着一道胳膊粗细的水柱从他们脚下喷出，水柱的劲道极强，潘俊有伤在身躲闪不及，那水柱不偏不倚正好撞在潘俊手中的火把上，只听"咔嚓"一声火把被水柱拦腰冲断。

燃着的火把掉在地上的水洼中熄灭了，整个房间再次陷入了令人绝望的黑暗之中。时淼淼拉着潘俊在燕鹰的陪同下已然快速退到了对面的墙壁附近，因为他们不知道这密室之中究竟还有多少个类似的泉眼，凭这些泉眼喷出水柱的力度足以要命。

几个人靠在墙壁旁边一动不动。"那个应该就是袭击你的怪物了！"潘俊低声说道。

燕鹰微微点头道："嗯，可是那怪物的长相实在离奇，是猴子吗？连眼睛也没有啊！"

"我听说常年居住在不见阳光的地方的动物眼睛往往会蜕化掉！"时淼淼的手始终抓着潘俊，唯恐他出事。

"吱吱吱"的声音再次传来，燕鹰立刻说道："小心，那怪猴要进攻了！"话音刚落便觉得一股劲风而来，燕鹰哪管三七二十一向一旁推了时淼淼一把，借着力量自己倒向一旁，那怪物一击不中，立刻又消失在黑暗中再无声息。

燕鹰能最早反应过来倒不是因为他比潘俊和时淼淼反应更快，正如之前所说，火系驱虫师主要驱使巨型动物，自然与动物之间形成了一种天然的默契，能够在较短的距离内感知动物的情感。这就是为什么他可以在这暗无天日的密室中与那怪猴对峙一个时辰的缘故。

潘俊被时淼淼压住肩膀，顿时冷汗急促地从额头冒出来。时淼淼连忙站起来扶住潘俊，问道："你怎么样？"

"没事！"这两个字潘俊几乎是咬着牙说出来的，"'坎'卦密室果然凶险异常，早闻'坎'卦为水，两坎相重，险上加险。如果暗泉是一险，那么那泥猴应该就是二险了！"

"可是'坎'卦密室如何才能出去呢？"时淼淼望着眼前的黑暗说道。这里并不像之前的"乾"卦密室，纵然是死期将至却也不会感觉到如此绝望、压抑。

"咦？"燕鹰惊呼道，"这是什么？"

"啊？"潘俊和时淼淼异口同声地问道。

"潘哥哥，还有火折子吗？"燕鹰明知之前点燃火把的是时淼淼，火折子应该在时淼淼的手中，却始终不愿意叫她的名字。

可时淼淼此时却并不在意，她掏出怀里的火折子吹了吹递给燕鹰。燕鹰接过火折子在自己身旁寻了寻，只见墙壁上的一块石头有一道裂缝，在裂缝上竟然有一把锈迹斑斑的铁锁。"出口……出口在这里……"燕鹰激动地说道。

潘俊和时淼淼的精神也为之一振，他们不曾想出口竟然会如此轻松被找到，这真是踏破铁鞋无觅处，得来全不费工夫。然而当他们踌躇满志地搬动铁锁的时候不禁黯然。

眼前这把锁如同一个缩小版的磨盘，上面画着一轮两端极尖的弯月，在弯月的中心有一个小小的锁眼。铁锁极重像是被固定在了墙壁上一样，任凭时淼淼和燕鹰二人费劲九牛二虎之力却也不能动弹它分毫。

潘俊见二人已经累得满头是汗，说道："恐怕这锁除了用钥匙之外根本无法打开啊！"

这句话无异于晴天霹雳，刚刚萌生起的一丝希望瞬间被扼杀在了摇篮里。别说现在不知钥匙在何处，即便知道钥匙就在密室中，凭借着火折子的星火之光想要在这么大，却满是泥泞的密室中找到一把钥匙，也形同大海捞针一般啊。

"看来我们这次真的是要困死在这里了！"原本已经饥肠辘辘的燕鹰只是凭着刚刚那丝希望勉强支撑，现在希望变成了绝望，立刻觉得饥寒交迫颓废地瘫在一旁。

而时淼淼却没有燕鹰那般绝望，她心意已满，只要能陪着潘俊，哪怕真的困死在这里她也觉得心满意足。潘俊从燕鹰手中拿过火折子，盯着铁锁上两端极其尖锐的新月说道："呵呵，也许钥匙就隐藏在这卦象之上！"

"哦？"燕鹰重又来了精神，满是期待地望着潘俊。

潘俊忍着肩头的疼痛淡淡地笑了笑说道："这'坎'卦虽然是伏羲八卦里面的凶卦之一，但也并不是不能破解！"

"潘哥哥，你是不是找到破解的办法了？"燕鹰迫不及待地想离开这个如同地狱般的鬼地方。

"你们看！"说着潘俊的手指在地面上沾了一些水，然后在一块较为平整的石头上画出'坎'卦的图形，"你们看这坎卦的象像什么？"

时淼淼和燕鹰二人盯着那图形看了片刻，燕鹰竟然首先说道："嘿嘿，这很像是写在甲骨上的水字！"

潘俊有些惊讶地望着燕鹰。燕鹰有些得意地笑了笑说道："当时我在你家的时候见你房间里有几块骨头，便好奇地向潘璞叔询问那些东西是什么。他告诉我那是甲骨文，很古老的一种文字，而且他还教我认识了几个，其中就有一个水！"说罢他也在手指上沾了一些水，然后在潘俊的那个字旁边写了一个类似"水"字，但是笔画又有些奇怪的"字"。

"嗯！"潘俊满意地点了点头说道，"你们看着水的组成，两边各自的两个点是代表着水纹，而中间的那个呢？"

　　"难道是山？"时淼淼说道。

　　"嗯，一般认为甲骨文中水字中间的那道是山！"潘俊顿了顿说道，"我想在这里那并不是代表山，而是别的东西！"

　　"别的东西？"燕鹰和时淼淼对视了一眼，燕鹰借着这个时机瞪了时淼淼一下。

　　"你们看过《西游记》吧？"潘俊并未直接回答他们两个人的疑问，而是调转话题问道。

　　"这……难道和《西游记》有关？"时淼淼皱着眉头，《西游记》她从小便看过，但是却不明白这"坎"卦密室和西游记有什么关系。

　　"嗯，我听说书的说过！"燕鹰只管回答潘俊的问题，却不管潘俊究竟为何要这样问。

　　"那你们应该都记得孙悟空的兵器！"潘俊的话音未落。只见燕鹰笑着说道："定海神针铁、金箍棒！"

　　"嗯，定海神针铁相传是大禹治水之时用来测量水深的神兵利器，一直被深埋于海中，最后被孙悟空所得！"潘俊说着指了指石头上自己画的"坎"卦的卦象，"在卦象上少者为主，那么中间的长横应该是主爻，正如这甲骨文上中间的那条横，如果两边的四个点代表的是江河湖泊的话，中间的则是定住这水的，也就是定海神针。我想离开这'坎'卦密室的关键也在于此！"

　　"可是这定海神针铁要到哪里去找？"燕鹰似懂非懂地琢磨着潘俊的话。时淼淼却恍然大悟道："猴子！"

　　"猴子？"燕鹰眼中闪光，望着时淼淼，"你是说和那只奇怪的猴子有关？"

　　"嗯，在《西游记》里面孙悟空将定海神针铁缩小之后藏在了……"时淼淼的话未说完便被燕鹰抢了过去说道："耳朵眼里……"

　　他大喜过望地说道："我明白了，那把打开这扇门的钥匙就在那只泥猴的耳朵里！"

"嗯！"潘俊肯定地点了点头说道，"我想如果没错的话，钥匙一定就在猴子的身上！"

他的话音刚落只听"空空空"三声，几个人都不约而同地向墙壁的方向靠了靠，只见不远处一股泉水喷涌而出。待泉水消失之后潘俊忽然发现一个问题："你们有没有发现一旦我们手里有光亮，泥猴虽然没有眼睛但是依旧能感觉到，所以不会对我们进攻。可是在刚刚火把被泉水冲断之后它便立刻开始进攻了！"

燕鹰想了想似乎确实是这样，刚刚有火光的时候泥猴始终未对他进行攻击："嗯，确实是啊！"

潘俊看了看手上的火折子，已经燃烧了一大半，必须在这火折子燃尽之前想出办法拿到钥匙，否则一旦燃尽，泥猴必定会不断地袭击，以他们现在的体力，再加上他和燕鹰身上都带伤。光凭时淼淼一个人根本无法与之抗衡。

可是要想拿到钥匙唯一的办法就是将泥猴制服，这真是一个悖论。潘俊望着那一点点燃尽的火折子绞尽了脑汁。

而一旁的燕鹰也万分焦急，紧紧地握着手中的短刀，他甚至想找到那只泥猴冲上去将其杀死取出钥匙，然而他知道泥猴的力量极大，而且包裹在它身上的那层淤泥就像是盔甲一般，短刀对它毫无作用。

"潘哥哥，怎么办？"燕鹰看了看潘俊手中的火折子焦急地问道。

只见潘俊眉头紧锁，又转身向"坎"卦的卦象上望去，忽然豁然开朗，眉头也随即舒展开来："'坎'卦，凶也，行险用险！"

"什么意思？"燕鹰不解地望着潘俊。

潘俊自信地笑了笑，然后指了指眼前的那些泉眼道："行险用险，我们就用它！"

接着他们听到耳边传来了一阵"空空空"的声音……

八

遇故知，祸起萧墙内

这"空空空"的声音似乎刺破了地面，而与此同时的北平城内管修的身上挂着一根绳索，身体紧紧贴在井壁上，井内的空气异常潮湿。管修试探着在井内寻找能够着力的地方，却都抓在了那些湿滑的青苔上险些滑落。大把的青苔被管修拔下来，落进井里发出空洞瘆人的击水声。

自从看到龙青用性命保住的那几张照片之后，他便千方百计寻找照片上的那口井。那几张照片的意思很明显，确实在炮局监狱下面存在一条密道，直通其中那两个用混凝土浇筑而成的牢房，而这口井恐怕便是那几张照片的关键——密道入口。

明白这一点之后管修接下来的几天便一直在按图索骥，他知道其中的密道应该不会太长，因此搜索的范围便划定在炮局监狱附近。起初他觉得在这个范围内寻找一座荒废的四合院难度应该不是很大，然而事实却大出他所料。当他开始在那附近排查的时候竟然惊讶地发现炮局监狱附近几乎全部是荒废的四合院，而且每一处四合院内都有那么一口井。

这简直就像是有人故布疑阵，这种情况下管修只能采用最笨拙却最有效的办法，那就是一个井口一个井口挨个尝试。每次进入井口他总是会用小锤敲遍每一寸井壁，然后仔细听着其中的声音。而每次失望地从井口中爬出时，他总是被井内所升腾起的湿气弄得浑身湿潮。这样过了几天之后他甚至有些怀疑是不是自己最初的方向是错的。

不过即便如此，他也想继续将这范围内所有的井都排查一遍。管修在这井壁内找到了一块可以勉强支撑着双脚的凸起，然后松了松绑在腰间的绳索，双脚支撑着身子悬挂在井内。然后掏出一根已经有些潮的烟费力地点燃，猛吸了一口。

脖子上不知是潮气还是汗水，有水珠不停地流淌下来。他抽着烟望着井口的那片天，耳边是永远不厌其烦的螽斯的聒噪。望着那片天他忽然禁不住笑了出来，自己此刻便像是那只井底之蛙。一根烟抽完，管修继续在井壁上寻找着力点，缓缓地放着绳子，手中的小锤在井内轻轻叩击着。而每一次落锤都是沉闷而令人失望的"咚咚"声。

管修继续向下放着绳子，就在这时他脚下一滑，踩在脚下的青苔承受不住他身体的重量从墙壁上脱出，他的身体像是凭空增加了几倍的重量快速地下坠。瞬间他的大脑一片空白，当他意识到的时候身体已经下坠了一两丈高，他连忙握紧绳子，顿时觉得绳子和手相接的地方火辣辣的疼痛。不等身体停下便觉得脸像是被谁扇了一记耳光一般"啪"的一声，接着整个人都坠入了冰冷的深井中。

入水一两米之后终于停了下来，管修在水中挣扎着却始终没有松开手里的那把锤子。他一睁开眼睛便向上游着，忽然手中的锤子敲在墙壁上发出了令人兴奋的"空"的一声。管修立刻来了精神，他向水底的一边游过去，然后在刚刚发出"空空"声的地方又接连敲击了两声，还是"空空"声，管修将锤子塞在腰间，在那附近摸索着，忽然他摸到井壁上有一个青铜打造的铁环。这让他极为惊喜，他双手向下一按然后脑袋露出水面，他大口地吸了几口气然后又沉入了水下。在刚才的地方继续摸索着，当他摸到那个铁环的时候便双手拉着铁环，双脚蹬在井壁上用力一蹬。

铁环的后面是一条长长的锁链，随着那锁链"扑棱棱"地被拉出，眼前的井壁裂开了一道口子，井水迅速向那口子中冲过去。巨大的吸力将管修的身体引向洞口，他松开铜环。瞬间裂口更大足够一个人钻进去，接着他的身体随着冲进洞口的水流进入了眼前的密道。

刚进入密道管修就重重地摔在了地上，原来密道入口处还有一个下水道，井内的水都经由那条下水道流走了。管修有些佩服设计这密道的人，任何人都不会想到一个密道的入口竟然会被安排在井水之下。如果不是刚刚的失误，恐怕管修此生也不可能发现这密道的入口了。

他定了定神，从口袋中掏出一个用油纸层层包着的手电。此前井内的潮气经常会让手电受潮不能用，于是管修便想到了这个方法。没想到却歪打正着，剥落上面的油纸放在口袋中，他有些失望地发现手电上依旧有水。他试探着按下开关，手电竟然亮了。

这让他有些意外，他马不停蹄地沿着隧道向其中走去。这隧道应该修建得有些年月了，空间狭窄得只能容一个人弓身而入，道壁斑驳，生满了青苔，潮气逼人。他弓身沿着隧道向内中快速地走着，越往里走，潮气越轻，而且空间也大了很多。在一个拐角处，管修发现了隧道壁上有一些新鲜修补的痕迹，从周围落满的青苔来看时间应该不短，想必这里便是当年龙青手下挖掘下水道的时候偶然挖开的地方。

既然找到了这里，想必距离那扇混凝土石门也不远了。管修想到这里放慢了脚步，缓缓地沿着隧道向更深处走去，这幽深的隧道中只有管修轻轻的脚步声和从洞口方向传来的"滴答滴答"的滴水声。

这一刻管修的脑子极乱，隧道通向的不仅仅是一道石门，恐怕正如当年庚年所说，说不定炮局监狱就是他们苦苦追寻的那个问题的答案。恍惚间，管修的脑海中出现了一年前那个冬夜的情形。

那个冬夜，北平城雪花飞舞，在接近午夜的时候庚年忽然敲响了管修的门。管修极为诧异，因为自从两人从日本回到北平之后便一直只在暗中联系，庚年从未来过管修的家。

那晚庚年的忽然而至也让管修隐隐感到似乎发生了什么极为严重的事情！管修将庚年迎进门，向四周打量一番见无人跟踪，这才重重地锁上门引着庚年来到房内。

庚年脱掉帽子抖了抖身上的雪，脸上露出极少有的兴奋表情。他用亢奋的声音说道："你知道我发现了什么？"

"什么？"管修从庚年的表情上隐约读出了一丝喜悦，却又不敢确定。

庚年笑眯眯地对管修做了一个稍等的手势，然后从衣服里拿出一封信，说道："说不定这就是我们苦苦追寻的问题的关键！"说完将那封信递给了管修。

这封信的落款是日文，已经拆封。管修从信封中抽出信，上面是密密麻麻的日文，当初管修和庚年二人都曾在日本留学，因而日语对于他们而言并不是问题。

那封信的大意是日本政府多年前便开始秘密进行着一个寻找驱虫师家族的绝密计划，为了计划的保密性只有少数内阁才知晓。他们为了战争在中国秘密建立了培养驱虫师的军事基地，而且将两个关键人物藏在了中国一所秘密监狱之中。那所监狱的名字叫作——炮局监狱。

管修读完这封信之后极为震惊，询问道："庚年兄，这封信上所述确实吗？"

"嗯！"庚年点了点头说道，"绝对没错，这是我派人从日本内阁内部打听到的消息，而且我看完这封信便派人去打探炮局监狱的消息，你猜怎么样？"

"嗯？"管修期待地望着庚年。

"炮局监狱看似不起眼，然而却是一个水米不进的地方！"庚年故意将语气说得极为肯定，"而且据了解，在北平城大大小小数十个监狱之中，唯独炮局监狱的看守全部是日本人，中国人是绝对不可以进入炮局监狱的！"

"欲盖弥彰！"管修幽幽地说道，"越是这样做，越说明这里面有问题！"

"对，我也是这样想的！"庚年坐在椅子上搔着脑袋说道，"只是我想不明白这两个关键人物究竟会是谁？"

与此同时管修也陷入到了深深的沉默之中，过了片刻庚年站起身来说道："看来只能我们自己想办法查明那两个人的身份了！"

自此之后，二人便想尽办法千方百计地寻找着关于炮局监狱中那两个人身份的线索，后来时淼淼成为庚年的内应，潜伏在松井尚元身边，见松井尚元多次秘密前往炮局监狱，便也对炮局监狱产生了怀疑，于是便将此事告诉了庚年。庚年这才将事情的缘由告诉时淼淼，时淼淼后来找子午和龙青帮忙也是基于此。

管修长出一口气，望着眼前的隧道，他走在隧道里仿佛产生一种幻觉，好像自己此刻正置身在怪物的肠道中，这肠道极其隐秘却直通到怪物身体中最脆弱的地方——心脏。

大概过了一刻钟的光景，管修眼前一亮，停下了脚步，因为手电光的前面不再是空洞洞的黑暗，而是变成了白色的反光。管修按捺住内心的喜悦，驻足打量了一下眼前的那道石门。

只见眼前的石门紧紧地镶嵌在水泥混凝土的墙壁中，如果不是石门与墙壁间那细微的缝隙，看起来根本就是浑然一体。让管修疑惑的是这石门究竟要如何开启，他在石门上摸了摸找不到任何机关，他皱着眉头将耳朵贴在石门上，耳边除了自己的心跳和急促的喘息声，隐约还能听到那石门内部传来的细微的响声，他可以确定这石门内部一定有人。

他从身后掏出那把锤子正欲敲下，管修的脑中忽然闪过什么。既然这两个人被囚禁在这里，为什么又会有这样一条甚至连松井尚元都不知道的密道？日本人对驱虫师的事情了解得如此详细，仅凭一个松井尚元是绝对不够的，因此他和庚年在当初就断定一定有一个熟悉驱虫师家族的人在暗中帮助。难不成……

他刚想到这里，只听石门上传来了轻微的敲击声，管修的心猛然一沉，连忙关上了手电，蹑手蹑脚地向后退去。石门便在他刚刚退了几步之后轰然打开了。

借着石门内部的光，管修隐约看到一个人正从其中缓缓走出。那个人在门口驻足了片刻，像是在透气。内部的光线太强烈，因此管修只能大概看清这个人的轮廓，而这个轮廓却让管修觉得有些似曾相识，他快速在自己的脑海中回忆着，却始终想不起来这个轮廓在哪里见过。

几次他都有冲上去看个究竟的冲动，然而理智却最终还是让他留在了原地。那个人站在门口叹了口气，然后转身走进石门。又是一阵轻微而有节奏的敲击声，接着那扇石门缓缓关闭了。

管修将这一切尽收眼底，他在密道中又停留了片刻，见再无动静就缓缓退出了密道。密道口的门始终开着，井水在入口以下。他跳进井水之中，然后轻轻拉动铜环，那铜环开始有些沉重，接着便有一种向内回缩的趋势，管修松开手，铜环脱手而出，快速地缩回原位，那扇门紧跟着缓缓关闭。当铜环恢复原状之后那扇门也就彻底关上了。

管修这才双手抓着那条绳子费力地从井口爬出，爬出井口的时候已经是三更时分了，此时已然入秋，夜风微凉，加上管修的身体已经完全被水浸泡透了，他感到一丝寒意。将绳索解下之后便离开了这座破旧的四合院。

回到住处的时候，管修已经被冻得嘴唇发青了，他连打了数个喷嚏，将湿透的衣服换下，换上干衣服之后身体觉得舒服了很多。此时天边已经隐隐泛出了一丝鱼肚白，他虽然疲惫却全然没有睡意，坐在书桌前，脑海中一直回忆着那个熟悉的身影，我究竟是在什么地方见到过呢？管修可以确定这个身影极为熟悉，应该是他认识的人，但是想来想去却总也想不起来。

管修拉开抽屉，翻出龙青留下的那个信封，无意中看见这抽屉中的一件物事。他缓缓地将那件物事拿在手上，那是一只明鬼，这只明鬼是庚年交给管修的，在庚年临死之前他曾告诉管修一些事情那个人会去做。而关于那个人庚年多次在口中提到，他只和庚年一个人联系。在庚年前往安阳之前曾经秘密见过自己，那时庚年似乎便已经预感到了什么，他将这只明鬼交给自己，叮嘱如果遇到什么难题的话就用这只明鬼去找那个人商量，同时将这只明鬼的操作方法告诉了管修。

当时管修虽然有一些不祥的预感，然而见庚年诚意拳拳便也没有追问缘由。而不久之后管修便接到了一道由宪兵司令部下达的命令，认定庚年是杀死李士群的主谋，而自己的任务则是追杀庚年。管修怀疑日本人当时已经怀疑自己与庚年有关系，所以才委派他执行这道命令。而管修又如何下得了手，他秘密前往安阳庚年住所劝说庚年离开中国，然而庚年却执意不肯，就在这时候日本人神不知鬼不觉地将他们统统包围了。

迫于形势危急，也可能庚年也怀疑日本人发现了自己与管修的关系。于是便让管修将自己杀掉。在他临死前曾经告诉管修，接下来的一些事情那个人会处理的。

从安阳回来之后管修曾几度用这只明鬼寻找那个人的下落，然而结果却令管修大失所望，这只明鬼带管修去的是北平城西的一个废弃的关帝庙，那里荒废的小院里早已经长满了荒草了。他在那座关帝庙内寻找一圈没见到半个人影，便只能悻悻而归。不过现在他决定今晚要再去一次那座关帝庙。

正在这时桌子上的电话忽然响了起来，管修一惊，明鬼险些掉在地上。他将明鬼揣在怀里，关好抽屉拿起电话。

"是管修君吗？"电话里一个传来了一个男人的声音。

"对，我是管修！请问您是？"管修客气地问道。

"你肯定不认识我，不过您有一个老朋友想见您！"那个人很懂得如何吊起人的胃口。

"一个老朋友？"管修疑惑地重复道，"什么老朋友？"

"呵呵，管修君不用再想了，他约您今天上午十点在广德楼见！"说罢那个人补充道，"您一定要到哦，不然肯定会后悔的！"

还没等管修问清楚，那个人已经挂断了电话，管修拿着电话思忖着电话中那人的话，一个老朋友？管修不记得自己在北平城除了庚年之外还有什么人可以谈得上朋友，就连庚年和自己的关系也是十分保密的。他实在想不出可以称之为老朋友的究竟是什么人。

一个上午管修都在不停地看着表，犹豫着要不要赴约。在九点半的时候管修终于咬了咬牙，决定去见一见这个所谓的老朋友。

广德楼在北平的南城，管修来到广德楼的时候并未发现周围有任何异样。广德楼前熙攘的人群，广德楼中门大开不时有客人进进出出。广德楼在白天也会演出一些经典的段子供那些闲暇之人解闷。

管修下了洋车缓步走进广德楼，可能现在还为时尚早，因此广德楼中的人并不是很多，在门口的一块红纸上贴着今天的剧目《打龙袍》，管修对这出戏印象深刻，偶尔也会哼唱几句。

管修在茶园内环顾一周并没有人向他招呼，便随即找一张桌子坐下，刚落座一个伙计便提着茶壶走了进来。

"先生，您要点什么？"伙计一边说一边殷勤地给管修沏上一壶茶。

管修微微笑了笑说道："随便上一两件甜品吧！"

那伙计点了点头道："好嘞，您稍等！"说完提着茶壶向内中走去，管修这个位置靠近门口可以清楚地看到每一个进入广德楼的人，而且如果一旦发现有变，这里也最容易离开。随着开场的时间接近，听戏的人越来越多，三教九流，闲散工人纷纷从门口进来寻一个坐处等着看戏。原本平静的院子一下子热闹了起来，有些人交头接耳窃窃私语，有些人则吃着瓜子侃侃奇谈。可是管修始终没有找到那个"老朋友"的踪迹。

过了片刻小二端着两碟子甜品走到管修身旁说道："先生您的甜品！"管修微微地点了点头正要掏钱的时候，那小二连忙摆手说："有人已经付过钱了！"

管修皱了皱眉头问道："是什么人？"

"嘿嘿，那个人不让我说！"小二一脸无奈地说道，"您慢用，有事儿招呼啊！"

管修还想追问，那小二已经机灵地走到了另外的桌子旁，正在这时《打龙袍》开场了，院子里立刻安静了下来。

管修的注意力也被吸引到了舞台上，正在这时一只手忽然搭在了管修的肩膀上。管修一愣，然后那人凑在管修的耳旁轻声唱了一句戏词道："龙车凤辇进皇城……"

管修听到那声音，嘴角微微敛起笑了笑，抬起头见一个二十几岁的青年戴着一副眼镜，面貌清秀，长相十分干净正在对自己微笑。

"武田君！"管修激动地站起身来，他有些不敢相信能在这里见到自己在日本留学时的同窗好友。眼前这个青年名叫武田正纯，在日本武田这个姓氏都为皇室本家，属于贵族血统。武田正纯自然也不例外，在学校的时候管修便知他的父亲在日本政府就职，但武田正纯为人极为低调，或者说有些自卑，这与他是其父的第二任妻子所生有关。因为他的这种自卑经常被同学欺负，而管修和庚年与他结交便是因为二人骨子里颇有正义感。在一次武田被欺负的时候管修和庚年路见不平，因此三人结识。

因为这件事二人都被学校记过，不过也就是从那时起武田正纯与这二人形影不离。在管修的印象中武田正纯始终是他和庚年的一个小跟班、小弟弟。而武田觉得只要和他们两个在一起便没有人敢欺负他。不久之后他们才发现武田正纯虽然有些自卑，性格懦弱，然而却练得一手好剑术。他们三个在日本的时候几乎形影不离，出于武田的单纯所以庚年和管修的很多话也不避讳他。

在即将毕业之时武田便被其父强行送到德国学习，从此之后再无音信，却没有想到今天会在这里遇见。

"嘿嘿，管修君！"武田笑眯眯地坐在管修身旁宛如当年的那个小跟班一样，"没有想到是我吧！"

管修也坐下望着武田，脸上洋溢着喜悦的微笑，一拳捶在武田的胸口说道："你小子当时走的时候连一句告别的话都没说，到了德国也不来一封信，我和……"说到这里管修忽然语塞了，他想起了庚年。

与此同时武田的目光也黯淡了下来，低声叹了口气说道："庚年君的事情我已经听说了！"

管修叹了口气说道："今天不说这些了，真没想到你小子竟然会来中国，还故弄玄虚把我约到这个地方来！"

"嘿嘿！"武田笑了笑，"刚刚我唱的那几句怎么样？"

"嗯，不错，我就奇怪了你怎么也会唱啊？"管修忽然有种他乡遇故知的亲切感。

"哈哈，当年上学的时候你和庚年君没事的时候就在我眼前唱，我也是耳濡目染的！"武田一副无奈的表情说道，"没办法啊，就算没有兴趣也被你们两个熏陶得兴趣浓厚了，所以一到中国我就立刻约你到这里来见面了！"

此时舞台上的戏已经开场，台上老旦的西皮导板唱的一板一眼，字正腔圆，两人听了相视而笑。

"走吧，我们找个地方好好聊聊，这里太乱了！"管修说着站起身来。

"好！"武田笑着跟随管修离开了广德楼，此时又是一阵锣鼓声响起……

距离此处不远有一家三层酒楼，酒楼的装潢在北平城算得上是数一数二的。管修引着武田二人进入酒楼二层的一个雅间，叫了一桌酒楼的拿手好菜便攀谈起来。

一晃四五年的光景，这四五年中两人都变化不小，两人都有一肚子话想说，落座之后却只是直愣愣地望着对方，然后相视而笑。过了片刻管修说道："武田君，你从德国回来，你父亲应该能在政府给你安排一个较好的职位，怎么会忽然来到中国呢？"

"唉！"武田长叹了一口气说道，"实不相瞒，家父去年便离世了！"

"啊？"管修有些诧异，"对不起，节哀顺变啊！"

"我回到日本之后便受到排挤，这才来到中国！"武田说到这里似乎想起了什么连忙举起杯子说道，"还望管修君手下留情啊！"

管修一愣，立刻想起当年管修和庚年两人对武田所说的话。当年两人对于日本发动的侵华战争都极为愤怒，因此曾经对武田说如果将来武田以朋友的身份来中国必定带他吃遍京城名吃，倘若武田带着武器来到中国那么必定会割袍断义，势成水火！管修想到这里微微笑了笑道："我现在也是在为帝国效力！"

武田讳莫如深地笑了笑举起酒杯一饮而尽："管修君，答应我一件事！"

"你说！"管修给两个人倒满酒之后说道。

"倘若有一天迫不得已的话，我不希望我们两个成为敌人！"武田说这话的时候一双眼睛一直盯着管修。而管修的手却也停在了半空好一会儿，才点了点头。

两个人推杯换盏，回忆当年在日本上学时候的种种。一瞬间两个人像是都回到了那个青葱、单纯的年代。酒过三巡、菜过五味武田忽然站起身来走到门口关好雅间的房门。

"武田君你这是……"管修望着一脸严肃的武田问道。

"管修君，你知不知道现在一口刀已经架在你的脖子上了？"武田说着坐在管修旁边的椅子上低声说道。

"什么意思？"管修的醉意顿消。

"你看这个！"武田说着从怀里拿出一封信，那信封上写着"机密"。管修拿着那封信看了武田一眼，武田点了点头示意管修打开。

　　抽出那封信，内中是管修的资料和一些秘密调查的结论。管修一页接着一页把上面所书的内容看完，大致意思是管修与爱新觉罗·庚年当年在日本留学的时候是同窗好友，回国之后也有过秘密联络。因此不排除管修是潜伏在宪兵队内的间谍。下面的处理意见是：逮捕。

　　管修看完那封信沉默了一会儿，这时武田又掏出一封上面依旧写着"绝密"的信递给管修。管修抬起头看了看武田接过信，这封信的内容是关于爱新觉罗·庚年的资料和调查结论。管修皱着眉头将这封密信也看了一遍，这封信中写明爱新觉罗·庚年参与了刺杀李士群的计划，而且爱新觉罗·庚年一直在暗中调查关于驱虫师家族的事情。处理意见是：消失。

　　管修看完两封信沉吟了片刻说道："这……你是怎么拿到的？"

　　"我这次来中国的主要任务是负责特高课和政府之间的沟通，这些信件全部是松井尚元发出去的。关于你的那封密信是我刚到的时候收到的，我便扣留了下来！"武田沉默了一会儿说道，"只可惜庚年君……"

　　管修紧紧地握着那封信，强忍着心中的怒火将杯中酒一饮而尽，抬起头对武田说道："为什么要告诉我这些！"

　　"你知道我父亲是怎么死的吗？"武田眼睛中闪动着泪光。

　　管修盯着武田的眼睛，武田的手微微颤抖着说道："早在多年前松井家族便以驱虫师家族的秘密可以改变历史这一说法秘密展开了一个计划。起初这个计划也只是一个备选方案，谁知战争进行到后期我们在东南亚战场节节失利，松井家族便获重用。因为我父亲当年曾经极力反对那个计划，松井家族得势之后我父亲便成了他的眼中钉、肉中刺。不久之后父亲便被革职，他整日在家郁郁寡欢，终于撒手人寰。因此我与松井家族有不共戴天之仇！"

　　"所以，松井尚元是我们两个共同的敌人！"武田说到这里目光诚恳地望着管修，"我能暂时将这些密信压下来，但是如果时间过长的话恐怕还是会被松井尚元发现的！"

"原来是这样……"管修瞥了一眼武田，这个从前有些自卑的小跟班在几句话里不但将自己与他归结到同一阵营，而且最后一句话更是让自己必须与他共同进退，别无选择。

"而且……"武田见管修始终有些顾虑便接着说道，"而且我知道一些你肯定会感兴趣的东西？"

"感兴趣的东西？"管修疑惑地望着武田。武田叹了口气说道："我此次前来还有一个任务，那就是监视和敦促松井尚元执行关于驱虫师家族秘密的那个计划，因此在我来之前将所有能看到的资料都看了一遍，我发现所有的计划都是从一份用汉语写成的密报开始的！"

"用汉语写成的？"管修的精神一振，曾经他和庚年猜测必定有人向日本人告密，否则他们绝不可能知道那么多关于驱虫师家族的事情，现在终于被他们猜到了。

"嗯，是一份用汉语写成的！"武田确凿地说道，"其实当时我看到那份密报的时候比你还要吃惊，也就是那份密报让当局最终决定开始这个计划！"

"那这份密报呢？"管修打量着武田问道。

"密报是属于绝密的，决不能带出！不过……"武田顿了顿傻笑着说道，"我将看到的一切都记在这里了！"说着他指了指自己的脑袋。

管修缓缓地靠在椅子上，从口袋中掏出一根烟自顾自地点燃，将烟放在嘴里吸了一口望着屋顶。他在脑海中快速回忆着刚刚所说的一切，眼前的武田如果是来试探自己的该怎么办？不过这种假设很快就被管修否定了，因为他手上的那份关于自己的密报已经足以让他身陷囹圄了，没必要多此一举。他抽了几口烟说道："你说吧，让我做什么？"

"帮我除掉松井尚元！"武田攥着拳头说道，"我有一个可以置松井尚元于死地的计划，不过我需要一个人帮我！"

"为什么那个人是我？"管修的神情已经严肃了起来。

"我刚来中国，除了你之外，我不知道还能相信谁！"武田痴痴地望着管修，等待着他的答复。

"好！"管修丢掉口中的烟狠狠地说道。武田立刻满面笑容地给两个人倒上酒说："谢谢管修君！"说完将那杯酒一饮而尽。

"现在你可以告诉我那封密报上的内容了吧！"管修喝完酒之后说道。

"这……"武田想了想点点头说道，"我相信管修君的为人，必定不会食言！而且……"武田将后面的话咽了回去。管修知道武田想说："松井尚元死了对于管修来说只有好处而并无害处！"

"所有的计划都起源于一场瘟疫！"武田一字一句地说道。

"一场瘟疫？"管修不解地望着武田，示意他继续。

"虽然驱虫师家族早有过'遇战乱，虫师出，得虫者，得天下，三十年，必易主'的说法，然而得到驱虫师家族最终秘密必须聚齐每个家族的秘宝，对于帝国来说这不是一件难事，只是时间的问题。然而还有一个最关键的因素，那就是将这些秘宝中的秘密读出来的方法只有一个人知道！"武田顿了顿说道，"那就是传说中的人草师！"

"因为人草师的存在只是一个传说，因此当时当局并未重视松井家族的计划，直到那封密报的出现。"武田将"密报"两个字咬得极重。

"你是说密报证实了人草师的存在？"管修疑惑地说道。

"确切地说，是那场记录在密报上的瘟疫证实了人草师的存在！"武田淡淡地说道，之后倒上一杯酒，一段百年前尘封的历史便这样慢慢地浮出水面。

九

天水乱，寻踪人草师

一百多年前在享有"天河注水"的天水城内发生了一场罕见的瘟疫。天水城地处甘肃东南部，是古丝绸之路的必经之地。天水城向来以四季分明、气候宜人著称，然而那一年的夏天却极为怪异，夏天来得格外早，而且异常闷热，似乎是在预示着一场巨大的灾难即将到来。

这一天从古丝绸之路上来了两个西域客商，这两个人一个个子很高，另一个很矮。这两个人眼睛呈碧色，天水城中过往客商极多，经常有肤色各异的人来往于此。因此这两个人的长相并未引起任何人注意。

他们住在天水城东一家名叫"云归客栈"的地方，这地方距离天水城的东门很近，在客栈的后面有一个湖泊。两人见周围的环境极佳便在此处落脚。他们提前付给客栈老板一个月的房钱，而对老板提出的唯一一个要求就是不要打扰他们。

老板初时感觉有些疑虑，为了打消老板的顾虑，两人给了老板双倍的价格。就这样老板笑眯眯地离开了。

两人在客栈中安静地待了三天，三天中老板和伙计发现二人极少出门行动，即便是出门也会同时出现，形影不离。他们从不吃客栈内准备好的食物，一应物品全部是自己上街买回来然后借客栈的灶台自行烧制。

虽然这些举动极为怪异，但客栈老板收了双倍的钱又如此省事，自然心中高兴还来不及便也不过问。接下来的几天他们陆续从外面买来了一些木板和钉子，将窗子钉得严严实实的。这个举动让客栈老板大为恼怒，匆匆而至询问究竟。

二人亦不多言又多交了房钱，客栈老板这才作罢。又是两三天的工夫，他们又从外面买了一些新鲜的活鸡、活鱼之类的。然后将它们放在房间内，老板这次真的是恼羞成怒了，不管他们给多高的价格，也要求他们必须将这些东西移到外面去。这倒不是老板不再贪财，而是其他客人闻到异味都不愿在此居住了。

无奈之下，两人只能将那些动物转移到后院然后小心饲养。大概半个月的时间，二人告诉客栈老板要出去大概一周的时间，之后便就这样离开了。

转眼一周的时间过去了，那两个远行的客商还没有回来。没回来也好，老板想反正他们已经交了房钱，时间一到便自行给他们退房。如果他们回来说不定又会出什么幺蛾子，最后让自己难做。

谁知第二天，伙计忽然从后院急匆匆地跑来告诉老板说，那两个客商临行之时拜托他们豢养的鸡和鱼都少了。既然不是自己的，老板也毫不在意地挥挥手说道："说不定是被黄鼠狼叼走了，再或者是被哪个手长的贼人顺手牵羊了！"

可是接连两天，伙计都和老板说客商交代豢养的鸡和鱼在不断减少，老板一直不以为意。转眼一周的时间过去了，那天早晨已经是日上三竿，而云归客栈的门却已然紧闭着，既见不到老板伙计，也见不到入住的客人。

有好事者奇怪地从门缝向内望去，只见里面的人全部死了。官府立刻派人包围了客栈，打开客栈的门所有人都是一惊，内中所有人都像是活着一样脸色红润，只是身上没有丝毫的温度。县官让衙役们挨个房间搜查，他们每推开一个房门都发现了同样的情形。

而当他们推开一间被木板严严实实封住的屋子的时候，发现地上不但躺着两个西域商人的尸体，而且还有数十只死鸡和死鱼。也只有那两个商人的身上有伤，一个的伤口在前胸，一个的伤口在额头。

这件事立刻在天水城传开了，迅速成了街头巷尾的谈资。谁也不知道那些人是如何死的，他们像是喝了水银，身体僵硬脸色红润，一直保持着生前最后时刻的姿势。而最让人费解的是，那两个半个月前离开的客商是何时回到客栈的，又是谁杀死了他们。一时间阴司追命、厉鬼作祟等诸多谣言开始在天水城中蔓延开去。

可如果事情到此为止，也就不会有后面的事情了。在过了十几天之后，天水城便又出现了大量的死者，这次的死者都集中在云贵客栈和义庄附近。接着死亡就像是瘟疫一般在天水城蔓延开来，谣言更胜，人人自危，有人说这是上天在惩罚天水城的人们。

于是很多人举家离开了天水城，短短一个月的光景，除了老弱病残，只要是能动的人都逃离了天水城，天水城几乎成了一座空城。

当时在宫中太医院供职的年仅二十六岁的木系潘家君子潘守仁，被派往甘肃天水去探查灾情，寻求救治之方。潘守仁接圣旨之后便带着一行数十人昼夜兼程。几天之后，他们到达天水城的时候映入眼帘的是满目荒凉，城门大开。城墙边上尸体堆积如山，正赶上盛夏时节，尸体散发着浓重强烈的臭味，成群结队的苍蝇围在那些已经腐败的尸体上面久久不肯散去。

街面上空荡荡的宛如到了鬼城，没有一个人，甚至连只野狗也没有。大小商铺房门紧闭，间或从破败的窗户中飞出一两只"嗡嗡"乱叫的苍蝇。街边杂货小摊的一张桌子上放着一个碎了一角的碗，还有一个水瓢，似乎在等待着他的主人。

　　潘守仁一行人沿着空荡荡的街道向天水城内走去，所见所闻让人心惊，此时的天水城已经沦落成了一座不折不扣的死城。一行人走到县衙门口，只见县衙的一扇大门歪歪斜斜地挂在门框上，似乎随时都有掉下来的危险，而门上则留着斑斑血迹和刀砍过的痕迹。

　　"钦差大人到！"潘守仁身后的一名随从向衙门内部高声喊道。过了半刻钟一个穿着破烂官服眼眶发青，一脸疲惫的县令小跑着带着三个衙役从里边奔出，见到潘守仁便抢到前面跪在潘守仁的马下，泣不成声道："朝廷终于派人来了，大人！"

　　潘守仁连忙下马将他扶起，询问为何天水城会在短短数月之间变成这样一座死城。县令极为狼狈地擦拭着眼泪说道："现在这就是一座人间炼狱！"

　　原来数月以来不断有人感染那种奇怪的瘟疫，感染上的人便会在几天之内毙命，县令一边急忙派人向抚台禀报灾情，一边为了防止灾情蔓延派人将城门紧闭不准任何人离开。这期间他找了好几个大夫，希望能找出遏制灾情蔓延的办法，然而所有的大夫都束手无策。

　　可是没过多久城中过半数以上的人都感染了瘟疫，那些人冲到门口与守城军士发生了械斗，这次械斗虽然被镇压住了但是死伤惨重。最后一个大夫发现所有中了瘟疫的人在死亡之前的一段时间都会身体剧烈疼痛并发冷。为了保全天水城最后的人丁，县令决定开放城门，将那些还没有感染瘟疫的人全部放了出去。

　　就这样经过了大概三天的时间，那些完全没有感染到瘟疫的人离开了天水城，可是剩下的那些感染了瘟疫的人却不肯就此罢休。他们与城门守卫再次发生了大规模械斗，幸而守卫恪尽职守。那些人见城门打不开便转向县衙，准备要挟县令打开城门。那些人早已经被死亡的恐惧激怒，他们眼睛血红手持利刃不停地向县衙发动自杀式袭击。

　　县衙门口发生了一场极为惨烈的打斗，那扇大门几乎被感染者撞毁。就这样县衙的人支撑了几天，那些人的病情发作，有些死在了县衙门口，有些人则见离开无望便回到了家中。

县令说着已经是泪如雨下："现在县衙内只剩下我们四个人，而且……"他剧烈地咳嗽了两声，一口血水从口中喷出接着说道，"恐怕我们也染上了瘟疫，命不久矣！"

潘守仁看了看县令身后的几个衙役，只见他们各个面色苍白，嘴唇和眼窝毫无血色。潘守仁立刻将县令拉进县衙之中，县衙破败不堪，潘守仁与县令坐定之后伸出手按在县令的脉搏上。

他一边捋着下颚的胡子，一边眉头紧锁地给县令号脉。周围一干人等均用一种渴望的眼神望着潘守仁。潘守仁只觉得县令的脉象迟缓有力，是体内实寒而引发血滞所致。忽然他的脉搏猛然跳动了几下，潘守仁心头一紧，只觉得此时的脉象时隐时现，轻按不可得，而重按才能得知。

过了片刻他松开县令的手，招手让其中一个衙役过来。只见那衙役的脉象与县令的脉象一般无二。潘守仁眉头皱得更紧，他自幼学医见过的脉象岂止千万，虽说这些脉象都多少会有不同，但是终究会归于《脉经》二十四种脉象。可是眼前这脉象却极为罕见，介于迟脉与沉脉之间。

不一时，他便将四人的脉都号了一遍，然后双手背在身后一脸愁容地在屋子中慢慢踱着步子，全然忘记了周围这一干围着的人。

"大人……"县令觉得这等待如坐针毡一般，终于忍不住问道，"这瘟疫可有救？"

潘守仁停下步子，瞥了一眼县令，长出一口气说道："现在还很难说，这种脉象实在是奇怪，你还记不记得瘟疫是为何而起？"

县令本一见潘守仁的年纪不过二十几岁的样子，因此对他能治疗此病也不抱太大希望。听到他问勉强挤出一丝微笑道："问题是从云贵客栈而来……"

说着他将这问题前前后后的事情一五一十地讲给了潘守仁，潘守仁一边听着县令的话心中甚是好奇，当县令说起那两个商人将活鸡活鱼养在店中，不禁皱起了眉头，一瞬间他像是想到了什么。

等县令将事情讲完之后，潘守仁便豁地站起身来说道："云贵客栈在什么地方？"

"大人？您这是……"县令见潘守仁脸色凝重地问道。

"我要看看那个地方！"潘守仁坚定地说道。

"大人，您刚刚赶到，一路舟船劳顿还是先休息一晚再去吧！"县令心想朝廷派这么年轻的太医来此，必定只是想安定民心而已，至于这瘟疫恐怕他也是无能为力。于是接着说道："早听闻大人要来已经打扫好了几间上房，我让人带您去休息！"

"现在带我去云贵客栈！"说完潘守仁双手背在后面向前走去，身边的随从随着潘守仁走到了外面。县令无奈地摇了摇头带着随从跟在他们身后。

一行人上了马，向城东的云贵客栈走去。城东是最先受到瘟疫感染的地方，最初发现有人死亡之后还有人将那些人掩埋掉，因此此间的腐尸并不多，那种一直弥漫天水城的腐臭味在这里要轻得多。

一行人走了小半个时辰，才辗转来到云贵客栈后面的那个湖旁边，只见云贵客栈坐落在湖的西南角上，客栈有一部分伸出在湖面之上，看上去颇有意境，而二层上被木板封死的窗子也清晰可见。

潘守仁牵着马驻足在湖边出神地望了一会儿，他总觉得两个客商将地点选在这里似乎有着某种不为人知的用意。接着县令带着一行人来到了云贵客栈。

下了马见云贵客栈的门上贴着封条，自从云贵客栈出了事之后便被上了封条。县令下马将封条撕掉却找不到门锁的钥匙。潘守仁身后一名随从掏出一把刀用力在门锁上一砍，门锁应声落地。

县令有些尴尬，讪笑着推开房门。立时一股灰尘从门框上落下来冲进几个人的鼻孔，几个人都低下头打了几个喷嚏。再看客栈内桌椅凌乱，蛛网密布，桌椅上落着厚厚的灰尘。地面上是一些被打碎的瓷器碎屑。

潘守仁吩咐众人在门口等候，自己带着两个随从在县令的引导下来到二楼那间被木板钉得死死的阴暗房间，刚一推开房门屋子里便散发出一股难闻的怪味。

　　惨案发生之后，县令已经派人将这里打扫了一遍，因此地上虽然没有了尸体和满地的鸡毛，却依旧能在角落里寻找到一些痕迹。潘守仁打量了一番，房间与一般的客栈并无差别，一张大床、一张桌子、两把椅子而已。但是他总是有种隐隐的感觉，似乎在房间之中藏着一些秘密。

　　他顿了顿，然后招呼随从和县令都出去，自己要在房间里坐一坐。等那些人出去后潘守仁关上了房门，房间内顿时黑了下去。潘守仁坐在椅子上，在黑暗的屋子里静静地思忖着。

　　他能感觉到似乎房间里有种什么东西一直在等待着他，等待着被他发现。他就这样一动不动地坐在房间中，耳边一片死一般的沉寂。不知过了多久一阵轻声的"吱吱"声传进了潘守仁的耳朵，他皱了皱眉头接着那声音消失不见了，不一会儿又是一阵"嗡嗡"声，声如蚊叫，若不细听根本听不到。那声音一点点地变大，不一会儿潘守仁甚至能感觉到一双细小的翅膀在他耳边抖动所带来的微风。

　　就在那东西正欲钻进潘守仁的耳朵中时他猛然睁开眼睛，手疾眼快地将那东西一把抓在手心上。然后站起身来推开门走了出去。

　　"大人，有什么发现？"一个随从见潘守仁面有喜色不禁问道。

　　潘守仁将握紧的拳头缓缓摊开，只见一只已经毙命的小虫出现在潘守仁的掌心中。

　　"这是什么？"三个人都望着潘守仁手中的那只小虫有些失望地说道。

　　潘守仁笑而不答，吩咐随从让等候在门口的人进来，将封锁着窗子的木板全部拆卸下来。众人虽不知潘守仁的用意，却都纷纷听命涌进那个房间，然后将那些木板拆卸了下来。

　　当那些木板全部被拆卸下来后他们才惊异地发现，在这木板向外的一端都是一些细小的小孔，而且这木板像是被用血涂抹过一般，散发着一种淡淡的血腥味，和刚一进入这屋中的味道一般无二。

潘守仁望着那些被拆卸下来的木板无奈地摇了摇头说道："看来这就是瘟疫的源头了！"

"这些是瘟疫的源头？"县令此时对潘守仁的态度有了极大的改观，且不说别的，其他那些庸医便不曾发现这些木板上竟然会有如此之多的小洞。

"嗯，多年前我曾经在一本古书上看见过一种已经早已失传的秘术——摄生术。"潘守仁回忆着说道，"这虫术的名字源于养生之道，相传多年之前，一位驱虫师的妻子不幸病故，驱虫师为了保存妻子尸体不腐败想尽了办法，最终发现一种蜂会将卵产在其他虫的体内，而被种下了虫卵的尸体就会常年不腐败。于是他灵机一动便控制那种蜂将卵产在了亡妻体内，果见奇效。驱虫师高兴之余给这种蜂取了个名字叫姬蜂。可是好景不长，三年之后的一天夜晚他回到家之后，忽然发现妻子的尸体已经千疮百孔，而无数的姬蜂正爬在自己的房间之中。匆忙之间他逃离了自己的家。半年之后他生活的那个地方变成了一座死城，城中留下数以万计的白骨就像今天的天水城！"

"因为那种秘术极为凶险，因此成了驱虫师家族的禁忌之术。时隔多年无人提起那秘术便就此消失了！"潘守仁有些激动地望着地上的木板说道。

"那您是怎么发现的？"随从疑惑地说道。

"其实当时我看见天水县的密报就隐约有种感觉，密报上写着那些感染瘟疫而死的人脸色红润，肢体皮肤光滑，这绝不是一般的瘟疫可以造成的。"潘守仁回忆道，"当我听到县令刚刚所说的那两个客商竟然买来活鸡活鱼，那种猜测便更加强烈了，书上曾记载姬蜂的饲养需要用新鲜的血液和潮湿的空气。你们看这客栈建在湖边，晚上潮气上扬是最适合培养姬蜂的。而这些木板也非等闲之物！"

说着他拿起一块木板说道："如果我所料不错的话，在发生这场瘟疫之前周边的地方一定发生过墓葬被挖掘的事情。"

县令回想了一下点了点头道："确实发生过，这种事情在天水时有发生。不过因为那之前的几起盗墓比较特别，所以给我留下的印象也比较深。因为他们挖掘的墓葬并没有贪图里边的财物而是盗走了棺木！"

"这就是了！"潘守仁接着说道，"这些应该就是那些棺木所制，因为这些棺木在地下埋藏时间较长本身也比较湿润，还有一点就是它吸收了尸体身上的尸油更适合姬蜂的繁殖。"

"原来如此！"县令有些欣慰地说道，"大人既然您知道这瘟疫的来历，是否也知道如何能控制、治好这瘟疫呢？"

潘守仁长出一口气说道："这摄生术早已失传，现在忽然出现，一时之间却也没有绝对有效的办法。我们现在能做的只有先将那些尸体全部焚化。尽量避免瘟疫的进一步扩散！"说完他双手背在身后走了出去，没有再多看县令一眼。

从下午到深夜，县令带着自己的随从一直在四处忙碌着，将城中所有的尸体都聚拢在一起然后点上柴火将尸体焚化。此时正值盛夏时节，今年的夏天又极其炎热干燥，因而尸体很快便被焚烧得差不多了。剩下的事情便是将一些死在家中或者是角落中的尸体找寻出来处理掉，便可以了事。

而潘守仁却一直将自己关在房间中心神不宁，他不知这失传已久的摄生术为何会忽然出现，并且在天水城引起如此大的一场杀戮。而作为医生，木系驱虫师的君子看到县令和几个衙役饱受摄生术之苦，却无能为力，让他心中更是不安。

其实下午他的话并未说完，他听闻驱虫术并非无解。只是那解药比摄生术更为离奇。相传最初驱虫师家族起源于西域一座消失的古城，当时驱虫师家族除了金木水火土之外，还有一种驱虫师名叫人草师。

他们不但精通五系驱虫之术，而且掌握着驱虫师秘密的关键。驱虫师每一个家族都掌握着家族的秘术，这些秘术放在一起便能找到驱虫师家族一个惊天的秘密。这是一个足以颠覆历史的秘密，所谓"遇战乱，虫师出，得虫者，得天下，三十年，必易主"便由此而来。而想要得到这惊天之秘，必须让五系驱虫师家族合理运用自己的秘宝，而究竟如何运用这些秘宝才能找出其后的惊天秘密，只有人草师知道。

不仅如此他们手中种植的人草更被称为草还丹，吴承恩当年便依照人草的功效在《西游记》中杜撰了一种叫"人参果"的灵草。因此这种驱虫师也因此被称为人草师。

只是关于人草师的传说更是少之又少，鲜见于典籍，唯一一些关于人草师的事迹也只存在于传说和故事之中。相传在那座驱虫师家族兴盛的消失的古城中，人草师的地位达到了顶峰，被称之为帝国虫师。然而即便地位如此之高，人草师的行踪依旧是诡秘莫测，能有幸亲眼目睹人草师的人也只有寥寥数人而已。此后却不知什么原因，人草师忽然失踪了，就像人间蒸发一般，关于人草师的一切像是被历史硬生生地抹掉一样。

起初人们对于人草师的离奇失踪充满了各种猜测，遭遇仇家灭门，或者人草师本来也只是臆造出来的一个神秘职业，而事实上根本不存在。随着时间的流逝，几百年倏忽而过，关于人草师的种种猜测和假设，也在漫长的历史长河中渐渐淡出了人们的视线，最后人草师这个词也只有驱虫师家族之中的君子才知道。

摄生术如果可解的话，那么唯一的解药便是人草师所种植的人草，然而人草究竟长什么样，甚至是否存在也不得而知。想到这里潘守仁长叹了一口气。

这时窗外早已火光冲天，潘守仁推开紧闭的窗子，只见天水城的四角都燃起了火光，微风吹来带着淡淡烧焦的气味。他长出一口气，将那些尸体全部焚烧掉，那些姬蜂便再不能害人了，这也算是不虚此行。

接连几天的时间，潘守仁一边帮县令和几个衙役开几个方子勉强延续他们的性命，一边带人去寻找那些散落在犄角旮旯的尸体，将他们一一焚化，以除后患。然而这段时间里他的脑子中始终有一个疑团迟迟未解，那两个异域客商的身上怎么会携带姬蜂？据县令称，那两个客商并非是被姬蜂所害，而是有人将这两个人杀死的。那么这两个人究竟是谁呢？又是谁杀死的这两个人？

在他来到天水城的第四天午夜，正当他刚刚入睡之时，隐隐感到黑暗中似乎有一个人在盯着他。他一骨碌从床上坐起，只见一个人正坐在他不远处的椅子上喝茶。

"你……你是谁？"潘守仁在被子里轻轻地摸索着青丝。然而那人将一个盒子从怀里掏出放在桌子上道："你是找它吧！"

潘守仁心想眼前这人必是有备而来，不然他不可能刚一进来便将青丝拿走。他坐在床上迟疑地望着眼前的人，黑暗处虽然看不清他的长相，却能感到那人身上所散发出来的冷傲之气。

"唉，不用问我是谁！我今日来此只是向你道一声谢，如果不是你及时让他们焚烧掉那些尸体，不知这摄生术会害死多少人！"之后他从怀里掏出一件物事放在桌子上，说道："作为答谢，这个你拿去吧，救那几个人的性命！"

"那些是……"潘守仁隐隐猜到内中之物。只见那人微微笑了笑，站起身推门离开了他的房间。

潘守仁见那人离去，立刻从床上蹿下来走到桌前点亮灯，只见桌子上放着一个红绸小包。他屏住呼吸尽量让自己平静下来，然后一层层打开那个小包，慢慢地，两根手指粗细，一拃来长，样子极像缩小的婴儿的草药出现在了他的眼前！这……难道就是人草？

他连忙将那两棵草药收起来，唤醒随从将草药熬制成汤，然后给一个中了摄生术的衙役服下。那个衙役服下人草之后并无异样，然而片刻之后他觉得胸口开始剧烈疼痛，忽然"哇"的一声吐出一口黑血，黑血中夹杂着百余枚晶莹剔透的虫卵。

潘守仁见状大喜，立刻将余下的汤药分给余下诸人服用，他们的反应与那个衙役一般无二。整整折腾到第二天日上三竿，潘守仁见几个人都无异样这才回到房中。他躺在床上激动得根本无法安眠，原来不但摄生术存在，就连人草师也是真实存在的。那么那个可以颠覆历史的秘密呢？

潘守仁在离开天水城的时候悄悄藏起了几枚姬蜂的虫卵，之后数年他一直在潜心研究除了人草之外其他的摄生术破解之法，并将摄生术仔细整理成木系驱虫师的秘术之一。可是让他失望的是摄生术似乎除了人草之外再无他法可解。而最让他魂牵梦绕的还是驱虫师家族的那个惊天之秘，那个可以颠覆历史的秘密。为了能对那个秘密一窥究竟，他开始云游四海，四处寻找人草师的踪迹。然而直至终老，始终再也未曾见到过人草师，他只能含恨而终。

武田讲完这段历史长长地舒了一口气，而坐在一旁的管修却始终保持着沉默。对这段极为隐秘的历史，知道如此清楚的人恐怕只有木系家族的人，然而潘俊的父亲已经在多年前过世了，难道是他？

"管修君……"武田望着陷入沉思的管修说道，"你怎么了？"

"哦，没什么！"管修长出一口气望着武田说道，"现在你可以告诉我该如何帮你了！"

武田笑了笑……

管修和武田正纯离开酒楼的时候已经是傍晚时分，此时漫天的飞霞将西面的天空染得血红一片，北平的街头熙熙攘攘的。而此时管修的脑子里一片混乱。他没有坐车而是自顾自地走在街上，他的心里一直在矛盾，难道真的是他吗？管修不敢相信自己的猜测，他站在街头踌躇了片刻，最后狠了狠心向东交民巷的方向走去……

正在这时两辆黑色的轿车从管修身旁疾驰而过，管修一眼便认出第一辆车副驾驶上坐的那个人，那个人正是方儒德。管修连忙低下头，两辆车从管修身边直奔东边的城门而去。管修定在原地心想方儒德这么晚会带着人去哪里呢？

只见两辆车子驶出东边的城门，直奔天津而去……

九河下梢天津卫，三道浮桥两道关。悠悠海河纵贯天津南北，九曲回肠蜿蜒入海。在海河边上一个身高不足五尺的男人正躺在那里，用一只断了几根手指的手拿着酒瓶子，口中哼唱着荒腔野调，一副悠闲自得的样子。

他就是金顺，北平金系金无偿的大徒弟。自从在北平城从方儒德手中仓皇逃命之后，他便知晓北平城已经不能继续待下去了，于是便辗转来到了天津。

所谓江山易改，本性难移，刚入天津这嗜赌如命的赌徒便跑进了鸿运来赌坊，本想用剩下的钱赢他几把，谁知却着了人家的道，输了个血本无归。幸好是在夏天，他便买了一瓶小酒睡在海河桥下。

他虽然身体是个侏儒但是脑子却非常聪明。本以为能借着自己发现的那个秘密捞上一把，即便不能吃肉也可以喝点汤，谁知对方的势力竟然如此之大。自己在他面前便如蝼蚁一般，稍不注意自己便会被捏成齑粉。

他哼唱了一会儿，见一只猫在河岸边嬉戏，玩得不亦乐乎。他已经喝得红扑扑的小脸也旋即笑了起来，拾起身边的一块石子瞄准了那只猫。可是他力道欠佳，石块在河面上打了一连串的水花未碰到那只猫便沉入了水中。那只猫精明得紧，向他的方向望了一眼，便"喵"的一声蹿进了一旁的灌木丛中。

金顺这才满意地笑了笑，喝了一口酒，继续躺在河边望着月亮哼唱着他走板的小曲。忽然他停了下来，抬起头见一个黑衣人挡住了自己的视线，金顺有些恼怒借着酒劲怒吼道："别他妈挡着你大爷我欣赏月色！"

那黑衣人像是没听到一样不避不让，金顺这下可是怒火中烧，一骨碌站起身来。这时他才看到那只猫正站在黑衣人的身后，他转怒为喜讨好般地说道："喵喵，来来来，刚刚只是逗你玩！"

他一边弓下身子伸出手逗那只猫，一边瞥了一眼站在自己面前的男人。那男人长得高高大大、身材魁梧、表情严峻。金顺向来是个不吃眼前亏的人，想必是人家见自己用石子打那只猫来讨说法的，这才不遗余力地讨好那只猫。

可是那只猫似乎完全不吃这一套，依旧站在原地一动不动。这让金顺有些尴尬，他放下酒瓶向前走了两步，双手舒展开来轻轻地拍着："喵喵，过来，过来！"谁知他刚要走那人却挡在他前面，金顺略微有些怒了。他仰起头正视那个黑衣男人说道："老子不就是打了你的猫吗？别说没打到，就是打到了你还能杀了我不成啊？"

那男人嘴角微微敛起，笑了笑说道："你是金顺吧？"

金顺一听此人知道自己的名字，立刻撒腿就跑，刚跑了几步，只见那只猫一纵身便蹿到金顺的脸上，在他脸上乱抓起来。金顺双眼被这猫挡住，猫爪刺痛了他的脸。他慌乱地抓着那只猫，而此时身体已然离地。当那只猫被拨开的时候，他发现刚刚那个黑衣男人正一只手将他提在半空。

"放开我！放开我！"金顺挣扎着说道，"我不叫金顺！"

"呵呵，不叫金顺你跑什么？"男人的语速缓慢而平静，根本听不出这句话中有半点疑问。

"我……"金顺还想说什么，却听那男人在金顺的耳边低声说了几句什么。金顺立刻像泄了气的皮球一样，任由那个男人将自己扛在身上向前走去。

"你要带我去哪里？"金顺被那个男人的双手锁在肩膀上，嘴上却没有停住。

"你放心，我是不会杀你的，只是想问你一件事！"男人自顾自地向前走着。当那个男人背着金顺刚走上大路，金顺便开始大喊大叫起来。海河周围一旦到了盛夏乘凉的人极多，男人不想金顺竟然有此一招，见众人向此处聚拢过来，无奈加快了脚步。

谁知没走出多远便见两个听到呼喊声的警察向这个方向疾奔而来，他连忙调转方向，就在这时金顺用力咬了那人的耳朵一口。那人吃痛，手上的力道稍减，金顺便趁此机会从男人身上跳下，小跑着向人群密集的马路上奔去，消失在茫茫夜色下的人海之中。

金顺一路狂奔，他身材矮小在人群中一来不会扎眼，二来穿行方便。三拐两拐便进了一条黑暗幽深的巷口。他躲在巷口的一个煎饼摊后面向外张望了一下，见那人再没有跟上来，这才喘了一口粗气。直起身轻轻地拍了拍身上的土正欲向巷子里走。

就在这时，几个穿着黑衣戴着帽子的日本特务不知何时已经将金顺围在核心。金顺脸上似笑非笑一副无赖的表情嘻哈道："几位，吃了没？"

说着便要从几个人中间的空隙钻过，谁知正在这时一辆轿车停在了煎饼摊前面，轿车后面的车门打开，一个熟悉的声音从里边传出："金顺，你让老子好找啊！"

金顺听见这声音便知不妙，转身向车内望去，只见轿车后面坐着一个方脸微胖、鼻梁和眼角都带着淤青的人。那人不是别人正是北平市警察局局长方儒德，他缓缓地从车上走下来到金顺面前。

金顺连忙面带微笑，弓身作揖，不敢正视他，而是用眼睛的余光看着方儒德道："方……方局长近日可好？"

方儒德皮笑肉不笑地靠近金顺说道："好你奶奶个腿儿！"话音刚落，一巴掌便重重地打在金顺的脸上。

"哎哟！"金顺连忙捂着脸哀号不止，实际上方儒德这一下并不是很重，只是金顺过于邪乎，"方局长，您看您这是……"

"我这是？"方儒德见金顺明知故问更是怒不可遏，举起手却又放下来说道，"这都他妈的拜你所赐！"

金顺心中暗喜，方儒德脸上的伤是他随金顺去妓院被老鸨子和几个打手群殴所致。但他依旧一副可怜巴巴的模样望着方儒德说道："方局长，我哪敢……哪敢得罪您啊？"

"少他妈和老子废话！"方儒德强压住心中的怒火说道，"等你完了事，老子再找你算账！"

"完了事？"金顺小眼睛一转，心想既然这样说，也就是方儒德不会在这里对自己下手，既然这样那就有机会溜了！

"给我把这小子绑瓷实了！"方儒德说完自己走进车里，不一会儿工夫，金顺被几个汉子绑得如粽子一般塞进了方儒德的车里。接着两个大汉钻进车里，一人坐在副驾驶的位置，另外一个则坐在金顺旁边！

车子缓缓发动离开了天津卫，向北平的方向驶去。

这一路之上金顺几次想逃脱，然而他发现此次方儒德似乎特意安排，车内的大汉将自己看得严严实实的。

车子是在早晨六点进入北平城的。方儒德让车子直接开到了柏林胡同的一个四合院前面才停下。车子一停下院中便出来了几个人，他们将金顺带到四合院中，而方儒德连忙抓住这个机会在金顺的屁股上重重地踹了一脚。金顺被带入四合院中的时候，方儒德才伸了伸懒腰坐在车上离开了柏林胡同。

金顺进入院子之后，门便被牢牢地关上了。金顺这时才发现这原本其貌不扬的四合院竟然守卫极其森严，几步之内便会有一个日本兵。而在月亮门的门口也有日本兵荷枪实弹地把守着。

金顺被两个穿着黑衣的人押到了二进院的一间屋子前面，在门口轻轻地叩击了两下。里边的人轻声地咳嗽了一下，语气沉稳地道："人带到了？"

"是！"外面的汉子连忙应声道。

"让他进来吧！"那人操着一口慵懒的语气说道。

话音刚落，那汉子低着头一只手轻轻地推开门，然后将金顺提起丢进了房间里，然后关上房门。这一系列的动作中，汉子一直不敢抬头正视里面。

金顺被摔在地上"哎哟"了一声，然后挣扎了几下站起身来，见眼前这间屋子布置得极为精致，一排红木书架上面摆满了中外典籍，书架旁边是一张红木雕花长桌，桌子上笔墨纸砚齐备，在那桌子对面摆着一副假山盆景，正是泰山迎客松。假山旁边摆着一张茶桌，此刻茶香四溢布满整个房间。这里简直就是一间极为雅致的书房，与外面压抑的肃杀气氛显得有些格格不入。

一个老头穿着一身宽松的白绸衣服安详地坐在茶桌前面，手中拿着一把精致的茶勺轻轻地将几根茶叶从瓷罐内勾出放在一旁的茶壶中。而后从一旁的火炉上取下热水轻轻倒在茶壶四壁……

金顺是个粗人，从未见过如此优雅的茶道，看了一会儿似有些着迷。心境也从之前的紧张慢慢舒缓了下来，不由自主地走到茶桌旁坐下。一壶茶沏好之后，淡淡的清香似乎能透过那薄如蝉翼的紫砂壶壁透射而出，老头将茶倒在金顺眼前的茶碗中悠然道："茶道即为人道，讲究缓中求稳，韬光养晦，这样茶内存留的香味才能全部灌注到这茶水之中，入口沁人心脾啊！"说罢抽出一旁的刀，将捆绑在金顺身上的绳子割断，金顺抬起头看了眼前的老头一眼，那老头全神贯注地泡着茶并未理会他。

他这才双手举起茶杯将那茶一饮而尽，刚一入口味道甘冽清新，咽下之后顿时神清气爽，口齿留有余香。他享受般地吸了一口气，将茶杯放在桌子上，老头微微笑了笑，此时又煮好另外一种茶倒进了茶杯里。

金顺忍不住又举起茶杯，这次的茶甘甜中带着淡淡的苦味，苦味中又透出一丝甘甜，这两种味道在口中周而复始绵绵不绝。

"金顺……"那老头终于抬起头盯着金顺，他虽然一脸和气却让金顺两股战战，立刻站起身来退后几步。

"世……世叔！"说着金顺跪在老头面前说道，"世叔，我拿的东西已经被姓时的那个丫头拿走了。你的身份我会一直保密下去，您就当我是个屁把我放了吧！"

老头淡淡地笑了笑说道："你起来吧！"说着在金顺的茶杯里倒了一杯茶，"我还没有谢你，怎么舍得放你走？"

金顺一愣，心想他说的必是反话，连忙在地上猛磕头道："求求您，您放了我吧！放了我吧！"

"来来来，金顺过来喝茶，我没有骗你，我是要感谢你的！"那老头微笑着招手示意金顺坐过去。金顺这才停下来，犹豫片刻站起身走到茶桌旁边，却无论如何也不敢再坐下了。

"你坐下，今天我要让你帮我一个忙！"老头笑眯眯地说道。

"帮忙……"金顺简直不敢相信自己的耳朵，接着说道，"可是我能帮您什么忙？"

老头点了点头，举起手中的茶杯擎在半空，金顺立刻会意坐在茶桌前面也举起茶杯，那老头微微一笑将杯中的茶一饮而尽。然后站起身引着金顺走到桌子前面，此时那张桌子上放着的正是那张被写满了记号的迷宫图。

"这张图……"金顺皱着眉头说道,"这张图怎么会在这里?"

"呵呵,你见过这张图吧!"老头微笑着说道。

"嗯,见过!"金顺一边说一边禁不住伸出手轻轻抚摸着那张图,"不过它不应该出现在这里啊!"

"看来我没找错人!"老头有些得意地说道,"金系秘宝有河箱和洛箱之分,合二为一叫作虫器。这河箱和洛箱一直分别由皇室和金系家族的人分开保管。在那洛箱之中藏着的是各大家族武器的设计图,而这河箱之中的物事却没有人知道!"

"是啊,世叔!"金顺的残指一直在那张图上摩挲着,他对古玩字画颇有一些研究,只要手指轻轻一触,便已经能大致猜出这张图的真伪。眼前这张图绝对是珍品无疑,他惊叹地说道:"当时师父曾怀疑河箱之中藏的就是这伏羲八阵图,可惜我偷出河箱却发现里边空空如也,恐怕那时候这张图早已被师父藏在了别处,世叔您又是从何处得到的这张图啊?"

"呵呵,其实老偗儒拿到的河箱本来就是空的!"老头淡淡地笑了笑,他口中的老偗儒便是指金顺的师父金无偿。老头顿了顿接着说道:"我今天找你来就是因为这张图!"

"这张图?"金顺不解地抬起头望着眼前的老头道,"难道您也想去找那个传说中的伏羲八阵?"

"嗯!"老头点了点头,"当年金系先人利用这张图设计了一个机关密布的伏羲八阵,据说这个阵设计得极为缜密,机关重重,稍有不慎便会殒命。我研究这伏羲八阵几十年却始终参不透其中的奥秘,既然你是金系传人我想应该是懂得一些的!"

这句话一出口金顺面有难色地说道:"世叔,实不相瞒,金系中确实有一张和这个极为相似的设计图,不过那只是后人凭着印象仿制出来的,我刚刚大略地看了看这张设计图。这张设计图简直天衣无缝,这八关每一关可以各自为战,却又浑然一体相互联系。我一时之间也理不出头绪!"

　　"原来如此……"老头长出一口气，不过金顺笑了笑说道，"不过……看似这一关是一个关键！"金顺伸手指了指那张设计图，只见那张图上写着一个大大的"坎"字。

　　老头皱着眉头望着那个"坎"字，脑海中隐约闪现出一个漆黑的洞穴，洞穴之中不时会有喷泉从不同的方位喷出……

地势坤，厚德以载物

此时潘俊、时淼淼和欧阳燕鹰三人正在这"坎"卦密室之中，火折子一点点地燃尽。时淼淼和欧阳燕鹰都是一头雾水，都不明白潘俊所说的那"行险用险"究竟是什么意思。

"怎么个行险用险法？"时淼淼见潘俊信心满满，皱着眉头谛听着密室之中的动静轻声问道。

"嘘！"潘俊对两个人做了一个噤声的手势，然后听着耳边"空空空"的声音，他立刻捡起一块石头丢在不远处，谁知那石块刚一落地水柱便从石头落处喷涌而出，那块石头被涌起的水柱弹到了半空中。

燕鹰和时淼淼诧异地望着潘俊，"你……你是怎么知道水柱会从那里喷出的？"

"这个密室既然是'坎'卦，那么就一定是与水有关。而在那些水柱喷出之前都会发出'空空空'的响声，刚刚一进入这密室我心中便暗暗记下那几个水柱之间的距离，第一个与第二个之间的距离是九步，而第二个和第三个的距离是六步，所以我想那么第三个和第四个之间便应该只有三步，没想到果然如此……"潘俊解释道。"那么接下来水柱就应该在这里。"潘俊指着眼前不远处说道。

"可是知道这些有什么用？"燕鹰一直焦急地盯着潘俊手中的火折子。

"我明白你想做什么了！"时淼淼已经猜出了潘俊的用意，"你刚刚说这'坎'卦中是险上加险，这第一险是地面上看似毫无章法喷出的水柱，它喷出之时劲道极大，摧枯拉朽，无坚不摧。而第二险想必就是那只泥猴，它行动敏捷、凶残异常，身上包裹的那层泥更像是一身坚不可摧的盔甲，而在这个黑乎乎的密室中更能精准判断猎物所在，顷刻之间便可以要了猎物的性命。"

"嗯，是啊！"潘俊点了点头。

"所以你刚刚所说的行险用险的意思，是想利用这间歇喷出的水柱击溃那只泥猴！"时淼淼说到这里眼角露出一丝不安，她轻轻地抓住潘俊的手。

"哈哈，潘哥哥果然聪明，我这个笨脑子怎么就没想到呢？"燕鹰见出去有望不禁高兴地说道，不过立刻他也意识到一个问题，那就是如何让那只泥猴乖乖地在水柱即将喷出的时候站在水柱上呢？

这时潘俊站起身来对时淼淼和燕鹰说道："一会儿在听到'空空空'的声音之后我会熄灭火折子，到时候我会丢石头激怒那只泥猴让它攻击我，你们两个千万不要动，如果顺利的话……"对于这个计划潘俊心中也有些担忧，一来必须保证泥猴会在声音之后立刻攻击自己，二来那声音一旦响起，留给自己逃开的时间只在眨眼之间，稍有差池便会玉石俱焚。

"等等……"潘俊正要转身却被时淼淼一把抓住道，"你身上有伤，行动多有不便，还是我去吧！"其实潘俊担心的问题在时淼淼刚刚明白潘俊的计划的时候就已经想到了，因此才会那般不安。

潘俊望着时淼淼的眼睛，从嘴角挤出一丝微笑道："你放心不会有事的，而且刚刚我已经暗中计算过声音过后多久会喷出水柱！"潘俊看了看手中只剩下一丝光亮的火折子说道，"恐怕机会只有这一次，所以只有我去！"说着潘俊轻轻地从时淼淼手中抽出手，谁知刚抽到一半时淼淼却抓得更紧了。

潘俊轻轻地摇了摇头，这时时淼淼才松开潘俊的手。潘俊拿着火折子站定位置之后从地上拾起几块石子，整个密室死一般的沉寂，间或能听到石缝间滴水的声音。这屋子内的三个人都屏气凝神地盯着潘俊手中的火折子，等待着那令人心惊的一刻。

就在火折子即将燃尽，火花飞溅的时候，一阵清脆的"空空空"的声音从密室中传来，所有人的心头都是一紧，潘俊忙不迭地熄灭了火折子，几乎与此同时手中的石子已经向刚刚泥猴栖息的地方飞掷出去。

他们的心都提到了嗓子眼，只听石头"啪"的一声砸在密室的墙壁上，被反弹到了地上——泥猴不见了。所有人一阵骇然，潘俊又将手中的几块石头如雨点般地飞掷出去，只听到远近传来"啪啪啪"的声音，却似乎始终没有碰到那只泥猴。

糟了！潘俊心中暗想，火折子已经燃尽，这次是他们唯一的一次机会。脚下的水柱恐怕马上就要喷涌出来，倘若那时泥猴还未发动攻击，那么恐怕几个人今天真的要命丧于此了。

而此时的时淼淼心中比潘俊还要着急，这几秒钟漫长的等待就像是过了几个世纪一般。潘俊站在远处隐隐地感到自己脚下的地面在微微颤动，一股气流正从脚底下喷出，他深知那水柱马上便要喷出来了。而那只泥猴呢？它去了哪里？

水，潘俊觉得有水流从自己的脚下冒出来，已经将脚周围的地面浸透了。此时自己就像站在了一个已经被点燃的炮口，微微的震动便是那"刺刺"燃烧的炮捻。他此刻甚至感觉到从自己脚下冲出的气体刺入皮肤的隐隐痛感。

正在这时一阵刺耳的笛鸣声响起，潘俊被燕鹰撞到了一旁。未等潘俊反应过来，黑暗中一个黑色的庞然大物从潘俊的眼前猛冲了过来，几乎与此同时水柱破土而出不偏不倚正好击在那庞然大物的身上。泥猴发出一声凄厉的尖叫，重重地摔在了他们身旁。

水柱喷涌片刻便消失了，整个房间再次陷入一片寂静之中，耳朵里只有淅淅沥沥的水声。此时几个人都不敢轻举妄动，虽然刚刚听到那只泥猴的一声嚎叫，却不能确定它是不是真的死了。

当滴水声渐渐消失之后，他们隐约听到密室中传来了一阵虚弱的喘息声。潘俊和燕鹰两个人顺着那喘息声一步一步地逼近那只泥猴，潘俊掏出那火折子轻轻吹了吹，火折子发出微弱的光。只见此刻那只泥猴半卧在地上，胸口紫红却没有流血，胸腔剧烈地起伏着，四肢无力地瘫软在地上。看来刚刚水柱虽然伤了泥猴却并未致命。

潘俊将火折子递给燕鹰，然后伸出手试探着在泥猴的胸口摸了摸。刚接触到泥猴，那泥猴的身体微微一颤，似乎有些不适，但却没有反抗。这时时淼淼也走了过来蹲在潘俊身边，看着他的一举一动。

潘俊的手在泥猴的胸口摸了摸，那泥猴似乎感觉到疼痛，喉咙中发出"咕噜噜"的叫声，龇着嘴露出几颗锋利的獠牙，时淼淼连忙抓住潘俊的胳膊唯恐他受伤。潘俊微微摇了摇头，然后从怀里掏出一个治疗跌打损伤的药膏轻轻涂抹在泥猴的伤处，药膏所带来的清凉立刻减轻了泥猴的痛感，它感激似的将头往潘俊的怀里靠了靠。与此同时潘俊发现泥猴的耳朵上穿着一个小孔，一枚钥匙便别在它的耳朵上。潘俊轻抚着泥猴，将手移到它的耳朵旁小心翼翼地将那枚钥匙抽出。

那火折子便在这时彻底熄灭了。潘俊站起身拉着时淼淼和燕鹰一起来到那把锁前面，摸到钥匙孔将钥匙塞进去，轻轻一转。门在一声轻微的"咔嚓"声之后竟然打开了，几个人都是一阵欣喜。然而就在这时他们隐隐地感觉一股劲风从身后袭来，几个人心说不好，恐怕是刚刚的那只泥猴再次向他们袭来。只因他们此前以为那只泥猴已经受伤，恐怕没有还击的力气便放松了警惕，谁知会突然发动袭击。此刻躲闪为时已晚，潘俊本能地将时淼淼和燕鹰左右各推到一旁微微闭上了眼睛，谁知正在这时又是一股劲风袭来正与先前的那股相击。

潘俊一惊，连忙转身只见黑暗处隐约有两个黑影在翻滚，此时他们才发现那分明是两只泥猴。后来冲过来的便是刚刚被水柱击伤的那只，恐怕它也极通人性，见潘俊等人并未伤害自己反而施药相救，便飞身起来阻止了另外一只泥猴。

不管怎么样，潘俊趁着这个时机慌忙打开锁链轻轻一推，一道石门便缓缓开启，他示意时淼淼和燕鹰赶紧进入密道，然后扭过头隐约看见那两个黑影依旧搅在一起，难舍难分。就在潘俊准备进入密道的时候，忽然第三个黑影，第四个黑影接连着从黑暗处蹿了出来，他顾不上多想一把关上密道的石门，一个黑影已经冲到近前，躲闪不及重重地撞在了石门上。

当三个人进入密道之后终于长出了一口气，本以为密室之中仅有一只泥猴，谁能想到竟然有如此之多，倘若那些泥猴当时一起发动进攻的话，恐怕便是再有几条命也不够用的。

此一役惊心动魄，几个人躲在密道之中半晌却始终惊魂甫定，忽然燕鹰的肚子"咕噜噜"叫了一声，潘俊和时淼淼闻声不觉失笑。此时距离他们进入密室已经有一天一夜的光景了，尤其是燕云姐弟进来的时间更长，这期间都是滴水未进。潘俊心想按照欧阳雷云所说前面应该还有两关，恐怕如果不吃些东西的话，那时即便能找到通过的方法却也没了体力。

怪就怪在进来之时，一心只想着救人，准备太过仓促考虑不周，而眼下在这黑漆漆的密道中更不知去哪里寻食物。

想到这里潘俊心中一阵怅然，而今之计也只能走一步算一步了，正所谓车到山前必有路，船到桥头自然直。又休息片刻，燕鹰实在有些困倦了，几乎昏昏欲睡的时候潘俊站起身来说道："咱们继续走吧！"

燕鹰颇有些不耐烦地站起身来伸了伸懒腰，谁知正在这时他的手似乎摸到了什么，他迟疑了一下又摸了摸。只觉头顶上那物事潮乎乎，黏糊糊的，形状有些像地瓜，有些则像是马铃薯。燕鹰心头顿时一阵欣喜地说道："潘哥哥，有吃的了！"

这句话让潘俊和时淼淼都是一愣，回过身来。这时燕鹰早已用力将头顶上一块地瓜形状的物事用力拽了下来，放在鼻子旁闻了闻，那物事散发着淡淡的清香，这味道极其熟悉，燕鹰将那物事在手中搓了搓，然后一口咬下去。这东西味道香甜而多汁，味道有些像哈密瓜。燕鹰吃了几口那东西便已经下去一大半，将剩下的一半叼在口中，伸手在头顶又拽下两个递给潘俊和时淼淼，又接着大口大口地吃起来。

边吃边口齿不清地说道："把外面那层皮搓掉就可以吃了！"

潘俊和时淼淼二人将那东西放在鼻子前面闻了闻，按照燕鹰所说的方式轻轻将那东西的外皮剥落放在口中，这味道果然不错。"燕鹰，这东西叫什么名字？"

"火莲！"燕鹰将最后一块放入口中说道。

"火莲？"潘俊皱着眉头说，"早听说在沙漠深处有一种长相极为接近荷花的植物名叫火莲，每到日出和日落的时候会短暂开放，就像是燃烧在沙漠中的星星火光。在白天的时候火莲则藏在厚厚的苞蕾里面。"

"嗯，嗯！"燕鹰又拽下一个说道，"没错，没想到潘哥哥竟然知道这些。"

"嗯，这种火莲是多年生的植物，地面上的部分并不起眼，但是它的根系却极其发达，最长可以有数十米。而且正如莲花一般在根系的最下端与莲藕极其相近，可以入药。"潘俊顿了顿接着说道，"可据我所知火莲早已经绝迹了啊！"

"嘿嘿，潘哥哥你有所不知！"燕鹰笑了笑说道，"我们欧阳家一直在种植着这种东西，而且我很小便吃过它的根。真是没想到竟然能在这里碰到！"

"哦？你们将火莲种在何处？"潘俊皱着眉头说道。

"就在四进院内！"

"这么说我们现在始终还在欧阳家的地下！"潘俊若有所思地说道。

"嗯，我想应该是了！"燕鹰现在只顾着吃完全不去想其他的事情，"再摘一些带在身上，如果我们一时半刻出不去也不至于饿死啊！"说着燕鹰又拽下几根火莲的根系揣在怀里。

真是皇天不负有心人，有了这火莲的根系当食物，终于解决了一个让潘俊担忧的问题。

一行人带着火莲的根系继续摸索着向前走，潘俊知道接下来还有两个密室，一个是"震"卦密室，一个是"艮"卦密室，只是不知还将会有什么险情在等待着他们。想到这些他此时更有些担忧的是燕云和欧阳家的两个老头，不知他们现在进展如何了。

此时欧阳家的两个老头正围在一个篝火堆前相视无语地沉默着。欧阳雷火显然有些焦急，时不时站起身围着篝火，双手背在身后急躁地踱着步子。而欧阳雷云却面色平静，双眼蒙着黑布，手指微微弯曲掐算着什么。

欧阳雷火几次停在欧阳雷云的身后想要说什么，最后还是将话咽了回去。欧阳雷云此时表现得越是镇定，欧阳雷火心中便越是恼怒，但是他也深知自己对这密室一无所知，尚有求于他也便不敢发怒。但欧阳雷火本来就是一个性情急躁，脾气如火的人，不然也不会得了一个"火雷子"的外号，让他这样干坐着等下去无疑对他来说是一种折磨，这种心理上的折磨比身体上的折磨更加难熬。

欧阳雷火实在忍不住了，他从篝火堆里抽出一根燃着的木棍向密室一端走去，这个密室的空间很大，从一端走到另一端足有二三十丈，整个密室呈椭圆状，密室的中央有一些凸凹不平的土包。自从进入密室，欧阳雷火便发现这间密室极为寒冷，在密室中环顾了一圈，他发现密室的下边全部是冻得极为坚实的冰土混合物，在下面还有一种不知名的白色粉末状的东西。

而在那些凹凸不平毫无规则的土包上面竟然有一些干燥的木棍，为了御寒他将那些木棒聚拢起来点了个篝火。只是让他失望的是这个密室像是一个全封闭的，根本找不到出口。他期待地向欧阳雷云望去，欧阳雷云自从进入密室之后就一直坐在篝火旁始终沉默不语。

雷火环视了一遍周围的环境，最终还是无功而返。他无奈地坐在篝火旁，将手中燃烧的木棍丢进火堆里终于忍不住问道："您能不能想想办法，孩子们没在这间密室里，我们怎么出去啊？"

欧阳雷云微微笑了笑，表情冷漠地说道："那你先告诉我几件事！"

欧阳雷火的神情立刻紧张了起来，他想了想说道："你问，只要是我知道的一定会告诉你！不过……你真的知道我们怎么离开这里吗？"

"呵呵！"欧阳雷云依旧是淡淡地微笑着说道，"刚刚进入密室中你是不是看见地面上有很多冰？"

"嗯，是啊！"欧阳雷火心想欧阳雷云似乎进来之后，便不曾睁开眼睛如何知道得这般清楚。

"那就对了！"欧阳雷云说道，"我们现在身处'坤'卦密室！"

"'坤'卦？"欧阳雷火皱着眉头不禁说道，"履霜，坚冰将至？"

"正是！"欧阳雷云说道，"只是现在'坤'卦密室的机关尚未开启，只有开启机关才能知道出口所在，所以你不必匆忙！"

"没有开启？"欧阳雷火诧异地望着欧阳雷云说道，"那怎么才能开启这密室的机关？"

欧阳雷云微微地摇了摇头："这只能看造化了，说不定是下一刻，也说不定你我便会被困在这里了！"

"这……"欧阳雷火攥着拳头豁地站起身来想要发怒，最终还是无奈地坐回了原地。

"你的问题我都回答你了，现在该我问你了！"欧阳雷云幽幽地说道，"雷火，当年真的是父亲让你将我囚禁在那个密室中吗？"

欧阳雷火对于欧阳雷云的这个问题似乎并不吃惊，或许他早已经想到雷云想要问的第一个问题便应该是这个了。他双手靠近篝火快速地揉搓着，虽然知道欧阳雷云双眼紧闭，却也不敢正视他的眼睛。他沉默片刻说道："嗯，当时确实是父亲让我将你囚禁起来的！"

"为什么？"欧阳雷云在密室中被囚禁了整整三十五年，这三十五年他无时无刻不在思考着这个问题。

"大哥！"欧阳雷火咬了咬嘴唇，这是欧阳雷云被囚禁这三十五年来他第一次这样称呼他，"这件事父亲让我不能告诉你！"

"呵呵！"欧阳雷云冷哼了一声道，"恐怕是你觊觎火系驱虫师君子之位，所以才在父亲面前说了我的坏话吧？"

"唉……"欧阳雷火长长地叹了一口气说道，"大哥，我承认我一直希望当上火系驱虫师的君子，然而和您比起来我相差甚远！"说着欧阳雷火站起身走到欧阳雷云身边轻轻地将蒙在欧阳雷云眼睛上的黑布揭掉，只见欧阳雷云缓缓睁开眼睛，眼前的火光有些刺眼，欧阳雷云偏着头适应了一会儿，眼前的篝火越来越清晰。只见欧阳雷云的眼睛一只是翠绿色的，另外一只是金黄色的。欧阳雷火低着头回到欧阳雷云对面，却不敢正视他的眼睛，接着说道："你天生异禀，双眼可以摄人心魂，这对于火系驱虫师来说可谓是百年不遇。你所拥有的能力是我们穷尽一生也无法达到的！所以虽然我想当火系驱虫师的君子，却也只是水中望月而已，可遇而不可求！"

"呵呵！"欧阳雷云笑了笑，"算你还有些自知之明！"

欧阳雷火长出一口气，说道："我知道这些年你一直在怨恨我，一直怀疑是我在父亲面前散布谣言，才使得父亲最终下定决心将你囚禁起来，甚至你一直怨恨父亲，这些父亲都已经猜到了！"

"我怨他，我当然怨他！"欧阳雷云听到父亲有些激动地说道，"就是他让我在那暗无天日的密室中整整过了半生啊！"

"当时父亲将你囚禁起来之后便终日郁郁寡欢，很多次我见他在密室前面踌躇，却迟迟没有进去。而你的名字更是整个家族的禁忌，任何人也不准提及！"欧阳雷火说着一行泪已经从眼角流淌出来。

"呵呵，别为那个老头子开脱了，他只不过是觉得我处处比他强，又找到了传说中的密室，撼动了他的地位而已！"欧阳雷云怒气冲冲地说道。

"大哥！"欧阳雷火忽然高声说道，"你……你知不知道他将你囚禁起来是为了救你一命！"

"救我？"欧阳雷云的表情立刻僵住了，他打量着欧阳雷火，情绪也渐渐平和了下来，似乎是想起了什么，"你说囚禁我是为了救我？"

"嗯，这件事也是父亲在临终之前告诉我的！"欧阳雷火沉吟片刻，"他告诉我这件事一定不能和你说，宁可让你恨他，也不希望你后半生生活在内疚的痛苦之中。"

"你知不知道当时你已经被人盯上了，他们的目的很简单，就是置你于死地！"欧阳雷火咬着牙说道。

"他们？"欧阳雷云皱着眉头想了片刻说道，"你口中的他们是……天惩？"

提到天惩两个字，欧阳雷云的眼睛立刻圆瞪了起来，他不可思议地望着欧阳雷火。欧阳雷火轻轻地点了点头说道："我想你应该还记得七十年前，湘西水系时家的灭门惨案吧？"

欧阳雷云点了点头，脑子中像是在思忖着什么。

很久之前，驱虫师各个家族严格遵守着祖宗的遗志，居住的住所按照五行方位，金系居东，木系居中，水系居南，火系居西，土系居北。各个家族彼此联系，彼此牵制，相依而存。金系以为皇室研制金石器物，修建墓葬为生；木系以行医救命为生；水系一直十分隐秘并不知作何营生；火系以训练皮猴在荒漠之中狩猎，倒卖皮毛和马匹为生；土系门徒众多，以习武或盗墓为生。

从古至今一直如此，虽然世事变迁，朝代更迭，这几大家族却依旧在这浮浮沉沉的世道之中守着各家的信条，信奉着每个家族不同的信仰，各家族的命运如那些不屈不挠、百折不挠的小虫一般延续着。

直到有一天，驱虫师家族的一个人忽然觉得这样的生活简直太不公平，每每世道动乱，危难之时驱虫师家族的人总是舍身赴死，前赴后继，然而就在那些人成就一番大业之后不但不思回报，却对驱虫师家族的人赶尽杀绝、大肆屠杀，夷三族、诛九族。不但如此，他们还将驱虫之术视为邪术，看成是眼中钉、肉中刺。

震动历史的焚书坑儒，历代不绝的文字狱，为刘邦立下了汗马功劳的齐王韩信，这样的例子比比皆是、数不胜数。虽然驱虫师家族的每个人都对这种不公平心怀不满，然而却从没有一个人肯站出来，敢冒天下之大不韪提及此事。

而那个人却站出来了，他游走各方，将自己的想法告诉其他几个家族的人。早已经对这种不公心怀不满的驱虫师各系君子们立刻纷纷响应。甲午战争之后，清朝早已呈现出败亡之气，为什么不在此时运用这驱虫之术为自己打下一片江山呢？

他们逐渐联合了起来，但是只有水系的君子对此事坚决否定。水系君子是一个女子，从洪秀全起义以来一直与其联系极为紧密，洪秀全以及下属多名将领都在暗中与之接触。水系君子希望驱虫师家族能一如既往地支持一场新的变革，她从洪秀全的政权中看到了一丝希望。

正如历朝历代的变革一样，如果能得到驱虫师家族的支持，想必这是一个改朝换代的机会。然而她的这番言论却被另外四家人所弃。顺我者昌，逆我者亡。其他四家秘密筹划了一个骇人听闻的计划，他们知道水系君子颇为厉害，不但有三千尺，还有独门绝技。这绝技即便在水系君子之中也极少有人学会，名叫蛊惑军心。无论任何人近前数丈之内精神便会被其释放出来的蛊虫所惑，失去心智，相互残杀。而水火不相容，只有火系的一个旁支可以对付这一绝技。那就是生活在大漠深处，从来与世无争的火系旁支，他们与一种名叫蒙古死亡之虫的凶悍怪虫为伍，这是克制蛊惑军心的唯一利器。

那个人于是便来到大漠深处游说火系旁支，最后以如果灭掉水系时家便将水系的蛊惑军心秘诀交给旁支为条件，诱使火系旁支出手。于是在七十多年前的一个夏天，四大家族秘密前往湘西，他们通过土系君子用神农挖通的地道进入了时家。

　　那是一场大屠杀，他们以极快的速度将水系时家的所有人全部残忍地杀死。这场屠杀出乎意料的轻松，并未遇到原想的抵抗，一直让他们担忧的水系绝技蛊惑军心也不曾出现。

　　"这是魔鬼的饕餮盛宴，嗜血的狂徒们在杀死了所有人之后，将所有的房子里里外外找了个遍，却不曾发现刻着水系绝技的秘宝。无奈之下他们只能快速撤离，为了掩饰他们的滔天罪行，他们将水系时家的宅院全部燃起了大火。而在那之前，我们的父亲动了恻隐之心，写了一封密信给水系时家的君子让她离开！"欧阳雷火停顿了一刻说道，"可父亲没想到的是这封信不但救了水系君子，同时也救了自己。"

　　"这是为何？"欧阳雷云不解地问道。

　　"因为在那个人游说众人联合起来的时候，也同时让另外一些人开始警觉了！"雷火说到这里长出一口气。

　　"你是说天惩！"雷云似乎已经想到了什么。

　　"嗯，那个传说与驱虫师家族同时兴起的神秘组织！"欧阳雷火幽幽地说道，"相传因为驱虫师家族掌握着可以撼动历史的惊天秘密，谁掌握了这个最终的秘密谁便可以执掌天下。因此如果驱虫师家族联合起来必定会造成天下大乱，所以一个更加神秘的组织便应运而生，这个组织便是天惩。据说这个组织中的人掌握着世上最为阴毒的驱虫之术，而且早期他们大多数人也产生在驱虫师的家族之中，抑或潜伏在几个驱虫师家族中。在各个家族之间挑起纷争，使五个驱虫师家族总是处于一种若即若离的状态。

　　"因为驱虫师家族从未联合在一起过，因而天惩在几百年内从未出现，人们也就淡忘了他们的存在。然而就在那些人觉得灭掉水系时家的事情做得天衣无缝的时候，天惩出现了。不知他们如何知道是父亲放走了水系君子，因此便放过了父亲。而其他几家的君子却一直在天惩的诛杀之列，直到五个家族再次恢复到若即若离的状态时，天惩才又消失了。

　　"而那个人在水系时家惨案之后被天惩追杀了三年，见事情平息，便回到家中潜修直到终老，然而他的后代却在他过世之后又开始悄悄经营着那个计划。他联络了土系君子，还曾找过父亲，被父亲婉拒之后便找到了你！"欧阳雷火轻声说道。

欧阳雷云听到这里点了点头："是啊，那时候他来找我，便告诉我既然驱虫师家族的秘密可以改变历史，现在天下不稳，何不用自己掌握的秘密来与天下一搏！他告诉我金系君子虽然不愿参与，但是他有办法拿到金家秘宝，而我所要做的便是顺利当上火系君子，找到那个传说中的密室所在！"

"呵呵，父亲说那时他便已经察觉到了你的举动！"欧阳雷火痛苦地说道，"他怕你会步他后尘，因此才将你囚禁在密室之中！他宁愿将你囚禁起来让你恨他一辈子，也不愿亲眼看着你死于非命。"

欧阳雷火说完之后欧阳雷云陷入了沉思之中，他盯着眼前那堆篝火。暗红色的火苗在他双眸中跳动，过往的种种瞬息之间在他的脑海中闪过，有如黄粱一梦。过了良久他才像是一个在水中憋了很久冒出水面的人一样，深深地吸了一口气，悲怆地号叫了一声，淤积在胸口多年的怨气在瞬间冰释之后，所剩下来的只是空荡荡的内疚，这种内疚像致命的毒药一般，一点点吞噬着他以前赖以生存的仇恨支柱。

欧阳雷云用力地捶打着胸口，在暗无天日的监牢中他用自己大半生的时间在诅咒，怨恨那个将他囚禁起来的人。如果不进入这密室，恐怕他终老一生也会活在那种怨恨之中。欧阳雷火站起身迟疑了一下，走到欧阳雷云身边，双手在他的肩膀上轻轻拍了拍，却始终不知道说什么话来安慰他。

受天惩，却是故人来

　　过了良久，欧阳雷云终于平静了下来，他深吸了一口气淡淡地说道："雷火啊，还有一件事我想问你！"

　　"嗯，大哥你问吧！"欧阳雷火想不明白他究竟还想知道什么。

　　"刚刚和我们进来的那个青年自称是潘家的木系君子，这是真的吗？"欧阳雷云的话让雷火有些摸不着头脑，不过他还是点了点头说道："嗯，确实如此，他叫潘俊，八岁便成了名震京城的名医，在他父亲过世之后便成了木系君子！"

　　"可是他的步伐……"欧阳雷云若有所思地说道，"他的步伐却有点怪异啊！"

　　"哦？"欧阳雷火疑惑地望着欧阳雷云。只见欧阳雷云点了点头说道："他的步伐中有木系潘家的稳健，却还有一些那个人的影子！"

　　"那个人……"欧阳雷火疑惑地观察着雷云的表情。只见雷云微微摇了摇头道，"可能是我多想了！"说完欧阳雷云叹了口气，仿佛还未从刚刚的震惊中恢复过来。他双手扶着地想要站起，欧阳雷火连忙走到他身边将其扶起。欧阳雷云迟疑了一下站起身来说道："现在剩下的时间恐怕不多了，这'坤'卦密室是与'乾'卦密室相互配合的，在伏羲八卦之中乾代表天、阳、动，而坤代表的是地、阴、静。因此'坤'卦密室讲究的是以静制动，以不变应万变。"

"以不变应万变？"欧阳雷火琢磨着雷云的话。

"嗯，金系人遵照'坤'卦属静的特点，因此并未在此间密室中安置那些瞬间致人死命的机关陷阱，然而却设计出一个极其庞大的循环迷宫，迷宫随着一天十二个时辰，配合着'坤'卦爻总共有七十二种变化，这七十二种变化包含了从此处通向四周的所有密道。在不同时刻你所走入的密道都完全不同，但是所有的密道却是殊途同归，最后还是让你回到起点！"欧阳雷云这样说着，用手指一直忙碌地计算着什么。

"大哥，刚刚我一直不明白。你说这密室是金系人设计成的环形结构，可我刚刚却感觉自己是一直向前走，这条路一直是笔直的并未发现任何弯曲，可是最终还是回到了这里！"欧阳雷火颇为怪异地说道。

"呵呵，这就是金系驱虫师的高明之处！"欧阳雷云说着指了指堆在一旁的那一堆木棒说道，"我们刚刚进入密室之时极其寒冷，而在密室一旁却摆放着一堆极其易燃的木棒，你仔细看那些木棒全部是用油浸泡之后用一层蜡封住的。任何人在进入密道之后便会不由自主地用这些东西取暖，除此之外便用这些东西做成火把照明！"

说到这里欧阳雷火确实有一些奇怪，只是当时他急于救出两个孩子未曾多想，经由雷云这样一说他心中疑窦顿生。金系驱虫师在精心设计了密道之后，为何要将那些木棒放在此间呢？

"这些木棒虽然易燃，而它燃着的光线却并不能照出太远，光线所及之处不过是两三米。而金系驱虫师正是利用了这一点，他们在设计那七十二条密道之时，便将这密道的弯曲之处设计得极为平缓，大大超出了火把所能照亮的范围，因此你便认为自己是一直向着一个方向走的，殊不知你已经落入了金系驱虫师的陷阱之中！"欧阳雷云娓娓道来。

听完欧阳雷云的话，欧阳雷火心中顿时对金系家族那些矮小丑陋的侏儒心生几分钦佩，这些人竟然能将那些细枝末梢的微小细节精妙地运用到这巨大的密道之中，让人落入陷阱却浑然不觉，简直悬乎其悬。可是既然七十二条密道全部是回到此处，如何才能走出去呢？

欧阳雷云似乎看透了欧阳雷火的心思，拍了拍他的肩膀说道："呵呵，那条唯一能离开这间密室的密道就隐藏在这七十二条密道之中。刚刚和你说过这七十二条密道是随着十二个时辰和'坤'卦的六爻不断变化的，而那条密道就隐藏在这变化之中！"

"原来如此，这么说如果一个人不懂这变化之理，即便是将这七十二条密道全部一一尝试恐怕也走不出去！"欧阳雷火恍然大悟地说道。

"不是恐怕，是一定走不出去！"欧阳雷云肯定地说道，"刚刚我曾经问你是不是穿过那些密道之时听到耳边传来窸窣的沙沙声！"

"嗯，那声音十分细小很难辨别，如果不是你提醒恐怕我不会注意到！"欧阳雷火回忆着说道。

欧阳雷云说："嗯，这'坤'卦密室是用流沙来驱使的，每次发生变化的时候那些流沙就会通过密道之间狭小的缝隙落入，所以你才会听到那些声音！"欧阳雷云的话音刚落，只听耳边传来了窸窣的沙沙声，他脸上露出一丝喜悦的表情说道："就是现在！"

话音刚落他便拉着欧阳雷火走入了眼前的黑暗之中，在那窸窣的声音消失之后欧阳雷云忽然停下了步子，欧阳雷火心中疑惑，但心想欧阳雷云必定会有办法，却也不说什么。稍待片刻那窸窣之声又起，欧阳雷云急忙拉着欧阳雷火继续在黑暗之中径直向前走。按照这样的方法，每当声音响起他们便会向前走一段，当那声音结束之后欧阳雷云便会停下步子，这声音时起时落十几次之后欧阳雷云忽然停下了脚步。

　　"雷火，恐怕现在已经到了咱们分别的时候了！"欧阳雷云的声音十分沉重。而欧阳雷火隐约从他的话中听出了什么。

　　"怎么了？"

　　"把火把给我！"欧阳雷云避而不答。

　　欧阳雷火将一直揣在身后的木棒点燃递给欧阳雷云。只见他接过火把在身边摸了摸，然后将火把放在前面的墙壁上，一条火舌顺着墙壁燃烧了起来，接着整个房间全部被照亮了，原来在那墙壁之上早已被人凿出很多沟槽，沟槽之中盛满了灯油。

　　这里的空间并不算大，只有一两丈宽的样子，密室的尽头有一道厚厚的石门，上面写着几个字"地势坤，君子以厚德载物"。而密室的中央则是一个阴阳鱼，在阴阳鱼的中心处有一个石墩。欧阳雷火见到石门欣喜若狂，三步并作两步奔过去，上下打量着那道石门，石门是用一块巨大的花岗岩支撑的，足有半个屋子大小，四周和墙体紧密结合成了一体，几无缝隙。欧阳雷火用尽全力推了推那道石门，竟然纹丝不动，刚刚燃起的希望在一瞬间破灭掉了。刚刚听欧阳雷云说已经顺利走出了"坤"卦密室的迷宫，然而此处却又被这石门所阻，凭借人力恐怕绝不可能推开这道石门。

　　他失望地在密室中寻找着其他有可能存在的出口，然而除了那道石门之外这个密室如同一块石头抠出来的一半，没有一丝缝隙。他有些颓然地扭过头望着欧阳雷云，只见欧阳雷云此时低着头，满脸忧伤地站在原地盯着石门上所刻的几个字发呆。

　　欧阳雷云一字一句铿锵有力地默念道："地势坤，君子以厚德载物！"这句话从欧阳雷云口中说出便如同是一句千年的魔咒一般，声音在身后的密道中回荡。

　　"大哥，您怎么了？"欧阳雷火此刻已经走到了欧阳雷云身旁，轻声问道。

　　欧阳雷云低着头长出一口气说道："雷火，我们火系家族的人向来脾气暴躁，三十多年前我更是年轻气盛，禁不住别人的诱惑险些铸成大错，我想现在也该到我将功补过的时候了！"

"大哥，您这是什么意思？"欧阳雷火皱着眉头望着欧阳雷云。只见欧阳雷云忽然释怀一笑，拍了拍欧阳雷火的肩膀说道："雷火，我想父亲当年没有选错人，如果火系欧阳家真的落在了我的手中恐怕早已经衰落了。枉我一生研究这伏羲八卦，却对其中的道理视而不见，一意孤行啊！"

"君子以厚德载物！"欧阳雷云长出一口气说道，"雷火，这'坤'卦密室本有两部分，前一部分的密道需要你用智慧方能离开，而这一部分却只能用德才能离开，恐怕这就是石门上所说君子以厚德载物的意思吧！"说完欧阳雷云缓缓地迈开步子，向这密室中央的那个石墩走去，在石墩前面欧阳雷云停下了脚步。他扭过头对欧阳雷火说道："雷火，进入密室的时候你应该已经发现了'坤'卦密室之中只有一层层的黄沙，连一块石头也没有！"

"嗯！"关于这个欧阳雷火早已经发现了，只是他并未多想其中的缘由，此时欧阳雷云问起自己却也说不出个所以然。

欧阳雷云笑了笑，然后缓缓地坐在身后的石墩上，那石墩被欧阳雷云这样一坐便向下沉了下去，紧接着密室开始震动了起来，房顶上的沙粒纷纷落下，耳边也同时响起"轰隆隆"的响声。随着响声和震动愈发剧烈，只见前面的那道石门开始微微地晃动了起来，石门与地面的连接处露出一丝狭小的缝隙，慢慢地缝隙越来越大，那扇巨大的石门被拉了起来，一条隧道出现在了眼前。

欧阳雷火见此情形心头一阵大喜，原来那扇几乎无法打开的石门，竟然如此轻松便被开启了，然而他的欣喜只持续了片刻，当欧阳雷云站起身来之后，那石墩迅速回弹。那扇被艰难拉起来的石门瞬间便坠了下去，发出"轰"的一声响。这一开一合让欧阳雷火恍然大悟，原来石门开启的方法是将石墩压下去。密室中一块石头都没有，如果想要将石墩压下去必须得有一个人坐在上面。一旦那坐在石墩上的人离开石门便会立刻关闭，速度极快，石墩上的人根本来不及逃出密室。

"君子以厚德载物！"欧阳雷火此时终于明白这几个字的意思了。这个密室的设计之初便必须有人甘心情愿地留在其中，那个甘心留下的人必定是一个厚德之人。

欧阳雷云站起身缓缓走到雷火身边说道："雷火，你从此处离开之后就能进入密室之中的连接密道，随即你会进入下一个密室，只有你们两拨人将属阴和属阳的八个密室全部打开，那条通往中央的密道才会出现，接下来的三个密室全部是机关重重，稍有不慎便会殒命！"说着欧阳雷云从怀里掏出一张图递给欧阳雷火说道，"这是我在牢狱中三十五年潜心研究所得，你带上它只要按照上面所述去做，我想你应该能顺利离开这里！"

"不，不，一定还有别的办法！"欧阳雷火迟迟不肯接那张图，"三十五年前你不就曾孤身一人进入密室然后又安然离开了吗？当年你是怎么离开的？"

"呵呵！"欧阳雷云苦笑着说道，"其实当年进入这密道的人不止我一个！"

"还有谁？"欧阳雷火追问道。

"不要再问了，如果你继续在这里耽搁时间的话，恐怕那两个孩子性命堪忧！"说着欧阳雷云将图纸塞到欧阳雷火的手中，将他推到石门前面，然后自顾自地坐在石墩上，又是一阵轰鸣声，石门缓缓开启，欧阳雷火矗立在门口，呆呆地望着欧阳雷云。只见欧阳雷云怒道："还不快点离开，快去救那两个孩子！"欧阳雷火点了点头，跪在地上两行清泪从眼角流出磕了三个头之后，将图纸收在怀里，点燃手中的火把从石门跃出进入密道。当他刚刚进入密道欧阳雷云便站起身来，那扇石门轰然之间便坠了下来，不留一丝缝隙。

欧阳雷云见欧阳雷火离开，这才总算是松了一口气，他在密室中环顾一圈最后目光落在了密室的东北角。他缓缓地迈着步子向那个方向走去，在角落的石壁上有一行用刀刻出来的细密的小字："我命由我不由天……欧阳雷云！"他看到这行字不禁自嘲地大笑了起来，笑声中充满了凄凉，三十五年，三十五年，如果当年不是那个人出现的话，恐怕三十五年前自己便已经被困死在这里了，想不到时间过去了三十五年，自己终究还是被困死在了这里。他长出一口气颓然地坐在墙角，一只手轻轻抚摸着三十五年前他刻在密室墙壁上的豪言壮语，而此时的心境却全然不同了，他释然了，所有的一切就如同是一场梦。此刻的他已经全然放下了，如果说还有什么值得他牵挂的，那就是关于那个木系君子，他的身形和步法实在是太像那个人了……

耳边再次响起窸窣的流沙穿过缝隙的声音，"坤"卦密室中只剩下他一个人在孤寂地等待，或者他等待的只是最后的终结。在过去的三十五年中，他虽然被囚禁在暗无天日的密室中，却从未有过一丝恐惧和孤独感，他知道自己迟早有一天会离开那里。而此时此刻他却感到前所未有的冰冷，他开始怀念外面灿烂的阳光，广袤的沙漠，浩瀚的星空，还有星空之下喋喋不休鸣叫的螽斯……

秋日的夜风带着微微的凉意，院子里梧桐树上的螽斯似乎已经意识到时日无多，都竭尽全力鸣叫着，呼朋引伴，演绎着最后的狂欢。这是东交民巷中一个不起眼的四合院，管修手中夹着烟，在那棵梧桐树下心情烦躁地来回踱着步子，地上都是熄灭的烟头。与武田在酒楼分别之后，一路上管修的心中都在翻江倒海，武田的话让他确信在驱虫师之中必定有一个人暗中私通日本人，这与庚年当年的猜测一致。如果真是这样的话，恐怕那个私通日本人的驱虫师便是藏在炮局监狱之中的人，当他在密道之中看到那个背影的时候，便隐约觉得那个背影有些似曾相识，一时却想不起究竟在什么地方见过。然而就在他和武田两个人谈话之时他忽然想到了一个人，这个人的背影一出现在自己的脑海中，他整个人不禁猛然一颤，身体像是瞬间浸泡在了冷水中一般，倘若那个私通日本人的驱虫师真的是他……管修简直不敢想象后果将会如何！

他怀疑的那个人便是自己的师父潘昌远，那个曾经为了掩护潘俊等人离开北平而自己却身受重伤一直昏迷不醒的老人。从那时起，管修便将其藏在了东交民巷区这个极为隐秘的四合院中，派专人日夜照看，只是不知为何却一直不曾醒来。想要证明潘昌远究竟是不是那个私通日本人的驱虫师其实很简单，如果他一直待在那个四合院中自然不是，倘若他一直只是佯装昏迷，那么这段时间必定已经离开了。想到这里管修马不停蹄地赶回了东交民巷的这个四合院，轻轻地推开门走进院子，刹那间管修又有些犹豫了。潘昌远是自己的师父，膝下无子，一向视自己为己出，将自己的驱虫之术倾囊相授。如果真的是潘昌远的话，那么自己是否能下狠心对其动手呢？

他犹豫着，心中似乎有一只怪兽在做着困兽挣扎，管修向来是一个处变不惊、遇事不乱之人，而此时此刻他却心乱如麻。一边是为了掩护自己的身份死在枪下的庚年，为了探清炮局监狱秘密自杀的龙青，还有远赴新疆寻找人草师的潘俊；一边则是待自己如亲生儿子一般的师父，究竟何去何从？管修掐灭了手中的烟蒂，又在身上摸了摸，才发现此时的烟盒里已经空空如也，他长出一口气仰望着天上的银河，乱作一团的心绪渐渐平和了许多。他定了定神向里边走去。刚一进门，只见一直看护着潘昌远的仆人立刻迎了上来说道："您今天怎么有时间过来了？"

"嗯！"管修似是而非地点了点头。正要向潘昌远的房间走去，却又停了下来转身对那仆人说道："他……醒了吗？"

仆人一愣无奈地摇了摇头说道："您交代过如果老爷子醒过来一定要第一时间通知您，可是他一直在沉睡，丝毫没有苏醒的迹象！"

听到这句话，管修的脸上露出一丝宽慰的笑容，这笑容让仆人看得有些莫名其妙。然而管修却没有注意这些，放开步子向潘昌远的房间走去，推开房间里面亮着电灯，潘昌远身上盖着一条白色的被子，蒙着头。管修坐在潘昌远的床头一颗悬着的心终于落了地，他轻轻地将蒙在潘昌远头上的被子拉下来，瞬间整个人怔住了。被子下面竟然只是几个枕头，管修顿时觉得血液凝固，脑子一片空白，猛然站起身对外面喊道："来人啊！"

仆人听到管修的喊声，一路小跑来到房间中。只见管修此时怒发冲冠，指着空荡荡的床说道："人呢？"

仆人见到床上的情形顿时也傻了，双手搓着衣角委屈地说道："中午……中午送饭的时候明明还在……"

"中午送过饭之后你们进过这个房间没有？"管修尽量让自己的心绪平静

下来问道。

"没……没有……"仆人诺诺地说道，"您……您吩咐过如果没有特别的事情不要打扰老爷子，所以我们一般只是在送饭的时候才会进来！"

管修紧紧地握着拳头，重重地砸在一旁的桌子上，发出"砰"的一声，桌面上的茶杯被震落在地。仆人身体猛然一颤，站在门口不知所措地低着头。管修停了片刻，叹了一口气平静地说道："这不怨你，你出去吧！"

仆人如获大赦一般，鞠了个躬带上门离开了房间。管修此时无力地坐在床边的椅子上，像是泄了气的皮球一般，最让他担心的事情还是发生了。可是他却始终不肯相信那个私通日本人的驱虫师会是自己的师父。思量片刻，他的思路渐渐清晰了起来，当务之急是先找到庚年在临死前所说的另外一个人，想到这里管修站起身匆匆忙忙离开了东交民巷。

一辆黄包车急匆匆地向城西关帝庙的方向奔去，管修坐在车上心里却依旧不能平静，他在回忆着、寻找着能说服自己的线索。那个私通日本人的驱虫师对潘家的一切了如指掌必定是潘家的人，而潘家对武田说那段历史时能那般如数家珍的只能有三个人，一个是多年前已经辞世的潘俊的父亲潘颖轩，一个是自己的师父潘昌远，而另外一个就是远在新疆的潘俊。虽然管修一再想说服自己，想为自己的师父开脱，然而所有的证据都指向他一个人，这简直就是一个不争的事实。想到这里，管修的心如同是浸泡在了冰冷的寒窖一般，他只求这次能找到庚年所说的那个人，尽快商量出一些对策。

约莫一个时辰，黄包车停在了那座破旧的关帝庙前面，管修下车付了车钱之后便孤身一人走进关帝庙。与之前他来的时候一样，关帝庙依旧冷冷清清，进了门之后院子里荒草丛生，荒草丛中偶尔有几只蚂蚱被他的脚步声惊起，关帝庙不大，他从里到外打量了一圈却连个鬼影都没有。管修掏出戴在身上的明鬼，按照庚年所说的口诀在那只明鬼身上轻轻地敲击了几下，明鬼立刻像是被注入了生命一般"活"了起来。它"吱吱"地鸣叫着在草丛中乱窜，管修盯着那只明鬼，和往常一样，这只明鬼一旦到了关帝庙便会在关老爷的泥像前面打起转来，管修摸了摸身上，从怀里掏出一个空荡荡的烟盒。他有些失望地将烟盒丢在地上，正在这时他的目光却被关老爷泥像下面的一个闪光的物事吸引住了。那是一个非常小周围打磨光滑的洞口，光滑的洞壁闪出一丝光亮。管修弓着身子观察着那个小小的洞口，大小正好与明鬼相配。他抓起地上的明鬼小心翼翼地放入洞口，明鬼与洞口竟然没有丝毫缝隙，直接钻了进去。

只听里面传来"咔嚓"一声，接着关老爷的泥像旋转到一旁露出后面的一个入口。他迟疑了一下，从那个洞口钻了进去。

进入逼仄的洞口，里边渐渐宽阔起来，管修掏出随身带着的火机点燃摸索着向前走去，沿着洞口走出四五米洞穴忽然一转，隐约可以见到对面射过来丝丝光亮。管修心下疑惑灭了火机随即掏出别在腰里的配枪，轻轻地上膛然后蹑手蹑脚地向前走去。随着光线越来越亮，眼前出现了一间并不算大的密室，一个人正背对着自己坐在一张桌子前面，对于自己的出现似乎毫无察觉。

正在这时一只猫忽然从墙角蹿出直奔管修而来，管修猝不及防，那只猫"喵"地扑在管修的脸上，管修双手在眼前乱抓。正在这时那人忽然说道："午夜，回来！"那只猫听到主人的声音，一纵身从管修的身上跳下直奔那人的桌子而去，稍一用力便跳上了那张桌子。

而管修此时也听出了那个人的声音，他手中握着枪眉头紧锁地望着眼前那个熟悉的背影说道："你究竟是谁？"

只觉那人听到自己的声音身体也是猛然一颤，接着轻声说道："管修？怎么是你？庚年呢？"

听到他说起庚年管修更加疑惑："难道庚年说的那个可以接着完成那个任务的人是你？"

这时那个人缓缓地站起身将双手放在半空中，扭过头。这人不是别人正是自己的师父，此前一直处在昏迷之中的潘昌远，此时的他神采奕奕，神情平静，不怒自威，正用一种与管修几乎同样的目光打量着管修。他长出一口气说道："嗯，那个和庚年一起制订并实施那个计划的人正是我！"

"怎么会？"管修举着枪一时之间有些茫然，在路上他心里一直在做着斗争，本想说服自己为师父开脱，然而最后的结果却是让他更确认那个出卖了驱虫师家族的人正是潘昌远。只是片刻工夫他又发现与庚年共同制订那个计划的人居然又是潘昌远。刚刚坠入地狱又瞬间回到天堂的感觉让他无所适从。

"怎么不会？"潘昌远见管修一直举着枪满脸狐疑便说道，"不过，为什么来的是你，庚年呢？"

"庚年他……"管修说到这里顿时觉得喉咙有些哽咽，"他……就义了！"

潘昌远闻听此言脸上露出一丝哀伤的神情，他仰着头长出一口气说道："是什么时候的事情？"

"大概半个月前！"管修说到这里忽然冷冷地说道，"你怎么让我相信，庚年让我找的人就是你？"

"管修，难道你连我都不相信吗？"潘昌远并不知道发生在管修身上的一切，自然对管修此时对自己的态度极为疑惑。他见管修始终无动于衷地用枪指着自己，就微微笑了笑从桌子上拿起一封信递给管修说道："如果你不相信我的话就看看这个！"

管修举着手中的枪小心翼翼地凑近潘昌远，从他手中抽出那封信，一手展开那封信，那封信是庚年写给潘昌远的，上面的确是庚年的笔迹。当他确信无疑之后这才放下手中的枪，"扑通"跪在地上后悔地说道："师父，对不起，只是经历了太多的事情我都不知道能相信谁！"

潘昌远连忙扶起管修轻声说道："快点起来吧，当初我和庚年曾经商量过是否要将我的真实身份告诉你，后来思量再三还是决定暂时不和你说这些。知道的太多你做起事来反而会畏首畏尾，更容易露出破绽！"

"您的真实身份？"管修惊异地望着眼前的师父，隐隐感觉眼前这个人似乎极为陌生。

"嗯，我的真实身份！"潘昌远坐在那张桌子前面伸手示意管修坐下，接着说道，"所有人只知道我是木系潘家的人，潘俊的大伯，却几乎没有人知道我还有另外一层身份！"

"另外一层身份？"管修瞠目结舌地望着以前熟悉现在却陌生的师父说道。

"是啊，潘家所有人都以为我是因为脾气火暴才被取消了成为木系君子的资格，实则是因为我的另外一层身份，我拒绝了木系君子！"潘昌远说着轻轻地抚摸着身边的花猫说道。

"那您究竟是什么人？"管修极为好奇地问道。

"这就说来话长了！"潘昌远幽幽地说道，"驱虫师家族古已有之，相传最早有驱虫师家族是在伏羲之时，伏羲被称为人首蛇身，那时他便将天下之虫分为五类，金木水火土。为了使天下稳固，他将五虫之秘交给历代君主，得虫者，得天下。然而世事变迁，人心不古，五族驱虫师之中经常会产生一些心存歹念之人，既然得虫者，得天下，为何身为驱虫师家族却只能为人所用，何不自立为王？因此为了防止驱虫师家族之人搅乱天下，一个同样掌握着驱虫秘术的神秘组织应运而生，那个组织便是天惩！"

"天惩？"管修第一次听到这个字眼，好奇地望着师父。

"嗯，与驱虫师家族不同的是天惩组织所掌握的驱虫术极为阴毒，他们的驱虫秘术只有一个目的，那就是将所有破坏驱虫师家族平衡的人铲除殆尽！"潘昌远平静地说道，"天惩的成员也有两部分组成，其中一部分本身就属于五系驱虫师家族，他们在驱虫师家族内部挑起矛盾和纷争，防止驱虫师家族之间关系过于紧密。而另外一些人则是驱虫师杀手，他们是在万不得已的情况下铲除驱虫师家族中的那些始作俑者！"

"那师父您也属于天惩？"管修向来聪明，潘昌远如此一说便明白其话中之意。

"嗯，我在二十岁时便加入了天惩！"潘昌远回忆道，"不久之后我的身份便被父亲察觉到了，因为七十多年前湘西水系时家的灭门惨案父亲是始作俑者，因此他对天惩极为忌惮。并以身家性命要挟我退出天惩，从那时候开始父亲便与我形影不离，直到他过世之时还要求我立下重誓不得离开双鸽第一步，否则必定不得好死身首异处。"

"原来是这样！"管修一边听着一边思索片刻之后好奇地问道，"可是您后来还是没有离开天惩！"

"当年父亲在的时候我确实和天惩断绝了联系，后来因为发生了一件事，天惩再次找到了我！"潘昌远淡淡地说道。

"什么事情？"管修追问道，他此前对天惩一无所知，现在听到如此神秘的组织自然好奇心起。

"那是二十五年前一个夏天的晚上，天惩的人忽然来到了北平的双鸽第。当时见到他们的时候我极为好奇，因为那时我已经与天惩有十几年没有联系过了。天惩的人来到之时开门见山地告诉我，他们担心的事情再次出现了！有人此时正在暗中联络驱虫师的各大家族，并且在暗中寻找着人草师的踪迹，想要得到驱虫师的秘密从而颠覆天下！"潘昌远说着摇了摇头，"而那个人不是别人，却是我的弟弟——当时的木系君子潘颖轩！他此前便暗中拉拢远在新疆的火系驱虫师家族，令其寻找传说中藏着驱虫师最终秘密的密室，一方面说服了土系驱虫师的君子，令其制作了可以打开那座密室的天命密钥！而在京城他则凭借自己太医的身份与王族勾结暗中设下圈套，骗取了金系家族的河洛箱！"

"潘颖轩？"管修不确定地说道，"是潘俊小世叔的父亲？"

"对，当时的天惩群龙无首，本来之前天惩的首领一直是水系君子，然而七十多年前湘西水系时家被灭门之后，水系便再也找不到传人。因此他们希望我能成为新的天惩首领，来处理此事！我考量再三，一边是骨肉亲人，一边是天下大义。如果我不成为天惩首领的话恐怕天惩便要开始铲除行动，如果我成为首领的话说不定能拖延一下行动时间，借助这个时机劝说弟弟，还有一线生机。于是我便同意成为天惩的首领！"潘昌远淡淡地说道，"果然天惩组织推迟了铲除行动，我便利用这个时机对弟弟旁敲侧击。潘颖轩是一个极为聪明的人，谈过两三次之后他便已经知晓其中的利害。因此他同意放弃了拉拢五系驱虫师的计划，自己则带着妻子远走异乡。五系驱虫师在表面上又渐渐地平衡了下来！"

"那后来……"管修盯着潘昌远的眼睛说道。

"唉！怪只怪我当时太过于相信他的话了，他暗中藏了五年的时间，就是为了避开天惩，五年之后他回到京城时潘俊已经满月了，而且他说潘俊的母亲在潘俊出生的时候死于大出血。他对此前五年所经历的事情讳莫如深，回到北平之后更是极少出门，除了照看北平城虫草堂的日常事务之外便闭门谢客。这样平静地度过七年之后天惩再次出现了，这一次天惩所带来的消息却让我极为震惊。相传驱虫师除了金木水火土五族之外，尚且还有一种驱虫师，叫作人草师。人草师行踪诡秘且极为神秘，鲜有人知，他几乎精通驱虫师家族各派的驱虫术，而且他种植的人草是天惩组织最阴毒的驱虫术——摄生术的唯一解药。更重要的是他们知道如何利用驱虫师家族各系的秘宝来揭开驱虫师家族的最终秘密。而天惩组织这次带来的消息却是人草师恐怕已经遇害，在人草师隐居的地方发现了两具已经被烧得不成人形的尸体，想必一具是人草师，而另一具则是人草师的妻子吧！当天惩发现这件事之后便立刻展开了调查，经过了七年时间他们终于发现人草师的死似乎与潘颖轩有着密不可分的关系！"潘昌远说到这里叹了口气。

"难道他远走异乡的五年是在寻找人草师，并且伺机将其杀死？"管修惊骇地说道。

"当时天惩也是这样怀疑的，可是我却始终无法相信。于是我再次将天惩的铲除行动推迟了。我连夜找到潘颖轩，这一次我开门见山地和他说明来意，希望他能和我实话实说，然而他告诉我这件事根本与他毫无干系，并且答应我从此之后绝不会离开潘家半步。他如此说我便再次相信了他。接下来的几年他果然信守承诺，天惩再次平息了下来。然而七年之后的一次偶然机会却让我对他所剩无几的信任荡然无存了。"

"究竟发生了什么事？"管修追问道。

"在七年之后的一天夜里天惩再次找到我，当他们找到我的时候其中几个人已经虚弱不堪，面色苍白，我立刻给几个人号了脉。那是我见过的最为奇特的脉象，似沉脉般平和，又似虚脉般无力。我木系潘家自幼便研习岐黄之术，更兼木系驱虫之术中本也有治病救人之法，因此几乎所有的疑难杂症都不在话下。可是对于那些人却束手无策。一时之间我焦急万分，正在此时我忽然想起一件事，那就是摄生术。天惩多年之前掌握着一种最为阴毒的驱虫之术便是摄生术，中者除了人草之外再无其他解药。我立刻翻出典籍，终于发现他们的症状竟然和摄生术一般无二。据说天惩虽然掌握着摄生术，然而多年之前却出现了两个叛徒，企图利用摄生术为祸，最后在天水城中引起一场极为罕见的瘟疫。从那之后摄生术便被天惩之人严密封锁了起来，以至于流传到后世早已不知所终。当时那场瘟疫，时任木系君子的潘守仁曾经参与过，而且在临行之时带走了几枚虫卵。如果说这世上还有谁会摄生术的话恐怕也只有木系潘家了！"潘昌远说着哀叹道，"那几个人在摄生术的折磨中痛苦地死去，而与此同时我也下达了对潘颖轩的铲除令！"

"不过事有凑巧，在那道命令下达不久之后潘颖轩却突然死在了土系君子冯万春的手中！"潘昌远淡淡地说道，"潘颖轩死后这一切终于再次归于平静，这平静一直持续到两年前，两年前爱新觉罗·庚年不知从何处打听到了我的身份，忽然来到了双鸽第！他告诉我一件让我更为惊异的事情，那就是日本人一直觊觎我们的驱虫之术，他怀疑在驱虫师家族之中有内奸，至于这个内奸是谁，以及他的目的却不得而知！"潘昌远淡淡地回忆道。

"起初对于庚年所言我并不在意，因为五系驱虫师家族各自当家，有些家族门徒众多，其间出现一两个败类也是在所难免。然而庚年似乎早已经猜到了我会有此反应，于是立刻从怀里掏出一张照片，那张照片上死者的尸体竟然数月不腐。在看到那张照片的一瞬间我便惊出声来，那照片上的人显然是中了摄生术，于是立刻向其追问那张照片的来历以及拍摄时间。庚年说那张照片中的场景是他偶然在北京城南的一处破旧的瓦窑中发现的。那个原本以为已经消失的如同噩梦般的摄生术再次重现，让我彻夜未眠，潘颖轩死后，这摄生术便也随之销声匿迹了，可是现在摄生术再次出现，究竟意味着什么？第二天我便找到了庚年，我们暗中制订了一个引蛇出洞的计划。一方面将那些感染了摄生术的尸体用火焚烧掉，而另一方面则静观其变，当时我们的信息太少，根本弄不清对方究竟是何身份，如果他们想要达到目的的话必定会加紧行动，而行动越多所露出的马脚必定会越多！"潘昌远说到这里感觉口干舌燥，管修连忙拿起桌上的茶壶为他倒了一杯水。潘昌远微微笑了笑，接过茶碗喝光之后接着说道："这一等就是两年的时间，这两年内庚年和天惩的人经常会发现一些死于摄生术的尸体，然而却没有进一步的行动，这令我和庚年都十分不解。而两年之后忽然有一天欧阳雷火的到来却令这一切变得豁然开朗了，他们终于再也忍耐不住开始行动了，现在正是整个计划的关键！"

"原来是这样！"管修听完潘昌远所说不禁长叹了一口气，心中种种的谜团一点点地被解开了，忽然他想起什么，说道，"对了师父，今天我又从一个日本人的口中得知了一件事！"接着管修将武田对他所说的话一五一十地转告了潘昌远，在管修诉说的大半个时辰里，潘昌远始终面无表情。当他说完之后潘昌远陷入了沉思，片刻之后潘昌远才伏在管修的耳边低声耳语了几句。

攻心计，面和人心离

　　离开关帝庙的时候已经是第二天中午了，管修不知自己是何时睡着的。当他醒来的时候这间密室已经空空如也了，师父已经不知所踪，他在房间内转了一圈之后也离开了关帝庙。刚刚走出关帝庙只觉得外面的阳光有些刺眼，他连忙以手遮住眼睛，秋日的阳光就是这样照在身上让人身体有种暖暖的感觉，而管修却没有太多的时间享受这丝和煦的暖意，正如师父所说，现在是整个计划的关键，但凡有一步走错，那么后果将不堪设想。管修离开关帝庙半里路左右便远远见到了一辆黄包车，他坐上回到了住所。大约半个时辰之后管修终于来到了住所前面，只见此刻一辆黑色轿车停在管修家的巷口，见到管修之后那辆车拼命地按着喇叭。

　　管修迟疑了一下向那辆黑色的轿车走去。轿车的窗子缓缓落下来，武田正坐在轿车的后座上，穿着一身极为合体的黑色西装，头发油光可鉴，嘴里叼着一根烟，见到管修亲密地笑了笑，那笑容让管修有种瞬间回到了学生时代的错觉。

"你怎么会在这里？"管修诧异地望着武田说道。

"嘿嘿，管修君，你的住处可真是难找啊！"武田说道。

武田咧着嘴笑了笑，同时推开车门向一旁坐了坐示意管修上车。管修不知武田葫芦里究竟卖的是什么药，却也不好拒绝，无奈地坐进车里笑道："你今天怎么这么闲？"

"哈哈，开车！"武田不由分说地命令道，然后扭过头对管修说道，"我带你去放松放松！"

"放松放松？"管修不解地望着武田。而武田讳莫如深地笑着抽着烟。

黑色轿车在北平城中兜兜绕绕穿大街过小巷，最后来到了一家日本人的剑道馆，车子停下之后武田示意管修下车，管修终于理解了武田所说"放松放松"的含义了。在日本求学之时管修、庚年、武田三人便经常切磋剑道，而庚年不论是在身体素质抑或是反应速度上都远胜于二人，武田和管修两人却是平分秋色。

武田下了车，门口的两个穿着道服的日本人连忙迎了出来，对武田深深地鞠了一躬，武田微微笑了笑，对管修做了一个请的动作，管修礼貌地弓身回礼，二人一同进入了剑道馆。这间剑道馆坐落在北平城西，内中清一色是日本人。武田引着管修二人换上衣服，各执一把竹剑来到一处清静的道场，二人相对而立，双手紧握着竹剑。

礼毕之后，二人开始相互攻击。日本剑道起源于中国隋朝时期的刀法，经过日本人数百年的研究，在日本江户时期逐渐成形。剑道在日本的门派众多，而最为有名的便是北辰一刀流，其下各色流派不胜枚举，然而不管是何种流派都是以古刀法之中的唐竹、袈裟斩、逆袈裟、左雉、右雉、左切上、右切上、逆风、刺突九种斩击为基础。

二人刚一开局武田便来势汹汹，挥舞手中的竹剑向管修的喉部直斩而来，这一招"先发制人"倘若可以夺得先机，那么胜负便已见分晓，然而管修早已料到武田会有此一招，手腕微转，以竹剑隔开一击。武田一计不成换斩为戳，竹剑直奔管修胸口，管修以逸待劳，身体略微闪开，同时竹剑向武田手腕斩去。武田心道不好，手中的竹剑未至却已换招。躲开了管修一击，随即隔开管修的竹剑，身体向前猛冲过来，而手中的竹剑顺势斩向管修的喉咙。武田怒吼一声，只见手中的竹剑在距离管修喉咙寸许的地方停了下来，然而管修的竹剑也恰恰在此时顶在了武田的胸口。二人愣了片刻相视而笑，接着二人又比了几局，互有输赢。大概到傍晚时分二人已经是大汗淋漓，在剑道馆的后面设有温泉，武田和管修二人进入温泉，靠在池壁上喝着清酒享受着温泉。此时管修才娓娓说道："武田君，你找我来恐怕不止是练练剑这么简单吧？"

武田举着清酒的手一下僵在半空，然后释怀一笑道："管修君就是管修君，上学的时候我和庚年君便觉得你是最聪明的，到现在依旧如此！"

"呵呵，这也是被逼的，在特高课待的这几年几乎睡觉都要睁着一只眼睛，稍有不慎说不定第二天就已经脑袋搬家了！聪明一点活得就能长久一点！"管修说着将杯中的清酒一饮而尽扭过头看着武田道，"你说是不是？"

"哈哈，管修君也不必这么悲观。"武田说着也将杯中酒喝光接着说道，"我今天请你来除了练剑泡温泉之外还要请你看一场好戏！"

"好戏？"管修笑了笑说道，"难不成去看歌伎表演？"

"比那个要刺激得多！"武田狡黠一笑，拿起酒壶为管修斟上一杯酒说道，"前日我曾和你说起要你帮我对付松井那只老狐狸！"

"嗯，当时你并没有告诉我你的计划啊！"管修喝着酒说道。

"恐怕机会来了！"武田笑眯眯胸有成竹地说道。

两人在温泉里足足泡了一个多时辰，在管修恍然入梦的时候，武田轻轻拍了拍他的肩膀在他耳边轻声说道："现在应该是看戏的时候了！"

管修清醒过来穿好衣服，随着武田钻进了门口停着的那辆黑色轿车驶离了剑道馆。此时已经是夜间十点多钟，管修坐在武田身边见武田始终沉默不语，嘴角时不时露出一丝诡秘的微笑，然而自己却不知他究竟是打的什么鬼主意。

经过这两次接触，管修已经清醒地认识到眼前这个人已经不再是多年之前和自己相交的那个单纯的武田了，现在的他满心城府，一肚子鬼蜮伎俩。

外面月朗星稀，车子离开剑道馆之后便直奔八大胡同的方向而来。这里虽为烟花之地，但管修知道武田绝不会深夜带着自己到这里来寻花问柳，果然车子绕过八大胡同在前面的巷口徘徊了一圈然后缓缓倒入一个小巷，巷口正对着的大街灯红酒绿，虽然已是深夜却依旧人声鼎沸。武田掏出烟递给管修一根，然后悠然地点上说道："好戏马上就要开始了！"

管修叼着烟向前面望去，只见灯火通明处竟然是一处赌场。管修不解地望着武田说道："这里能有什么好戏可看？"

"嘿嘿，管修君莫急！"武田一副胸有成竹的样子，笑眯眯地拍了拍管修的手说道，"用你们中国的一句古话叫作，心急吃不了热豆腐！"

管修不置可否地笑了笑，继续观察着眼前的那家赌场。虽然已经到了这般时候，赌场里此刻依旧人来人往，进进出出。正所谓久赌无胜家，赌徒们都抱着一夜暴富的心来试试手气，赢了贪图更大的，而输了却还想再翻回本钱。就这样越赌越输，越输越赌，最后卖房卖地，赔儿赔女。

想到这里管修不禁深深地叹了一口气，正在这时，管修忽然见到三辆黑色轿车停在了赌场门口。所有的车门几乎同时开启，从车上下来十几个身穿剑道服装的日本人，他们下了车之后，以迅雷不及掩耳之势进入了赌场。瞬间赌场内一片骚乱，很多胆小怕事的赌徒唯恐引火烧身匆忙从赌场内奔出。一时之间赌场内一片哗然，大概半刻钟的时间几个日本人抬着一个黑色布袋从里边匆忙奔出，回到车里。待所有人都上车之后，那三辆车又急匆匆地离开了赌场。眼前所发生的一切也不过在一刻钟之内，武田轻轻地拍了拍手，得意地笑了笑。正在这时一个穿着便装的日本人从赌场内奔出，在门口左顾右盼了片刻，直到看见这辆黑色轿车这才一路小跑向这方向而来。

那个日本人站在车前，武田轻轻摇下车窗。那个日本人对武田行礼之后说道："长官，任务完成！"

　　武田摆了摆手，然后示意司机开车。车子发动之后又按照原路折回到了刚刚二人离开的剑道馆。这一路上武田始终面带得意，微笑沉默不语，而管修已经猜出了大概。武田这所谓的好戏便是让自己与他一同观看刚刚那些日本人抓人的情节，而他们用那个黑袋子带走的究竟是谁呢？

　　管修心中思忖着这个问题，当他们来到剑道馆的时候那三辆车已经提前到了。武田下了车依旧有几个日本人毕恭毕敬地迎上前来，其中一个在武田的耳边轻声耳语了几句。武田听完微笑着摆了摆手道："管修君想不想知道刚刚他们从赌场带走的人是谁？"

　　管修微微笑了笑，一副无所谓的表情，他不愿让武田看出自己心中的迫切。而武田似乎毫不在意地笑着说道："走，跟我去见见他。"

　　说罢武田带着管修进入了剑道馆，在一个日本人的指引之下，武田和管修二人穿过剑道馆之中的回廊楼阁来到一个房间，房间门口站着两个日本人。武田在门口停住低声对管修说道："管修君，这个人你一定认识！"

　　这句话似乎是在暗示着管修什么，管修迅速在脑海中搜索着。武田见管修一脸严肃不禁轻松地笑着说："管修君不用想了，见到就一目了然了！"说着两旁的人已经将房门推开，管修一踏入房间，便见一个身高不足五尺的侏儒被双手反绑在床上，口中塞着一块黑布，圆瞪着眼睛支支吾吾，脸被憋得通红。

　　"金顺？"管修见到那人不禁惊讶地说道，"他……"

　　"嗯，就是他！"武田笑眯眯地走到金顺旁边将他口中的黑布拽出。瞬间空气冲进金顺的喉咙中，他低着头剧烈地咳嗽了几声，抬起头说道："你……你们是什么人？为什么把我抓到这来？"但他看见管修之后不禁皱起了眉头。

　　武田上下打量着眼前这个丑陋的侏儒说道："你叫金顺是吗？"

　　金顺刚刚已经领教了对方的实力，知道倘若自己不配合的话便必死无疑。他连忙变怒为喜谄媚道："是，是，我就是金顺！"

　　"嗯，这就好！"武田脱掉手套放在桌子上，掏出一根烟点燃悠然地说道，"金顺，我今天找你来是想知道一些事情！"

　　"嘿嘿，您说，您说，只要是我金顺知道的一定知无不言，言无不尽！"说到这里他又瞥了一眼管修，脸上的表情复杂，既不解，又惊讶。

　　"嗯，今天早晨方儒德带你去见了一个人，那个人是谁？你们都说了些什么？"武田收起刚刚悠闲目得的表情问道。

　　"这……"金顺有些犹豫地低下头，他深知早晨那段对话非同小可，一旦泄露恐怕自己的小命不保。

　　武田瞥了一眼犹豫不决的金顺，微微笑了笑轻轻拍了拍手，早已在门外守着的日本人推开门，他手中托着一个盖着红绸的托盘，红绸内鼓鼓囊囊的。那个日本人将托盘放在桌子上，武田轻轻解开红绸，里面是数根黄灿灿的金条，说道："只要你回答我刚刚的问题，这些都是你的！"

　　金顺见到眼前的金条眼睛放光，轻轻用舌头舔了舔嘴唇。对于一个嗜赌如命的人来说，金子和性命可以完全画上等号。他焦躁地搓了搓手，始终拿不定主意。武田见此情形忽然从旁边日本人的腰间抽出一把左轮手枪指着金顺的胸口，金顺连忙双手护在胸前扑通一声跪在地上说道："你就放过我吧！"

　　武田却笑着将枪收了回来放在手中掂了掂，说道："金顺，我知道你好赌。那我们就来赌一把！"说着武田熟练地将左轮手枪上的六颗子弹"哗啦"一声全部卸了下来，他从中挑了一颗塞进去，轻轻拨动转轮，转轮"喇喇喇"地旋转了几周，他这才停下将手枪放在托盘里的黄金旁说道："我们赌命！"

　　金顺一谈到赌，眼睛里立刻放光，问道："怎么个赌法？"

　　"我们轮流对着自己的太阳穴开枪，如果最后我死了的话那么这些黄金你带走，这里的任何人也不会难为你。如果你输了，那就把命留在这！"武田轻声笑着说道，"如果你不想赌的话，那么就告诉我今早发生的一切！你依旧可以带着这些黄金离开！"

　　金顺听完武田的规则赌性大起，点了点头大声道："我和你赌！"

　　说完武田右手拿起托盘中的枪，对着自己的太阳穴毫不犹豫地扣下扳机。只听一声轻微的"咔嚓"声，管修的心猛然颤了一下，为武田捏了一把冷汗。

武田却旁若无事般地将那枪丢在桌子对面说道："轮到你了！"

金顺这时站起身来走到桌子前面，轻轻抓起那把枪对着自己的太阳穴，犹豫了一下嘴角一咧扣动了扳机，又是一声轻微的"咔嚓"声，枪没有响！他侥幸地长出一口气，冷汗已经顺着脊背流淌了下来，小心地将枪推到武田面前。武田拿起枪，依旧没有犹豫就按下了扳机，枪没有响。他将枪丢到金顺面前说道："继续吧！"

金顺的汗水已经从额头上流淌了下来，他双手颤抖着接过那把枪，眼睛下意识地瞥了一眼旁边黄灿灿的金条，喉头微微颤抖了两下，闭着眼睛对着自己的太阳穴扣动了扳机，又是"咔嚓"一声，枪没有响。而金顺却已经吓得身体颤抖了起来，他像是扔掉烫手的山芋一样将那把枪双手放在桌子上，剧烈地喘息着。现在是致命的时刻了，六次机会已经用掉了四次，只剩下最后两次了。而在这两次里有一个人要倒下，不是金顺就是武田。

武田此时似乎也有些紧张，站起身拿起那把枪顿了顿说道："金顺，我们就要在这两枪之中了结了，如果这一枪我没有死的话，你连最后的机会都没有了。"金顺的脑子有些蒙。虽然他嗜赌成性，赌场内也不乏赌得急了砍手断脚的，然而眼前的赌命却极为少见。他抬起头看了看武田手中的枪，又看了看桌子上的金子犹豫了。而武田此时早已将枪对准了自己的太阳穴，手指微弓轻轻按下扳机。一时间管修的心已经提到了嗓子眼，只听"咔嚓"一声，撞针撞空了！管修这才长出一口气，而金顺也瞬间瘫坐在地上，枪里那最后一颗子弹是为自己准备的。他忽然连滚带爬地来到武田脚下说道："我……我告诉你！"

"呵呵！"武田微笑着坐下说道，"好，只要你告诉我，我们之前的约定依然有效！"

"只是……"金顺瞥了一眼管修微微地低下了头。而管修何其聪明，已从金顺的眼中看出了什么，轻声说道："我去外面等！"

当管修离开之后，金顺站起身来低声在武田的耳边诉说着什么。大约一刻钟之后，金顺缓缓退了回去，武田站起身来说道："谢谢你告诉我这些，管修君你可以进来了！"

这时一直等在门口的管修缓缓走了进来，只见金顺低垂着脑袋，眼睛盯着桌子上的黄金。武田将那把枪拿在手里对着自己的太阳穴，轻轻扣下扳机。他这一举动让金顺和管修都是一惊，管修想上前阻拦，只见武田淡淡地笑了笑随即耳边传来了撞针撞空的"咔嚓"声。管修和金顺又是一惊，这枪里有六个弹位，前面五个弹位都是空的，那最后一颗子弹在哪里？这时武田神奇般地从手里拿出一颗子弹，原来一开始这把枪便是空的，只是武田的手法太快旁人根本没有察觉到！

"没有子弹？"金顺恍然大悟不禁有些恼怒地说道，"你骗我！"

"呵呵，金顺你知道为什么十赌九输吗？"武田缓缓地走到金顺身旁轻声说道，而他背在身后的手已经熟练地将那颗子弹放进了枪里。

金顺不明就里地圆瞪着眼睛望着武田，只见武田忽然将那支枪顶在金顺的脑门上阴森地说道："因为最终的赢家都是那些最会出老千的人！"话音刚落只听"啪"的一声，金顺的脑袋被子弹贯穿，整个人无力地倒在了地上。武田将枪丢在金顺身上，随手将盖着金条的红绸拿在手上擦了擦溅在脸上和手上的血，转身神情淡定地望着一脸惊恐的管修微微笑了笑，拍了拍愣在原地的管修的肩膀，然后对身边的日本人说道："把这里清理了！"自顾自地走了出去。

而管修则痴痴地站在原地，他早知道眼前这个青年，再不是以前一起求学时那个懦弱地跟在自己和庚年后面的小跟班了，却不知武田何时已经变得如此狡猾冷酷。虽然他对金顺向来没有好感，但是顷刻之间便杀死一个人，而且表情可以如此淡定，让他感到浑身汗毛竖立。

"管修君？"武田见管修没有跟上来便停下说道，"怎么了？"

管修渐渐清醒过来不可思议地望着武田欲言又止，然后叹了口气跟着武田走进了不远处的一个房间。武田跪坐在管修的面前为管修倒了一杯清茶说道："管修君是不是觉得我杀死金顺有什么不妥之处？"

管修摇了摇头表情严肃地望着武田说道："我只是震惊，震惊你竟然会变得如此冷血！"

武田停下手上的动作愣了片刻，接着放下茶壶长出一口气说道："中国有句古话叫作士别三日当刮目相看！你是不知道我经历了什么，那些事发生在任何人身上恐怕也会变得和我一样吧！"

"呵呵！"管修不置可否地笑了笑说道，"恐怕你想要除掉松井尚元的目的，也没有你说的那么简单吧！"

"管修君果然聪明，但是难道你不想除掉松井尚元吗？除掉他对于你和我来说都是有利的！"武田毫不掩饰地说道，"所谓敌人的敌人就是朋友，更何况你我多年前便是同窗好友！"

"好友？"管修有些讥讽地说道，"你既然对中国那么了解，想必也知道一句话吧？"

"什么话？"武田疑惑地望着管修说道。

"割袍断义！"说着管修用手指沾着茶杯里的水在桌子上轻轻地画了一条线说道，"从此刻起你我之间只有交易，再无情谊可言！"

武田微微笑了笑道："管修君，这又是何必呢？"

管修忽然摆了摆手，示意武田不要继续说下去。武田无奈地耸了耸肩说道："那好，我们谈正事吧！"

"刚刚金顺和我说了一些事情，和我猜想的大致相同！"说着武田从衣服里拿出一张纸条递给管修说道，"这是松井尚元今天下午下达的密令！知道这份密令的不超过十个人！"

管修接过那张纸条，密令是用日语书写的，对于管修来说这根本不是问题，但是信上的内容却让他心头一紧，密令翻译过来的意思是：秘密搜寻段二娥！

"她？"管修不解地望着武田。

"怎么？你知道这个人？"武田从管修的表情里察觉到了什么。

管修冷冷笑了笑，算是默认。他知道武田是个聪明人，和他撒谎毫无意义。

"金顺说她是唯一一个掌握着金系驱虫术的金系后人,如果你能在松井那只老狐狸之前找到她,我就有足够的把握除掉松井尚元!"武田激动地说道,他目光炯炯地望着管修。

"据我所知这个人现在应该在新疆!"管修知道段二娥一直与潘俊一行人在一起,至于后面所发生的事情却一概不知。

"不,据金顺说这个女子已经在数日前被人秘密护送回了北平,至于藏匿在什么地方却无人可知!"武田压抑着心中的兴奋淡淡地说道。

"她回到北平了?"管修半信半疑地望着武田。武田幽幽地点了点头。

"那你为什么不派你的手下去寻找她的下落?"管修刚刚已经见识了这群日本武士的实力。

"唉,管修君有所不知。自从我来到中国之后松井尚元便一直派人监视着我,寻找机会除掉我。今晚如果不是情非得已,我也不会派他们去抓金顺。倘若我让他们大肆搜查被松井尚元发现的话,恐怕他会提前对我动手!"武田说到这里,站起身来走到管修面前毕恭毕敬地跪下,"所以,寻找这个女子的事情只能拜托管修君了!"

管修鄙夷地笑了笑:"别忘了,你我之间只有交易!"

武田一怔想了想说道:"如果你帮我找到那个女孩子,我也会告诉一个你一直想知道的秘密!"

"我一直想知道的秘密?"管修瞥了武田一眼。只见武田恳切地点点头道:"是的!驱虫师家族的那个背叛者!"

"好!"管修站起身来说道,"一言为定!"说完管修转身推开门走了出去。

离开剑道馆的时候已经是凌晨两点多钟了,街上空无一人。耳边偶尔能听到螽斯的鸣叫声,管修一边向家的方向走,一边思索着,段二娥真的回到北平城了吗?潘俊一行人究竟发生了什么?武田当着自己的面杀死金顺无疑是为了杀人灭口，那么金顺与武田究竟都说了些什么？松井尚元和武田为什么都在拼命寻找段二娥的下落？虽然他始终想不清楚这些问题，但是唯一一点是可以确定的，那就是段二娥是一个至关重要的人物，即便不答应武田他也要找到段二娥，而且一定要在松井尚元之前找到段二娥。

想到这里管修忽然停住了脚步，踯躅片刻他决定暂时不回家。他环顾了一下四周，见不远处有一家妓院，门口停着数辆黄包车。他三步并作两步向黄包车走去，坐上车管修向着子午的住所奔去。子午家的那个名叫金龙的孩子，必定是知道在潘俊他们离开安阳之后发生了什么，他现在首先要确认的问题是段二娥究竟有没有回到北平。

黄包车在北平城内绕过几个巷子远远便能看见子午住所所在的巷口。然而正在这时管修却忽然踩了踩脚铃，车夫诧异地扭过头，问道："怎么了先生？"

"停在这里吧！"管修低声说道。

"好的！"车夫说着将车子停在了距离子午家不远的一条巷口。管修下了车在巷口徘徊着，观察着前面的动静，就在刚刚他忽然想到一个问题。子午是日本人安插在潘俊身边的卧底，是松井尚元知道的唯一一个对潘俊一行人行踪最了解的人。倘若松井这只老狐狸想要找到段二娥的话必定会先找到子午。他这样思忖着，正在这时一辆黑色的轿车忽然从对面驶来，管修连忙钻进黑暗的巷子里。那辆车没有停留径直停在了子午家门口，借着月光管修见子午从车内缓缓走出，那辆车随即驶离了。

子午在巷口左右张望了一下，正欲向家门走去，谁知一个人影出现在他的身后，冷不防地拍了子午肩膀一下。子午一激灵扭过头见管修正站在自己的身后。

"你……你怎么来了？我刚刚在车上还想着要不要去找你！"子午诧异地说道。

"进里面再说！"管修低声说道。

"好！"子午说着掏出钥匙便要向门口走去，谁知却被管修一把拉住，"那孩子在哪里？"

"你说金龙？"子午不解管修为何忽然对那孩子关心起来。

"嗯，他在哪里？"

"在房间里！"子午如实回答道。

"我要见他！"管修说着放开了子午的手，子午此时似乎明白了什么连忙打开门。二人进入院子之后子午将院门锁好，然后带着管修来到了屋子里。推开房门管修环顾四周只见房间内空无一人，他焦急地扭过头抓着子午说道："孩子呢？"

子午见此情形一时之间也有些茫然不知所措。他走的时候金龙明明睡在床上，可是现在人却不见了！子午丢下手中的一串钥匙在屋子内四下打量了一番，屋内没有翻动的痕迹。而此时管修也检查了一下房门，房门也没有丝毫撬动的痕迹。

找遍了整个房间的子午与管修对视了一下，二人心头都是一沉。正在这时管修忽然向子午做了一个嘘声的手势，子午皱起眉头只听在这房间内传来了极其轻微的鼾声。循着那鼾声望去，只见在墙角摆放着一个一人多高的衣服橱子。二人一前一后向橱子走去，子午轻轻拉开橱子的门，只见金龙正双手紧握着一把匕首躺在橱子中已经睡着了！这下两个人总算松了一口气。

子午伸手轻轻将金龙手上的匕首拿开递给管修，然后双手将熟睡中的金龙从橱子里抱出来放在床上，轻轻为他盖上被子。谁知金龙此时紧紧抓着子午的手，一行滚烫的泪水从眼眶里流淌出来，嘴唇微动含糊呓语道："姆姆……姆姆……别走，我怕……"子午望着熟睡中的金龙悲从中来。他轻轻拍了拍金龙，金龙松开了子午的手紧紧抱着被子，可能是梦中在哭泣身体微微颤抖着。

子午安顿好金龙之后和管修二人来到桌子前面坐着，一时间二人都沉默不语，你看看我，我看看你。有些事情就是这样，相顾无言却是不知从何说起。过了片刻子午轻声说道："晚饭之后松井尚元忽然派人将我带到了他的住所，你猜是为了什么事？"

"段二娥！"管修一字一句地说道。子午一愣："这件事你是怎么知道的？"

"时间紧迫，这件事我们之后再细说。你先告诉我松井尚元都和你说了些什么？"子午刚刚的话已经印证了管修的猜测。

"松井尚元向我问询了小世叔一行人的关系，重点问了欧阳燕鹰和段二娥两个人的关系！"子午回忆道，"虽然他对我并没有说寻找段二娥，但是我从他的口气中猜测他们可能怀疑燕鹰和小世叔决裂之后，将段二娥秘密护送回北平安置在了一处隐秘的所在！"

"和我猜想的一样！"管修若有所思地说道。

"我不知他们为何对这个姓段的姑娘这么感兴趣，但依今天的情形来看这件事似乎极为重要，不然他不会忽然连夜找我问询，而且他说起话来也是遮遮掩掩的。因此我想这件事有必要和你商量一下，正想着回来之后去找你，没想到你已经找上门了！"子午顿了顿接着说道，"不过我想不明白他们是从哪里得到段姑娘回到北平的消息的，而且我记得她应该是随同小世叔一起去了新疆啊！"

"恐怕现在能帮我们了解小世叔他们离开安阳之后所发生一切的，只有他了！"管修指了指躺在床上熟睡中的金龙，这八九岁的孩子是现在他们唯一可以把握住的线索。

"嗯，恐怕也只有这样了！"子午说着站起身轻轻地走到窗前，此时金龙依然紧紧地抱着被子，泪水已经在脸上干涸留下了两条长长的泪痕，子午有些不忍心将其吵醒。他停了片刻轻轻推了推金龙，金龙迷迷糊糊地用手揉了揉眼睛看清子午说道："子午哥哥，你回来了！"

"嗯，金龙！"子午说着指了指一旁的管修说道，"这位哥哥有些事想问问你！"

"他是谁？"金龙警觉地盯着管修上下打量着。这孩子虽然只有八九岁的样子，但短短一个月却经历了这么多事，心智成熟了很多。

"他是你潘俊舅舅和我的朋友！"子午轻声说道，金龙这才渐渐放下警惕。

管修此时也走到金龙身边轻声说道："金龙，你最后一次见到段二娥姐姐是在什么时候？"

"咦？你们要找段姐姐？"自从金龙爷爷过世之后金龙便一直由段二娥照顾着，所以二人关系甚好。

"嗯，对，我们是要找她！"管修连忙说道。

"她……她去找燕鹰哥哥了！"金龙有些忧伤地说道，"我们在安阳去甘肃的路上，燕鹰哥哥曾经在一个小树林中见过段姐姐，那时候燕鹰哥哥想要带走段姐姐。但是段姐姐却死活不走，后来燕鹰哥哥就自己走了。等我们到了甘肃之后潘俊舅舅忽然失踪了，段姐姐怀疑一定是燕鹰哥哥将潘俊舅舅掳走了。所以她在临走的时候告诉我，自己去找燕鹰哥哥理论，让我不要告诉任何人，回来的时候送给我一条和巴乌一模一样的藏獒！"

"这就对上了！"管修听了金龙的话若有所思地说道，"我想后来段姑娘找到燕鹰之后却被燕鹰软禁起来送回了北平城。如果这样说来，那么段姑娘恐怕真的就在北平城内！"

"可是这茫茫北平城这么大，如果想要藏一个人太简单了。要找到段姑娘无异于大海捞针啊！"子午的话也正是管修所担心的，他们现在不但要找到段二娥，而且必须要赶在松井尚元之前找到她，否则后果不堪设想。可是燕鹰究竟会把段二娥藏在什么地方呢？管修在口袋里掏了掏，里面空空如也。正在这时子午递给管修一根烟，管修连忙点上烟猛吸了一口。吸了几口烟，管修的思路渐渐清晰了起来，既然段二娥在北平的消息是金顺透露出来的，那么金顺是如何知道的呢？现在金顺已经死在了武田的枪口之下，再无从查起。

"小金子，你继续睡吧！"子午轻轻地为金龙盖上被子说道。而金龙刚刚已经睡过此时却来了精神，他痴痴地望着眼前的两个大人，小眉头微微皱着一副欲言又止的样子。子午拍了拍金龙的肩膀说道："怎么了？不想睡吗？"

金龙侧着脑袋望着子午噘着小嘴低着头自言自语地说道："其实……其实我能找到段姐姐！"

穷途困，颠倒震卦阵

　　一阵夹着潮气的风从密道对面吹来，潘俊皱着眉头想了想忽然停住了脚步。跟在他身后的时淼淼和燕鹰也随即停了下来。

　　"潘哥哥，怎么不走了？"燕鹰好奇地问道。

　　"你们听！"潘俊说完时淼淼和燕鹰都侧着耳朵谛听着密道内的动静，隐约听到密道里面传来不绝于耳的"咝咝"声。

　　"是风声？"燕鹰喜出望外地说道，"是不是快到出口了？"

　　潘俊却全然没有他那么乐观，他脑门呼呼向外冒着虚汗，身体也显得有些无力。但他依旧勉强支撑着，手中举着火把沿着隧道继续向前走。刚走出不远时淼淼忽然尖叫了一声，密道之中竟然奔过几只老鼠。那几只老鼠在地下生活惯了从未见过人，听到时淼淼的尖叫声也是一惊快速向前面奔去。燕鹰本以为时淼淼什么也不怕，此刻见她如此怕老鼠不禁"扑哧"笑出声来。

　　"你笑什么？"时淼淼有些恼怒地说道。

"没想到你会怕老鼠！"燕鹰掩饰不住笑意说道。

"好了，别说话了，咱们还是多保持体力能从这里出去才最为重要。"潘俊似乎能感到自己的体力在一点点地流逝，此时嘴里口干舌燥。肩膀上阵阵酸痛，恐怕被燕鹰误伤的伤口已经开始发炎了。

密道越向前越狭窄，最开始几个人还能半弓着身子在隧道之中行走，到最后却只能身体紧贴着地面向前缓慢爬行了。当他们转过一个弯之后，眼前忽然亮了起来，光线是从前面的洞口传出来的。潘俊暗想前面应该到下一关了，想到这里他熄灭了火把加速向前走去，时淼淼和燕鹰紧紧跟在潘俊的身后。当他们爬到洞口的时候发现密道又骤然变大了，眼前的密室左右只有两三丈远，却有十几丈长。密室内空空如也，密室的四周是经年不息的煤油灯，在煤油灯下有数口大缸，内中的灯油少的也尚有多半缸。

密室被墙壁上的那些油灯照得如白昼一般。而密室的地面则是软绵绵的黄沙，从洞口到地面足有五六丈高，密室四壁极为光滑，上有无数个小洞，却没有落脚之地，在十几丈的对面是另外一个洞口。

燕鹰试探着走到密道口向下望了望道："这实在是太高了，不过幸好下面是沙子，从这里跳下去应该也不碍事！"说着便将怀里的火莲根系全部掏出放在地上，"我先下去，一会儿你们再跟着我下来！"

话毕便要向下跳，谁知却被潘俊一把抓住，燕鹰一脸惶惑地望着潘俊。只见潘俊眉头紧锁地向燕鹰摇了摇头说道："八卦密室是凝聚了金系驱虫师三百年的智慧建造而成的，我们刚刚经历的两关全部机关重重、险象环生。我想这个密室也绝不会太简单！"潘俊的话音刚落，只听时淼淼又尖叫一声向后退了两步，只见两只硕大的黑老鼠正在隧道之中追逐嬉戏，跑在前面的那只老鼠不慎从密道口坠落。

只见那只老鼠刚一落到黄沙上，耳边便响起一阵窸窣的咔嚓声，潘俊忙叫道："不好！"然后立刻拉住站在最靠近密道边缘的燕鹰向后退去，几乎与此同时无数根打磨得尖锐无比的钢条，从密室左右的墙壁向中间骤然生长出来，其中一根钢条几乎擦着燕鹰的肩膀而过，燕鹰只觉得后背一阵恶寒，冷汗顿生。

此时密室就像是一个密封的盒子，从两边插入无数根尖锐的钢针，每根钢条之间的距离只能容得下一只胳膊。燕鹰剧烈地喘息着，他感激地望着潘俊。如果刚刚不是潘俊及时阻拦他跳下的话，恐怕现在身上早已经被这恶毒的机关刺出无数个窟窿了。那些钢条停留片刻之后，忽然一起缩了回去。眼前再次恢复到他们初始进入时的那种平静。

"好厉害的机关！"时淼淼倒吸了一口冷气说道。

"厉害是厉害，可是这样我们也出不去了！"燕鹰无奈地说道，"这地面连一只老鼠坠落机关都会启动，如果我们走在上面的话岂不是变成马蜂窝了？"

"我想金系人既然设计了这样的机关，必定是有什么办法可以过去的！"时淼淼一边说着一边望着潘俊，希望潘俊能想出办法来。

"呵呵，我看够呛，这金家人大多脑子有问题。"燕鹰怨恨地说道，"正常人谁会制造出这些稀奇古怪要人性命的机关啊？"

"你能不能别说这些丧气话？"时淼淼对燕鹰的话颇为不满。

"丧气话？呵呵，笑话。来来来，你看看，你看看！"燕鹰指着眼前的密室说道，"你看看前面的密室，下面的沙子，别说是人就算是一只老鼠的重量都能启动机关。你看这墙壁四周光秃秃的，就跟被人打磨过一样，就算是想从墙壁上爬过去都没有可能！"

虽然时淼淼对燕鹰的语气不满，但是他所说的却并非没有道理。时淼淼在心中也暗自咒骂金系人竟然将密室设计得这般诡异。而此时潘俊心中也极为惶惑，按照欧阳雷云所说属阳密室有四个，刚刚他们已经过了两个，那么前面还有两个密室分别为，"震"卦密室，"艮"卦密室。在八卦上，"震"卦代表的是雷，而"艮"卦则代表山川。之前两个密室使人一看便知晓是何密室，这样也便于找出破解之法。然而眼前的这个密室却极为特别，不管是"震"卦，抑或是"艮"卦都完全对不上号。

一时之间几个人都沉默不语，明明路就在前面，可是眼前这个密室却几乎成了一道不可逾越的鸿沟。燕鹰有些沉不住气，心浮气躁地在入口处走来走去。时淼淼怒道："燕鹰，你能不能安静一会儿，先让潘俊仔细想想！"

"我……"燕鹰恼怒地望着时淼淼，一拳重重捶在密道的墙上。忽然他眼前一亮扭过头激动地说道："潘……潘哥哥，这里有一个符号！"

潘俊立刻凑近看去，只见在密室的墙壁上刻着一个倒立的"震"卦符号。潘俊望着那个符号低头苦思，如果这间真是"震"卦密室的话，按照潘俊的猜测至少应该是天雷滚滚，而此间不但没有惊雷，而且安静得如同一座坟墓一般，所见之景都与"震"卦大相径庭。潘俊抚摸着那个符号琢磨着，忽然觉得手指上黏糊糊的。而燕鹰和时淼淼都盯着潘俊，希望他能快点想出一个从这里出去的办法。只是过了良久潘俊却无奈地摇了摇头。

"潘哥哥，怎么样？"燕鹰迫不及待地问道。

潘俊无奈地叹了口气算是回应。

"潘俊，连你也想不出办法吗？"时淼淼轻声问道。

"你们有所不知，虽然这个符号代表着'震'卦，但是这里的布局却似乎和'震'卦毫无关系。伏羲八卦中'震'卦代表天雷，而你们看眼前这个密室，四周空荡荡的，宛若一个巨型坟墓，丝毫没有半点惊雷之状啊！"潘俊望着眼前的密室说道。

"唉，看来我们真的要困死在这里了！"燕鹰重重地砸了一下墙，他焦躁地在密室中徘徊着，他捡起刚刚丢在地上的火莲根系咬了一口，忽然他愣住了。片刻之后他有些兴奋地说道："潘哥哥，你看墙壁上的这些凹槽！"

潘俊和时淼淼顺着燕鹰所指的方向望去，那些所谓的凹槽便是钢针退回去留下的洞口，粗细不均，有些凹槽拇指粗细，有些凹槽却有胳膊粗细。"你们仔细看那些粗细不均的凹槽，如果我们用这火莲的根系插进去，估计可以踩着它们攀岩到对面的洞口！"

　　燕鹰的话提醒了潘俊，他细细数了数，那些较粗的凹槽虽然间隔的距离长短不一，但是最远的不过是一步之遥。倘若这些火莲的根系可以承载住一个人的重量的话，那么燕鹰的方法倒真的可以一试。

　　"怕只怕这些火莲根系太脆弱根本禁不住人啊！"潘俊有些忧虑地说道。

　　"潘哥哥，这点你倒不用担心！"燕鹰自信满满地说道，"这里的这些火莲根系当然不行，但是刚刚在密道里我发现一些火莲根系已经完全枯干了。这东西一旦干了之后便坚硬如铁，我想承载一个人的重量应该不成问题！"

　　"好，那我们回去找一些根系过来试试！"潘俊虽然这样说但是心中依旧有些担忧，经过了前面两个密室之后，潘俊对金系先人精心制成的这些密室早已心存敬畏。前面两关倘若不是深通伏羲八卦之人，即便是有一百条命也会惨死其中，而眼前这"震"卦密室真的会有这般简单吗？

　　"不用，我自己去就可以了！"燕鹰说着兴奋地沿着原路返回。此刻便只剩下潘俊和时淼淼两个人，潘俊忽然觉得浑身无力，晃了两晃坐在了地上，肩膀上的伤口一阵阵的疼痛，血水和刚刚的污水已经将包扎潘俊伤口的布浸透了。时淼淼见状走到潘俊身旁小心翼翼地将那块被浸湿的布一点点地拆掉，只见潘俊肩膀上伤口两旁的肉向外翻着，刚刚被污水浸泡得已经发白，密道之中的潮气加速了潘俊伤口的溃烂。潘俊紧紧地咬着牙，豆大的冷汗从额头上缓缓流淌下来，潘俊的身体滚烫，已经开始发烧了。时淼淼望着潘俊的伤口，眼眶有些湿润。一直以来潘俊都是这儿所有人的精神领袖，不管遇到什么事情只要潘俊在便都可以迎刃而解。

　　"潘俊……"时淼淼说着扑在潘俊的身上，身体微微颤抖着，酝酿已久的眼泪夺眶而出。她这个外表冰冷的女孩已经记不清上一次哭是什么时候了，是为了谁。而此时她哭了，哭得歇斯底里，她甚至想代替潘俊来承受这些痛苦。潘俊轻轻地抚摸着她的头说道："没事，没事，会好起来的！淼淼，你帮我把火把点燃！"

　　时淼淼抽泣了一会儿，点燃火把疑惑地望着潘俊，只见潘俊从地上拿过一根火莲的根系说道："一会儿你将这火把按在我的伤口上！"说完潘俊将那根火莲根系咬在嘴里。时淼淼眼神复杂地望着潘俊，只见潘俊微微点了点头。时淼淼这才鼓起勇气，一用力将燃着的火把按在潘俊的肩头，她只觉得潘俊的身体剧烈地颤抖了两下，然后连忙将已经熄灭的火把拿下来。只见此时潘俊面无血色，无力地张开嘴，口中的火莲根系没法从他口中落下，他微微笑了笑眼前一黑昏了过去。时淼淼上前一步抱住潘俊，大喊道："潘俊，潘俊……"

过了片刻潘俊吃力地睁开双眼，嘴角微敛笑了笑。而时淼淼见潘俊醒过来紧紧地将他揽入怀里，两个人经历了太多的仇恨、猜忌、苦难，一时之间这所有的一切都变得那么轻微，那么不值得一提。时淼淼甚至希望永远都停留在这一刻。

好一会儿之后时淼淼抹着眼泪笑了笑说道："你醒了就好！"时淼淼有些慌乱。

"淼淼，放心吧！我没事！"潘俊吃力地说道，其实潘俊知道这句话多半在安慰时淼淼，他是医生对自己的身体最为了解，那伤口被污水感染再加上这密室内阴冷异常，早已开始发炎，恐怕在这里耽搁的时间久了会有性命之忧。

时淼淼微微笑了笑，又抱住潘俊在他耳边轻声说道："刚刚你晕倒的时候我脑子里忽然变得一片空白，像是天塌地陷一样。潘俊，你一定要好好的，我们一起走出去！"

"嗯！"潘俊吃力地点了点头，虚汗依旧不停地从额头和身上冒出来。时淼淼沉吟了一会儿说道："必须尽快从这里出去！"

正在这时燕鹰抱着五六根已经枯干的火莲根系，满头大汗地回来了，他见潘俊惨白如纸便丢下怀里的根系，走到潘俊面前说道："潘哥哥，你怎么样了？"

潘俊摇了摇头，双手拄着地面吃力地想从地面上站起来，这时燕鹰和时淼淼连忙一起将潘俊搀扶起来。时淼淼看着地上的那些枯干的根系说道："就是这些吗？"

"嗯！"说着燕鹰从怀里抽出那把短刀，此时短刀已经卷刃了，"你瞧，为了砍下它们这刀恐怕以后都不能用了！我想足够能支撑一个人的重量了！"

"好！"时淼淼干脆利落地说道，然后捡起两个根系向密道口走去，她现在迫不及待地想离开这里。虽然潘俊刚刚一直说没事，但凭借着时淼淼的聪明却也已经看出了些许端倪。潘俊已经撑不了太久，迟了的话恐怕便会命丧于此。

时淼淼摸到密道口，找到距离自己最近的一处凹槽，她扭过头望着潘俊长出一口气，之后集中精神将一个根系用力向那个凹槽戳过去。正在这时潘俊忽然想到了什么大声喊道："等等……"

可是此时时淼淼却已经停不下来了，手上的根系跟着惯性灌入到了那个凹槽之中。几乎是一瞬间那根插入凹槽中的根系被有力地弹了出来，与此同时无数根钢条从两边横插过来，时淼淼脑子瞬间一片空白。幸好潘俊反应及时将她一把拉回到密道之内，时淼淼这才幸免于难。

那些钢条停了一会儿才又和第一次一样全部缩了回去，时淼淼这时才缓过神来。而燕鹰却更加恼怒了，原本以为可以借助那些凹槽沿着墙壁攀岩过去，谁知不但地面上的黄沙不能碰，就连墙壁碰了之后都会触发机关。"金系驱虫师难道要置我们于死地吗？"

而时淼淼此时更加焦急，她扭过头脉脉含情地望着潘俊，此刻最想离开这里的恐怕就是她了。她伸手摸了摸潘俊的额头，只觉得潘俊身上滚烫，潘俊依旧撑着可是却再也笑不出来了，他现在脑子已经开始有些混乱了。他知道这"震"卦密室绝不可能那么容易通过，然而此时自己却也想不出什么好办法。

"潘哥哥，我们现在该怎么办？"燕鹰焦躁不安地问道。

"你能不能安静一会儿，没看见潘俊已经被你害成这样了吗？"时淼淼恨恨地说道。

"被我害成这样？"燕鹰恼羞成怒地说道，"如果不是你们的话我也不会和姐姐决裂，我也不会掉进这个该死的陷阱里？"

"你……"时淼淼的袖口轻轻一抖，三千尺已经紧紧地握在手中站起身来冷冷地说道，"如果你再敢说一句话，我就让你永远走不出去！"

燕鹰虽然嘴上不服，但是对时淼淼手中的三千尺却极为忌惮。而且他知道眼前这女子性情多变，恐怕这一秒还对你视而不见，下一秒便会置你于死地。

当燕鹰和时淼淼二人争吵的时候，潘俊却一动不动地躺在地上，目光如炬地盯着密室的屋顶，过了好一阵潘俊忽然笑了起来。他这样一笑让时淼淼和燕鹰停止了争吵双双望着他。时淼淼连忙伸手摸了摸潘俊的额头，潘俊的额头上依旧滚烫。

"潘俊，你怎么了？"时淼淼关切地问道。

"我终于明白了！"潘俊自嘲般地笑着说道，"这么简单的事情开始我怎么就没想到呢？"

燕鹰和时淼淼面面相觑不知潘俊话中何意，潘俊笑着说道："刚刚我们在洞口发现的那个符号确实是'震'卦。可是与之前所见却不尽相同，这个'震'卦符号是倒着刻上去的！起初我以为是标记错误，但金系驱虫师数百年每一个机关都设计得极为精密，不可能出现如此纰漏。只是当时我却又想不明白这倒过来的符号有何深意！"

燕鹰听潘俊这样说，又看了看墙壁上那个倒立的"震"卦，接着又看了看潘俊。潘俊接着说道："直到刚刚我忽然发现，我们自从进来之后便一直想着如何从下面或者墙壁上，这些按照常理能够过去的地方出去，却忽略了一个重要的方位。"

"重要的方位？"时淼淼想了想，忽然心领神会地抬起头望着这间密室的顶端道，"你是说上面？"

"什么？上面？"燕鹰瞪目结舌地望着潘俊和时淼淼惊呼道。

潘俊微微点了点头："刚刚进入'震'卦密室之时我也是按照常理推断，'震'卦密室应该与之前的密室大致相同，就如同'坎'卦代表水。而在'坎'卦密室中确实有间歇变换位置的喷泉，而'坤'卦代表天，我们中了梦蝶之后也确实如置身天宫一般。依照这个常理推测'震'卦代表的是雷震，这里必定是天雷滚滚抑或是密室震颤难停，然而事实却与想象完全不同！"

"事实上'震'卦密室不但没有丝毫震动，而且哪怕是一点点轻微的震动那些杀人机关便会以雷霆万钧之势启动！"时淼淼似乎明白了什么接着潘俊的话说道。

"对，这简直太过反常，所以刚刚进入的时候我甚至不敢相信这便是'震'卦。它似乎是想用这种方式来告诉我们，这里所有的一切都应该是反过来的，而那个倒着的符号更证实了这一点！"潘俊微笑着说道。

"嗯，有道理！"时淼淼赞许地回应着，然而燕鹰听了潘俊的话向密室的顶部张望着，密室的顶端有一个巨大的斜度，所在密道口距离顶端有三四丈高，而对面的密道口却紧贴着密道口，上面凹凸不平，怪石嶙峋，石头与石头的间隙足够一个人攀过去。

"呵呵，有道理！"燕鹰冷冷地说道，"可是即便这房顶不会触动机关，我们又怎么能不碰这两旁的墙壁直接上到密室顶端呢？除非我们能长出翅膀飞上去！"

时淼淼也意识到了这个问题，只是一时之间不好点破。而潘俊则笑了笑道："虽然我们不能立刻长出翅膀，但是我们确实是要飞上去！"

"飞？我们怎么可能飞过去？"燕鹰怔怔地望着潘俊，有些怀疑潘俊是发高烧糊涂了。

"呵呵，淼淼你有没有发现，刚刚我们走过的这段密道与之前那段密道有什么不同？"潘俊此时似乎已经将所有的事情弄得一清二楚，整个人也显得轻松了许多。

"不同？"时淼淼柳眉微蹙专心思考的样子让人心动。潘俊望着时淼淼一时间心旌摇曳，过了片刻。时淼淼摇了摇头道："好像……和之前的密道没有什么区别啊！"忽然她像是想到了什么心头猛然一紧道，"你是说这个密道内有老鼠？"

"嗯！"潘俊点了点头道，"你们看密道的墙壁除了生出火莲的那一段外几乎全部是在石头上开掘出来的，老鼠极难进入，可是这里却有老鼠。而且我想那些火莲根系的出现也绝非偶然，既然我们能吃，那么那些老鼠也可以此为食。"

"可是这些与我们离开有什么关系？"燕鹰苦闷地挠着头说道。

"你们仔细想一想为什么金系驱虫师要在这洞穴之中豢养老鼠？"潘俊诡秘地笑了笑问道。

"你是说这些老鼠是金系驱虫师有意留在洞穴之中的？"时淼淼皱着眉头，她像是忽然意识到了什么一般说道，"难道……难道这些老鼠也只是食物？"

"啊？什么意思？"燕鹰不解地张大嘴巴问道，"老鼠是谁的食物？"

潘俊笑着指了指密道的顶端，只见顶端黑乎乎一片，根本看不清楚。燕鹰点燃一根火把高高举起，瞬间他觉得身上的鸡皮疙瘩暴起，只见他们的头顶上竟然有一张巨大的蛛网，而蛛网上趴着四只拳头大小的蜘蛛。

他一惊之下退后两步，手中的火把落在地上。他指着密道顶部的蜘蛛说道："那些老鼠不会是用来豢养这些蜘蛛的吧？"

"嗯，我想应该就是为它们准备的！"潘俊点了点头说道。

"可是潘哥哥你是从什么时候开始注意上面那些蜘蛛的？"燕鹰不解地问道。

"其实刚刚你说起那个倒立的'震'卦符号的时候我摸了摸那符号，忽然感觉手上有些黏糊糊的感觉，那时就感觉有些怪异。当我彻底明白了这'震'卦设计的初衷之后，顿时联系了起来！"潘俊的聪明令燕鹰不得不打心眼里佩服。

"这些蜘蛛应该是土系驱虫师的神农！"潘俊说着望了一眼时淼淼说道，"淼淼你还记得当初松井尚元曾设计，将我软禁在北平城内的公馆中的事情吗？"

"嗯，当然记得！"时淼淼回忆道，"不过后来你神不知鬼不觉地逃离了公馆，这件事让我和松井尚元都极为诧异！"

"是啊，当时子午为了救我便用土系的神农在地下挖掘出一条隧道，然后又是借助神农的丝爬到窗子上将我救出的！"潘俊娓娓地说道，"所以当时神农就给我留下了极为深刻的印象！"

"可是咱们三个人谁也不会驱使神农啊！"燕鹰惊魂甫定地说道，他对那只巨大的蜘蛛除了恶心之外没有丝毫好感。

"呵呵！"潘俊笑了笑说道，"你有所不知，当我第一次见到冯万春冯师傅的时候，他便唯恐自己再也出不来，令土系驱虫师的绝技旁落，因此在我临行之时便将土系驱虫师的秘诀口述与我。我当时并未在意，没想到今天却派上了用场！"（详见《虫图腾1》）

"哈哈，潘哥哥这样说来我们有办法出去了！"燕鹰有些兴奋地说道。

"嗯，不过我从未用过土系驱虫术，不知能否驱动这只神农！"潘俊有些疑虑地说道。

"反正现在也只能这样了，就死马当成活马医吧！"接二连三在希望和失望之间徘徊，已经让燕鹰不再有太多的期许了。

说着潘俊捡起地上的火把，示意燕鹰和时淼淼二人退到后面，然后猛然将手中的火把向头顶上的蛛网掷去。那蛛网极易燃烧，沾到火星之后即刻燃了起来，顷刻间蛛网已烧掉了大半，原本匍匐在蛛网上伺机而动的神农此刻紧张了起来，慌不择路地向一旁岩壁上的洞口爬去，在洞口处相互拥挤。一只神农不慎掉在地上，其他几只趁此机会急忙钻进了洞穴。

那只神农正好掉在他们眼前的地上，此时潘俊一行人才看清神农的模样。其外形与蜘蛛一般无二，只是体型较一般的蜘蛛大出数倍，八只脚上长满了细小的黑色绒毛。背部花纹像是一个巨大的骷髅，而它的腹部有三条血红色的细纹，其中一条细纹直通到尾部。落在地上的神农异常焦躁不安，刚碰到地面便翻身起来，向一旁的岩壁爬去。潘俊连忙从身后摸起一根火莲根系轻轻有节奏地敲击着地面。冯万春曾说过神农是蜘蛛之中极为珍贵的一种，不仅牙齿上有剧毒，而且它所喷射出来的蛛丝极有韧性足够承载数百斤的重量。如果是不懂神农之人轻易不敢靠近，虽然神农极其凶猛，却也是蜘蛛之中最通人性的一种，想要驯服神农必须将它逼入绝境让其无路可走。就像是驯服烈马一样，将它最初的精神全部耗尽，那么它便会听从你的指挥。

而且神农极其畏火、畏声，因此当潘俊用火烧毁蛛网的时候，那些神农便慌不择路。而当潘俊在神农身边敲击地面的时候，神农再次不安了起来，时而缩在原地一动不动，时而忽然奋起向声音的方向喷出一股浓浓的蛛丝。潘俊一边回忆着冯万春曾经教过他的方法，一边在神农周围逆时针地绕着圈，同时手上一直有节奏地敲击着地面，当神农动起来的时候潘俊敲击的声音顿时加快，而当神农安静下来的时候潘俊敲击的声音便缓和了下来。

如此反复敲击了有小半个时辰，直到那只神农一直蜷缩在地上良久不再动弹潘俊方才停下手中的动作。他驻足在那只神农身旁停顿片刻见神农始终毫无动静，这才放下心来，将手中那只火莲的根系丢在一旁然后缓缓向神农靠近。

"潘俊……"时淼淼担心地说道，"你小心点……"

潘俊微微点了点头，其实他心中也有些担忧，毕竟自己对神农的了解还仅限于冯万春的介绍而已。他小心翼翼地靠近了那只蜷缩成一团的神农，伸出一根手指轻轻碰了碰神农的背部，那神农察觉到潘俊的指压身体颤动了一下。潘俊壮起胆子一只手抓住神农，神农似是极其听话般没有丝毫的反抗。时淼淼见潘俊安然无事一颗悬在半空的心总算放下了。潘俊一只手举着神农，另一只手拿过刚才的木棒在地面上轻轻敲击着，每敲击一声便轻轻地在神农的身上按压一下，一股白色的丝便被潘俊按压出来。如此数次，当潘俊放开神农之后再次敲击地面的时候神农便会不自觉地吐出丝来。

"潘哥哥，怎么样了？"燕鹰见潘俊将那神农捧在手里不禁问道。

潘俊略微点了点头说道："我想应该可以了！"说着他手中握着那只神农缓缓走到密道入口处，对准密室顶端轻轻按了一下神农的后背，那神农条件反射般地喷出一股蛛丝，那蛛丝的力道极大，只见那股白色的蛛丝不偏不倚正好落在密室的顶端，潘俊唯恐蛛丝不够结实又接着按了两三下，随即那只神农又接连喷出两三道蛛丝。潘俊这时才将神农放在一旁，将几股蛛丝汇聚在一起用力抻动了几下。那蛛丝异常牢固，他试了几次然后将身上的衣服脱下来从怀里掏出一把匕首将衣服一条一条撕开。

"潘哥哥，你这是要做什么？"燕鹰不解地问道。

"我想蛛丝不但牢固而且非常黏，潘俊是想将这些布缠在蛛丝上方便我们爬上去。"时淼淼说完见潘俊微微笑了笑，他此时已经将衣服撕成了数条。这时他将布条缠在蛛丝的前端，接着又拿起一根火莲根系绑在蛛丝的另一端。

"成败在此一举，我先试试看！"潘俊做好这一切扭过头对燕鹰和时淼淼说道。

"等等！"时淼淼忽然拦住潘俊说道，"让我去！"

潘俊望着时淼淼，轻轻拍了拍她的肩膀说道："太危险了，还是我过去吧！"

"呵呵，你现在的身体太虚弱，而且如果这个方法不行的话，有你在还可以想别的办法。如果你遇到危险恐怕我们也必定会困死在这里！"时淼淼目光坚定地望着潘俊。潘俊了解时淼淼的性格，一旦她决定的事情就是十头牛也拉不回来。时淼淼微微笑了笑从潘俊手中拿过那根用蛛网做成的绳索，拉着绳索退后几步，助跑、加速，当她到洞口的时候轻盈一跃，整个人便随着绳子荡了出去。

蛛网做成的绳索不但牢固，而且较之一般的绳子还有一个优点就是极富弹性，时淼淼一跃而出，只觉得耳边尽是"呼呼"的风声，身体便像一只雨燕一般凌空飞翔。绳索在空中划出一个完美的弧线，接着时淼淼目光敏锐地盯住屋顶上一处凹进去的石缝，在身体刚刚接近石缝的时候她猛然向前双手牢牢地抓住石缝。此时她才看清，原来在密室的顶端不但有一些石缝，而且一些粗细均匀的铁棒已被人有序地镶嵌在了石缝之中，只是因为那些铁棒全部被石缝的外壁遮挡住了，从下面根本看不见。

　　时淼淼有些激动地说道："潘俊，这条路没错，石缝里面有一些铁棒，铁棒是直接通向对面的密道口的！"

　　潘俊和燕鹰两个人对视了一下，脸上均露出了喜悦之色。

　　"你们接好，现在我把绳子丢给你们！"说完时淼淼一只手紧紧抓着石缝，一只手用力将绳索飞掷出去。绳索随着根系的惯性向这边的洞口飞来，燕鹰连忙上前去抓那绳索。刚刚碰到绳子，绳子下面的火莲根系却忽然从绳索上落了下来。

　　它刚掉在地上便从石头上弹起向密室内飞去，瞬间燕鹰的脑海里一片空白。所有人都知道一旦根系落到密室中的话，暗藏在墙壁之中的杀人机关便会立时以雷霆万钧之势启动，那时候时淼淼便会被那些钢条活活扎死。只见那火莲的根系已经飞到密室上空，正要下落，就在这千钧一发之际，一股细丝从神农的身体内喷出将那根木棒紧紧粘住了。潘俊用力往回一拉，木棒便被潘俊拉回到了密道之中。

　　而燕鹰此时像是虚脱了一样，刚刚那惊险的一幕始终在脑海中缠绕不停。他瘫软地坐在地上，不停地喘着粗气。而潘俊也瘫坐在地上，他实在不敢想象倘若根系真的落入到密室之中将会发生什么。

　　时淼淼松了一口气，她沿着裂缝中的钢棒一根接着一根小心翼翼地挪动着身体，她不敢有丝毫大意。现在她还不确定屋顶上那些石块是否牢固，唯恐有一点震动将上面的石块震落，因此她每向前挪动一步都十分谨小慎微。这样一会儿工夫双手便生出许多汗，抓在钢棒上面湿湿滑滑的，几次时淼淼都险些从钢棒上滑落。潘俊和燕鹰二人站在密道口，心已经提到了嗓子眼，为时淼淼捏着一把汗。

　　大概一刻钟时淼淼的手腕已经有些麻木了，这时她距离对面的密道口只有四根钢棒之遥了。她有些兴奋却依旧沉住气，一只手抓住头顶上的钢棒，猛一提气伸手抓住前面的那根钢棒。正在这时她的手一滑，整个人立刻失去了重心，幸好时淼淼手疾眼快立刻掏出袖口中的三千尺轻轻一抖，那三千尺牢固地缠在了前面的钢棒上。她用力支撑着自己的身体，再提一口气紧紧抓住前面的那根钢棒这才重获平衡。接下来的几根钢棒她更加小心翼翼，直到走到对面的密道口时，她双手挂在钢棒上，身体前后晃动两下之后向对面的密道口跳了进去。

"成功了！"燕鹰兴奋地握着绳索对潘俊说道。

"嗯，看来这真的是离开这里的唯一出路啊！"潘俊有气无力地说道，"燕鹰，你过去吧！"

"好！"燕鹰说着从地上捡起一根枯干的火莲根系结结实实地系在绳索后面，又试了试确定不会掉落之后，才扭过头对靠在墙壁上的潘俊说道，"潘哥哥，那我先过去了！"

潘俊此时已经疲惫得说不出话来，他强打起精神微微点了点头。

燕鹰说着向后退了几步，接着加速助跑，然后整个人如时淼淼一般荡起。一条漂亮的弧线，燕鹰虽然没有时淼淼身形那般灵便，然而单从体力来说要比时淼淼充沛得多，再加上前面他一直观察着时淼淼的一举一动，因此他的动作也比时淼淼熟稔得多。当他抓到密室顶部的钢棒之后便一用力将手中的绳索向潘俊的方向掷过来，潘俊吃力地向前走了两步将绳索抓在手中靠在墙壁上，他只觉得此时自己像是被丢进了老君的八卦炉中一样，五内俱焚，眼皮越来越沉。

燕鹰此时已经攀到了密室的中央，对于他来说这根本算不得什么。他在每根钢棒上面几乎毫不停留，刚离开这根钢棒便立刻抓住另外一根钢棒，犹如树林间矫捷穿梭的猿猴一般，速度极快。对面的时淼淼见燕鹰速度如此之快不禁有些担忧，生怕他一个不留神会忽然从上面掉落下来。而让时淼淼更为担心的则是留在对面的潘俊，她刚刚之所以迫不及待地过来，也是希望这条路可以顺利离开这间密室，否则潘俊的身体恐怕难以支撑太久。想到这里她抬起头向对面密道的入口望去，这一下她惊出一身冷汗。只见对面的密道口不知何时竟然出现了两只老鼠，时淼淼暗道不好，刚刚大家为了能顺利从上面通过，将那些火莲根系全部留在了对面，而那些老鼠恐怕是被火莲根系的甜味吸引过去的。

那两只老鼠对旁边放着的很多火莲根系视而不见，却在争夺靠近密室口的一块根系，你来我往斗得不亦乐乎，那块火莲根系在他们争斗的时候一点点地向密道口处滚去。如果此刻不赶紧制止的话恐怕那块根系连带着两只老鼠都会从密道口坠入密道之中，那时后果将不堪设想。她连忙在密道入口环视了一圈，心头不禁猛然一紧，潘俊不见了。刚刚她明明见到潘俊一直靠在密道口的墙壁上，手中握着绳索，而此时绳索凭空悬在半空中，潘俊已经没了踪影。眼看那两只老鼠拨弄着那块火莲根系距离密道口越来越近，时淼淼大声对还悬在密室顶部的燕鹰说道："燕鹰，你快点过来！"

燕鹰见时淼淼神情紧张地指着自己的身后不禁扭过头，这一回头他也惊出一身冷汗。此时那两只老鼠已经紧贴着密道口，它们相互争夺着那块火莲，对即将到来的危险却浑然不觉。燕鹰见此情形大声喊道："潘哥哥，你在吗？"

他的声音没有得到潘俊的回应，却惊得两只老鼠安静了下来。它们沉吟一会儿又接着为那块火莲根系争斗了起来。"时姑娘，潘哥哥怎么没有回音？"

"你先别管这些，快点过来！"时淼淼见那两只老鼠距离密道口越来越近，不禁大声说道。

燕鹰连忙加快手上的动作，正所谓忙中生乱，本来一直平静的他心中焦急手上出了许多汗，这更增加了他向前的难度。他一边向前走，一边不时扭过头看身后那两只该死的老鼠。就在他距离对面的密道口四根钢棒之遥的时候，最靠近边缘的那只老鼠忽然一个倒栽葱从密道口边跌了进去。燕鹰只觉得头皮发炸，匆忙向前摸到前面的那根铁棒。时淼淼的心也瞬间提到了嗓子眼。就在这时一根细丝从密道入口处喷射过来，将那只老鼠牢牢地粘住了，接着时淼淼见刚刚被潘俊驯服的那只神农缓缓从密道口爬出，前面的两只脚在有条不紊地收着蛛丝，倒像是一个垂钓的老者在缓慢收网。时淼淼一颗提着的心总算是落在了地上，而燕鹰浑身紧绷、肌肉紧缩双手挂着头顶上的钢棒等待的那个时刻却没有到来。

"燕鹰别愣着快点过来！"时淼淼提醒道，此时燕鹰才意识到那恐怖的一幕并没有发生。他连忙提一口气向前面倒数第二根钢棒而来，恐怕因为他刚刚过于紧张，此时身上的肌肉已经全然没有初始时候那般灵活。这一下差点抓空，他额头上沾满了汗水，双手挂在铁棒上不停地喘着粗气，然而此时时淼淼却意识到了另一个问题，那只神农的丝正好挂在那块已经被两只老鼠拨弄到边缘的火莲根系，而且此时正随着神农缓慢的收网一点点地向密道口推进。

"燕鹰，来不及了，快，快！"时淼淼焦急地说道。燕鹰此时从时淼淼的语气中听出了什么，也不回头提起一口气向最后那个铁棒伸出手臂，当他一只手才刚刚在那根铁棒上抓稳。对面洞口处的那块火莲根系也同时落了下去。

"燕鹰，跳！"时淼淼歇斯底里地喊道。燕鹰此刻十分听话双手用力，手背上青筋迸出，在钢棒上来回晃悠了两下便向眼前的洞口跳去，当他的手刚刚离开铁棒的时候燕鹰耳边忽然传来了"啪"的一声，那块根系已经落在了地面的沙土上，几乎是一瞬间那无数根钢条从左右两边弹了出来，燕鹰甚至能感觉到那钢条尖端直刺而来所带来的一股股冰冷的劲风。

当他的脚刚刚落到密道口的边缘，两旁的钢条还未到达，燕鹰庆幸地从嘴角挤出一丝微笑。而这时他脚下的那块石头忽然动了一下，燕鹰只觉得身体失去了平衡，整个人向身后的密室内倒翻过去。正在这时时淼淼一把抓住燕鹰的手，将其拉了回来，就在这个瞬间两边的钢条森森地刺了过来，最靠近边缘的钢条几乎是擦着燕鹰的后背穿过去的，燕鹰的衣服被钢条撕裂成一条一条的。

燕鹰被刚刚那惊险的一幕吓得双手冰凉，双眼痴呆地望着时淼淼。过了片刻才忽然长出一口气表情木讷地说道："谢谢，谢谢！"

而时淼淼现在更关心的却是对面潘俊的情况，她向前走了两步等待着这些钢条如之前一般退去。可过了良久那些钢条却始终密密地交织在一起，将密室的空间完全占据根本看不到对面的情形。

时淼淼焦急地在密道口踱着步子，然后向密室对面喊道："潘俊，潘俊……"

燕鹰此时也跟在时淼淼的后面向对面大喊着潘俊的名字，可是喊了良久对面却依旧没有一点回音。

"这些钢条为什么不退回去？"时淼淼终于沉不住气了。她知道潘俊的身体几乎到了崩溃的边缘，如果能快点离开这里还有希望。可是现在这密室被钢条全部封锁住了，就算是想回去也没有可能了。时淼淼双手抓着钢条向两边用力地推着，可是根本无济于事。她再也忍不住了，一直在眼眶内打转的眼泪夺眶而出，瘫软地跪在密室口抱着头哭了起来。燕鹰咬着嘴唇接着向对面喊话，渐渐地他也觉得喊叫似乎无济于事，弓下身轻声说道："时姑娘，潘哥哥福大命大，应该不会有事的？"

这些话此时显得极其无力，因为燕鹰心里清楚潘俊的状况，即便潘俊不受伤被困在那里也是凶多吉少。大概过了半个时辰，那钢条却始终没有缩回去。燕鹰站起身来说道："时姑娘，我们在这里等着恐怕也不是办法，我们还是继续向前走吧！"

时淼淼抬起头冷冷地瞥了燕鹰一眼低声说道："你走吧，我在这里等着机关退回去！"

"那好吧，我先去前面探探路！"燕鹰说着从身后抽出一根火把点燃之后，沿着幽深的密道向里边走去，而时淼淼始终双手抱着膝盖，目光痴痴地望着眼前被钢条封死的密道。她此刻已经下定决心，一定要等到这些机关撤去为止。如果潘俊还活着她要和他一起离开这个坟墓般的密道，倘若潘俊死了时淼淼也打定主意留在这里。

燕鹰手中拿着火把向前摸索着，眼前黑洞洞的，火把像是被一层黑雾包围着并不能照太远的距离。走了片刻燕鹰像是忽然踩到了什么，一下子被绊倒在地，他连忙爬起来拿起火把向身后的物事望去，一望之下燕鹰的脸顿时变了颜色，在他眼前竟然背对着自己躺着一个人。他小心翼翼地将手伸到那个人的脖子下面，那个人的脉搏还在跳动。他一惊之下向后退了两步，然后对外面的时淼淼喊道："时姑娘，你快来看，这里竟然有个活人！"

时淼淼一愣，活人？这密室中怎么可能会有活人呢？时淼淼想到这里站起身来匆忙向燕鹰的方向走去……

再回首，纵是百年身

管修有些兴奋地抓着金龙的手说道："金龙，你可以找到段姑娘吗？"

金龙轻轻地点了点头："姐姐说如果我想她了，就可以用这个去找她！"说着金龙从怀里掏出一只明鬼握在手里，那只明鬼做工极为粗糙，恐怕是段二娥在匆忙之中做出来的。

"太好了！"管修望着金龙手中的明鬼开心地说道，"有了它我们一定可以赶在松井尚元的前面找到段姑娘。"

"金龙你还记得口诀吗？"子午轻声问道。

"口诀？"金龙一脸惶惑地望着子午摇了摇头，"姐姐没有说过什么口诀！"

"啊？"子午和管修一惊。只见金龙熟练地在那只明鬼身上轻轻叩击了几下，明鬼瞬间便"活"了过来，它从金龙的手中跳了下去，径直向门口跳去。

管修恍然大悟，他心想段二娥一定是怕金龙年纪太小记不住口诀，因此便直接将操纵这只明鬼的方法手把手教给了金龙。管修见那只明鬼被门挡住却一直在向外跳跃，连忙走上前去将明鬼抓在手里说道："子午，你还是留在这里照顾这孩子！我去找段姑娘！"

"好！"子午点了点头说道，"你自己多保重！"

"一定要把段姐姐带回来！"金龙见管修跟着那只明鬼走出门说道。

"放心吧，我一定会把段姑娘安然无恙地带回来的！"说着管修将明鬼放在地上，明鬼在地上"吱吱"叫了两声，然后开始快速向外走。

此时已经是凌晨时分，那只明鬼的速度极快，管修双目紧紧盯着明鬼，脚下加快步子，唯恐会被明鬼落下。刚走出不远他忽然惊觉地意识到了什么，上前两步将明鬼捡起握在手中，然后钻进了一旁的巷子中。

片刻之后他发现两个黑影如没头苍蝇一般在巷口徘徊着，这两个人操着一口京都口音的日语说道："明明刚刚还在这里，怎么不见了？"

另外一个说道："是不是我们的行踪被他发现了？"

"应该不会！"之前的那个日本人停下脚步思忖片刻说道，"为了以防万一你还是先去向武田长官汇报一下吧！"

"嗯，好的！"另外一个人说完便向巷外奔去，只留下一个人在巷口观察着。这一切全部被管修听得清清楚楚，他在幽暗处冷笑了一声。自从他和武田决裂之后，便已经想到武田可能会对自己不利，然而却不曾想到他下手的速度竟然如此之快。

管修将那只明鬼放在怀中，蹑手蹑脚地向巷口的方向移动。只见那个日本人正站在巷口处苦思，管修忽然出手，一只手以迅雷不及掩耳之势捂住那个人的嘴，另一只手按在那个日本人的肩膀上，双手猛然发力，一左一右。只听一声轻微的"咔嚓"声，那个日本人还没来得及挣扎脖子便被管修拧断了。

管修见左右无人将那个日本人小心地拖到深巷中，这才又放出明鬼。那只明鬼刚一落到地面便又开始快速向前奔去，管修紧随其后向北平城西走去。过了半个多时辰管修跟着那只明鬼从北平城西离开了北平城。

出了北平城，明鬼带着管修先是沿着大路走了三四里的样子，接着又在一处三岔口的地方，忽然进入一条荒草蔓生的小路。管修有些惊诧，这只明鬼究竟要去往何方，不过这也是能找到段二娥的唯一机会，所以他不敢有丝毫怠慢。一刻不离地跟着那只明鬼继续向前走着。

大概又走了小半个时辰，那条小路越来越窄，管修已经能隐约看见那条路的尽头似乎有一个不太大的村庄，这便是当初段二娥和他爷爷一起居住的道头村。如果数月之前不是偶然发现悬崖上奄奄一息的燕鹰的话，恐怕他们依旧平静地生活在这个连日本人也懒得进入的小村子里。可是就在她救下燕鹰之后，日本人尾随而至，一夜之间原本只有寥寥几户的道头村惨遭屠戮。此时的道头村满目疮痍，惨不忍睹，街上别说是人连个鬼影子也没有。完完全全成了一个鬼村，这样的村庄在那时候的中国不知有多少个。

管修跟着明鬼走进村子，道头村依山而建，有十几户人家的样子。此时却全部都是断壁残垣，那只明鬼一直向道头村尽头的那间破旧的房子走去。当它走到那个院门口的时候忽然停了下来，在地面上转起圈来。管修收起那只明鬼心想这应该便是段二娥的藏身之处了，他轻轻推开眼前那道已经摇摇欲坠的木门走进院子。只见眼前的房子已经被大火烧得只剩下黑乎乎的房梁和一些被烟熏过的断墙。

他在房子里转了一圈却始终没有发现一个人影，管修有些焦急。难道是这只明鬼带错地方了？他百思不得其解坐在一旁的磨盘上，本来以为能够顺利找到段二娥，可是没想到又是空欢喜一场。

正在这时口袋中的明鬼忽然乱动了起来，他掏出那只明鬼放在磨盘上，只见明鬼在磨盘上转了两圈然后向磨盘中间的一个洞口爬了进去。当那只明鬼爬进磨盘之后管修只听耳边传来"吱吱"的声响。他连忙站起身来，只见那个磨盘缓缓转动了一圈，然后在磨盘下面竟然出现了一个入口。

管修惊喜万分，他弓下身子从那个入口钻了进去。当他的身体刚刚进入便发觉一把冰冷的匕首抵在了他的脖子上。管修连忙双手举在半空瞥了一眼旁边那人，只见一个二十来岁的姑娘手中握着一把匕首警惕地打量着自己："你是什么人？"

"你是段二娥姑娘？"管修问道。

"是，你究竟是什么人？这个……"段二娥手中拿着那只明鬼说道，"你是从什么地方拿到的？"

"我叫管修，这只明鬼是金龙给我的！"管修有些激动地说道，"找到你就好了！"

"金龙？"段二娥疑惑地望着管修。

"金龙现在就在北平，我带你去见他！"

"那你快点把金龙带到这里来！"段二娥有些激动地说道。

管修点了点头，见段二娥已经放松了警惕柔声说道："段姑娘，你现在跟我去见金龙吧！而且日本人也正在到处找你！"

段二娥轻轻地摇了摇头说道："我不能离开这里！"

"为什么？"管修惊讶地望着段二娥问道。

段二娥微微抬起头看了管修一眼说道："你跟我来！"接着她自顾自地向密室里走去。

管修紧紧跟在段二娥的身后，密室的里边是一间不大的屋子，内中的摆设极其简朴，一张挂着蚊帐的大床，一张八仙桌，还有几把椅子。段二娥走到床前迟疑了一下，然后轻轻将床上的蚊帐撩开，只见里面躺着一个面色苍白气息奄奄的女人。

"她……她是谁？"管修不解地问道。

"她就是金龙的母亲潘苑媛，当初在甘肃有过一面之缘，而那天我从北平回来的时候在一片乱坟岗发现了气息奄奄的她，只是她中毒太深恐怕时日无多了！"段二娥无奈地说道，"你赶紧把金龙带来见她最后一面吧！"

管修努力让自己镇定了下来，坐在床前伸手按在潘苑媛的手上。管修是潘昌远的亲传弟子，对岐黄之术也略知一二，只是潘苑媛的脉象极为罕见。过了片刻他无奈地站起身说道："恐怕真如你所说，从脉象上看她早已经病入膏肓了，只是凭着意志留着最后一口气。"

"嗯，是啊！我想她一定是希望能见金龙最后一面！"段二娥说到这里眼眶里流出一行清泪。

听到"金龙"两个字潘苑媛忽然睁开双眼气息奄奄地说道："不……不要让金龙看见我这副模样！"

"姐姐，你醒了！"段二娥见潘苑媛醒过来连忙倒了一碗水走上前去，她将水抵在潘苑媛的嘴唇边。潘苑媛勉强喝了两口轻轻摆了摆手，然后扭过头望着身边的管修。忽然她的眉头紧皱一把抓住管修的手说道："小俊，小俊你回来了！"

"姐姐，我是……"管修刚想争辩只见潘苑媛的眼泪夺眶而出，她的身体随着哭泣微微颤抖着。管修不忍，将辩解的话咽了回去。

"小俊，姐姐留着这最后一口气就是在等着你！"潘苑媛流着眼泪说道，"上次在安阳匆匆一别转眼一个月的时间，没想到再见到你的时候我已经是个要死的人了！"

"姐姐，您别说了，好好休息吧！"管修学着潘俊的语气说道。

"我比谁都了解自己的身体，我一直硬撑着希望能见你最后一面！"潘苑媛紧紧抓着管修的手说道，"小俊，潘家人对不起你！你要原谅姐姐好不好？"

潘苑媛的话让管修有种如坠云雾的感觉，他刚想说什么。只见潘苑媛接着说道："这么多年潘家人亏欠你的实在太多，太多！"

"姐，你怎么这样说啊？都是一家人何出此言？"管修轻声说道。

潘苑媛凄然一笑，仰望着房顶眼泪从眼眶中悄然落下，她幽幽地说道："小俊，其实……其实你不姓潘！"

"什么？"管修一惊，而段二娥也诧异地望着潘苑媛，"姐姐，你在说什么？"

"呵呵！"潘苑媛自嘲般地笑了笑，"小俊，别怪姐姐对你隐瞒了这么多年，姐也是无可奈何啊！"

"姐姐，这究竟是怎么回事？他……"管修立刻意识到自己的错误接着说道，"我不姓潘，那我……"

"小俊，别怪姐姐好不好？"潘苑媛流着眼泪望着管修说道。

"嗯，姐，我不怪你。即便我不姓潘，姐姐对我也有养育之恩啊！我怎么会恨你呢？"管修安慰道。

"呵呵，养育之恩？"潘苑媛长出一口气说道，"小俊，我们不但对你没有什么恩情，还和你有天大的仇怨！"

这句话一出管修和段二娥身体都是猛然一颤。

"你知道你父亲是谁吗？"潘苑媛扭过头对管修说道。

管修看了一眼站在一旁的段二娥又望着潘苑媛摇了摇头。

"你的亲生父亲是人草师！"潘苑媛的话简直如晴天霹雳一般让管修震惊。他紧紧抓着潘苑媛的手问道："姐，这究竟是怎么回事？我的父亲是人草师那我怎么会姓潘？"

潘苑媛泪眼蒙胧地望着管修，记忆随着那蒙胧的泪水慢慢扩散开来。

西北极寒的冷风夹杂着高山上碎裂的雪末呼啸着穿过唐古拉山口，前一刻还晴空万里艳阳高照的天气，转眼间便变得阴郁迷离，倏忽间电闪雷鸣，一阵暴雨飘泼般从低矮的天上落下，初始时是雨，落下来便成了冰。

一个相貌清秀的年轻人，裹着一身黑色的皮袄，蜷缩在山口旁边一个只能容下一个人的山洞中，双手交叉在袖管里，脸色苍白，嘴唇紫青，牙齿发抖，却依旧不停地从口中呼出白腾腾的热气暖着双手，唯恐被冻僵。从凌晨到下午，这已经是他经历的第六次暴雨，这种鬼天气已经让他有些不耐烦了。他微微抬起头，尽量避免耗费太多的力气，睁开眼睛，望着远近雾蒙蒙的高山，原本的壮志雄心也渐渐被这离奇诡异的天气一口口吞噬着，同时吞噬着他最后的一点体力。

他向后靠了靠，此刻他栖身的山洞是多年冰水侵蚀的结果，虽然不大，但却是唯一的一处避难所。很难想象如果此刻自己走出这个小洞会不会立刻被冻死。他从口袋中艰难地掏出半个已经冻透的馒头，冻僵的手指已经全然不听使唤了，只能双手紧握成拳将馒头紧紧夹住。

用舌头轻轻舔了舔裂出一条条缝的嘴唇，低下头当嘴唇刚刚接触那冰疙瘩一样的馒头的时候，立刻便和馒头粘在了一起。他有些恼火地向外一拉，一股咸腥的液体立刻流进嘴里，转眼在馒头上留下一道珍珠般的红印。年轻人苦笑了两声，看着馒头上的血迹像是被激怒了一般张开嘴狠命地在馒头上咬了两口，用力咀嚼两下随手抓起一把雪塞进嘴里囫囵吞下。就像是一口吃掉了一块冰疙瘩一样，从喉咙一直冷到胃里，他咬了咬牙又就着冰雪啃了两口馒头，这才瘫软地靠在身后的洞里，睫毛上挂着的冰花似乎有千金的重量，将他的眼睛沉沉盖住。

他忽然有些后悔，后悔自己的那个决定。他在心中暗骂自己真是贪心不足蛇吞象，他开始怀念北平城中那个温暖的家，此刻的北平城虽然也已经进入数九隆冬，可是暖阁中的暖气像是一床温暖的棉被轻盈地盖在身上，想到这里他忽然觉得身体不再那么寒冷，甚至开始发热了。他恍惚地睁开眼睛，唐古拉山口已经开始变黑了，自从进入这里之后接连的几天，他已经习惯了这里的夜晚，总是来得很早，忽然他的眼睛注意到了什么。

在他的眼前飞舞着一些闪亮的东西，如同飞舞的萤火虫，闪烁着幽蓝色的光点。他有些不敢确定，艰难地伸出手，几个光点像是对他的手有了感应一般落在他的掌心，他盯着手掌中的光点，立刻来了精神。这虫……他拼命从冻僵的脸上挤出一丝笑意，虽然难看却很欣慰。这种虫真的存在，那么传说中的那个人……那个人真的存在。

年轻人欣喜若狂地从洞口走出来，他望着满天蓝色的光点，冻僵的身体在微微发颤。"我终于找到了……"他这一喊几乎是用尽了全身的力气，回音在唐古拉山口被白雪覆盖的高峰之间不断回荡着。沉寂千年的无人区像一只沉睡的雄狮一般，被他那具有穿透力的声音唤醒了，当他的声音渐渐平息之后，地面开始剧烈地颤动了起来，一场真正属于唐古拉山脉的怒吼开始了。被冰雪覆盖的山顶像是结疤的伤口一般破裂开来，巨大的雪片混合着雪末翻腾着从山顶上滚落下来，山谷中蓝色的光点像是预知了危险立刻向高空飞去……大雪崩。

面对眼前的一切年轻人竟然有些措手不及，他瞠目结舌地站在原地，此刻的一切已经让他彻底震惊了。直到雪浪冲到他的眼前，他才不知从何处来的力气，一个箭步钻进了刚才的那个洞穴，接着一大片雪板便将洞口压住，眼前漆黑一片，耳边的轰鸣声持续了整整半个时辰才终于停歇了下来。

待雪崩结束之后他奋力地在雪中向外挣扎，他不知道大雪究竟有多厚，也不知过了多久，一直到他的眼中恍惚看到那蓝色的光点，整个人这才无力地倒在地上昏死了过去。

柔和的灯光照在自己的身上，当他睁开眼睛时，发现自己正躺在一间小木屋里。身上盖着厚厚的兽皮，墙上悬挂着几张怪异的地图，小屋的房门虚掩着，从缝隙里向外可以看到一个女人的背影。

"啊！"一阵剧烈的阵痛从他的左脚踝的位置传来，他不禁叫出声来。门外的女人警觉地站起身来，推开房门见年轻人已经醒了，微微笑了笑。

"我在哪里？"年轻人见眼前的女子穿着厚厚的兽皮衣服，从穿着来看像是一个猎户，然而长相却十分精致，眼睛黑中带蓝，颇有一些西域女子的味道。

那女子笑而不答，转身出去端来一个碗，碗里的东西黑乎乎的带着浓烈的气味。即便青年人自小跟随父亲研习中医，尝尽百草，一般的药物只要一闻便知。可是眼前碗里的东西所散发的味道是他从未闻过的。

"这是……"年轻人虽然心有疑惑却还是接过了女子手中的碗，他将碗放在鼻前又仔细地嗅了嗅，忽然眉头紧锁，脸上的表情也变得紧张了起来。"你是……"年轻人上下打量着眼前的女子，觉得不可能又轻轻地摇了摇头，而女子始终站在年轻人面前微笑着，双手轻轻摆着示意他赶紧喝药。

年轻人嘴唇轻轻嚅动了两下，想要说什么最后还是咽了回去，仰着脖子一口气将碗中的药全部喝光，说来奇怪这药闻起来味道浓厚，而一入口却毫无涩苦之味，却更像是一种烈酒。药一入腹便觉得丹田像是忽然生出一个小暖炉，暖暖地向周身蔓延。

年轻人一边将手中的药碗递给眼前的年轻女子，一边疑惑地问道："这药……难道就是人草？"

女子接过碗，淡淡地笑了笑，转身走出了房门。年轻人此刻满腹狐疑，多年前他便从父亲的口中得知，在驱虫师家族之中除了金木水火土五族之外，还有一类驱虫师，他们虽然不会驱虫之术却是所有驱虫师秘术的关键。

据史书记载，人草师在驱虫师之中的地位极高，而在楼兰时代达到了顶峰，称之为帝国虫师，然而即便地位如此之高，人草师的行踪依旧是诡秘莫测。即便是王宫贵胄能有幸亲眼目睹人草师的人，也是屈指可数、寥寥数人而已。此后却不知什么原因，人草师忽然失踪了，就像人间蒸发一般，关于人草师的一切被清理得干干净净。即便是史书上也没有留下任何痕迹，只能在一些遗留下来的隐秘孤本上还能依稀得知，这个职业曾经存在并辉煌过。

起初人们对于人草师的离奇失踪充满了各种猜测，遭遇仇家灭门，或者人草师本来也只是臆造出来的一个神秘职业，而事实上根本不存在。随着时间的流逝，几百年倏忽而过，关于人草师的重重猜测和假设也在这漫长的历史长河中，渐渐淡出了人们的视线，最后人草师这个词也只有驱虫师家族之中的君子才知道。而这个年轻人便是其中对人草师最为好奇的一个。较之那些相信人草师根本就不存在的说法，他更倾向于人草师家族遭遇了不测，但并未灭门，余下的人为了躲避仇家追杀，带着人草师的秘密隐匿了起来。

他之所以会如此坚定自己的猜测，是因为多年前在甘肃发生的一场自己先辈参与救治的离奇瘟疫。想到这里年轻人不禁轻轻地叹了一口气，这时门又被推开了，女子从门外款款走来，手中提着一个食盒。她将食盒放在地上，然后把一旁的桌子向前推了推抵住床脚，这才从食盒中端出一盘牦牛肉和一壶酒，然后微笑着走了出去。

不见食物还不觉得饿，一旦见到年轻人顿时觉得饥肠辘辘，他像是几天没进食的野狼一般，风卷残云般将一大盘牦牛肉扫得一干二净，然后又喝了一大口奶酒，这才觉得浑身熨帖了不少。吃过之后他试着活动了一下自己的脚，虽然还有点疼，但勉强可以活动。他双手支撑着身子从床上下来，贴在门缝向外看，只见门外是另外一间屋子，正中央摆着一盏昏黄的小灯，而墙上与这个房间一样挂着一些怪异的图画。而刚刚女子正背对着自己坐在一盏昏黄的煤油灯下，手中似乎抱着什么。

女人似乎察觉到了这个躲在门后的偷窥者，随即扭过头向身后门口的方向望去，正好与年轻人四目相对，年轻人有些尴尬地从嘴角勉强挤出一丝微笑，目光却落在了女人怀里的襁褓上。

女人一如既往地还以和善的微笑，年轻人愣了一下然后推开门一瘸一拐地走了进来。坐在女人旁边的凳子上，此时他看得更清楚了，在一个用兽皮制成的襁褓中躺着一个只有几个月大的婴儿，此刻那婴儿早已睡熟，睡梦中粉嫩的小脸不时微微颤抖。

"这是你的孩子？"年轻人的目光始终没有离开眼前的孩子。那女人微笑着却并不说话，忽然年轻人意识到了什么，从他醒来到现在女人从未说过一句话。他立刻抬起头盯着眼前的女子，半晌才双手比画着说道："你……是不是……"他指着自己的嘴，疑惑地盯着眼前的女子。那女子淡淡地笑了笑，轻轻点了点头。

虽然自己猜到了，但是此刻得到确凿答案的年轻人心中依旧有些诧异。他有些茫然不知所措地站起身在屋子中打量了一周，然后向一旁的房门走去，推开房门一阵刺骨的冷风像是夹着无数根钢针从衣服的缝隙钻进来，可是他全然没有在意，因为他已经被眼前所看到的一切震惊了。

这栋小木屋坐落在唐古拉山口旁边的一处山崖之下，背靠着黑压压的山崖，眼前是被厚厚的白雪覆盖着的河谷地，河谷地对面便是那些高耸入云的雪山。一轮硕大的月亮像是镶嵌在了河谷之间，沉沉地压下来，让人感到一种莫名的压抑和恐惧。正在这时不远处一个白色的雪包忽然轻轻一颤，一个巨大的黑影倏忽间从雪包中蹿出，直奔年轻人而来，年轻人手疾眼快连忙躲闪，怎奈脚上有伤行动不便，向后一闪整个人瞬间重重地摔在了地上，眼看那黑影迫近却也毫无办法。正在这时只听屋内那女子在喉咙中轻哼一声，声音刚落那黑影在半空中迅速调整方向，落在了年轻人身旁，而此时年轻人才看清，眼前的庞然大物看起来像一头小牛犊一般，身上裹着一层厚厚的绒毛，黢黑的双眼如铜铃般大小闪烁着恶狠狠的目光，正一动不动地盯着自己，喉咙中发出警戒般的低吼。

屋子中这一阵混乱终于将襁褓中的婴儿吵醒了，婴儿的啼哭声立刻在这小木屋中响起。那庞然大物听到婴儿的啼哭，显然对眼前这个陌生的男人失去了兴趣，从男人身旁走过来到女子身旁，将那巨大的脑袋伸向襁褓中的孩子，那孩子似乎与这庞然大物十分熟络，见到它便立时破涕为笑，两只小手在襁褓中挥舞着，似乎是想要摸摸那个庞然大物。此时年轻人才从刚刚惊心动魄的一幕中缓过神来，缓缓站起身子，谁知刚一站起那庞然大物立刻警觉了起来，扭过身子恶狠狠地盯着年轻人，喉咙中再次发出警戒的低吼。年轻人连忙停止了动作，一动不动扶着门框，而婴儿此时又再次啼哭了起来，庞然大物的目光渐渐变得柔和了起来，转过身子继续盯着眼前的婴儿。

年轻人就这样蠢立在门口，前进也不是，后退也不是。这时女子抱着襁褓站起身来，轻轻地拍了拍那庞然大物的脑袋，然后向年轻人点头示意他过来，年轻人这才战战兢兢试探性地向前迈出一步，奇怪的是那庞然大物虽然身上依旧在颤抖，却并没有如同刚刚那样像是被激怒了一般。他这才壮着胆子走到木桌前面，那女子从桌子上拿过纸笔在上面飞舞着写下一行娟细的字：这是一条番狗，名叫巴对。

年轻人对番狗也早有耳闻，只知道这是生活在藏地的一种体形硕大、力大凶猛、野性十足的巨犬。领地意识极强，藏地的牧民多用来看家护院，牧羊放马。正所谓百闻不如一见，今日一见年轻人真算是大开了眼界。哑女微微笑了笑，点着头示意年轻人用手抚摸着那条藏獒，年轻人犹豫片刻伸出手却停在了半空，他始终对巴对心有余悸。哑女见此情形微微笑了笑，抽过身边的纸写道：巴对是一个很温柔的母亲，你放心吧，不会伤害你的！

年轻人看完那行字才狠了狠心轻轻抚摸了一下巴对，谁知巴对立刻将头转向自己，一双骏黑的眸子中充满了警惕，过了片刻巴对的眼神渐渐柔和了下来，向年轻人的身体轻轻贴近。年轻人也一点点放松了下来，轻轻在巴对身上抚摸着，正在这时巴对猛然抖了一下脑袋，抬起头警觉地盯着年轻人，年轻人立刻缩回了手。片刻之后巴对转身向门口的方向奔去，女子似乎也感到了什么，满脸惊恐地抱着襁褓中的婴儿走到门口将门轻轻关上。

年轻人虽然不知道即将要发生什么，但是从哑女的表情上不难看出她的惊慌失措。"发生了什么事？"年轻人忍不住问道。

哑女转过头盯着眼前的年轻人轻轻地咬着嘴唇，她犹豫片刻快步走到桌子前，在那张纸上飞快地写下两个字：狼群。

年轻人的神经也立刻绷紧了，早年他曾经随父亲寻访名山，那时也曾遇见过狼群。狼与一般的动物不同，全部是群体自杀式攻击，一旦进攻便是一大群不顾死活拼命往前冲，前赴后继，杀伤力之大让人看了都心惊胆寒。当年如果不是大河阻挡了狼群进攻的话，恐怕他早已经成了饿狼的口中食了。此刻木屋的外面是一片被白雪覆盖的平坦河滩，毫无障碍可言，如果真的遇见狼群的话，即便藏獒凶猛异常恐怕也难以支持长久。

正在这时远处山谷中忽然传来了一声狼嚎，那声音就像是一根导火索，刚刚落下便起了连锁反应，紧接着狼嚎声此起彼伏，声音宛若编织成了一张恐怖的大网，将整个山谷都笼罩其中，使人不寒而栗。年轻人的手下意识地移动到腰间，脸上的表情顿时凝固住了，他有些慌乱地又在腰间摸了摸，那东西果然不见了，难道是雪崩的时候被埋在了雪里？他心下狐疑地想着，而此时此刻女子早已将襁褓中的婴儿抱进了里屋，走出来的时候手中多了一件物事。

哑女手中的物事是一支精致的翠玉短笛，笛身上雕刻着一只栩栩如生的凤凰，哑女将身上的衣服紧紧地裹了裹，然后熄灭了屋子里的烛火，侧身倚在门后。年轻人也紧跟着贴在门口，哑女身上散发着淡淡的香味。而此时狼群的嗥叫声已经渐行渐近，年轻人直了直身子，从门缝中依稀看见几十双绿莹莹、虎视眈眈的眼睛。

片刻工夫狼群便在小木屋的外面集结完毕，而巴对宛若一个钢铁般的战士一样，一动不动地站在距离狼群几丈远的地方，高傲地挺着身子，冷风吹过，巴对的容貌轻轻地随风而动，双目炯炯有神地怒视着狼群，喉咙中发出低低的吼声。头狼毫不示弱亦发出低吼，在群狼前面来回踱着步子，似乎是在威胁着巴对，警告它速速离去，然而巴对却丝毫没有离开的意思。头狼有些不耐烦地向前一步，同时张开嘴向巴对猛扑过去。可巴对早有准备后肢用力猛然从地上立起，头狼已经飞身逼近，巴对轻轻一挥爪子，伴随着一股劲风爪子重重地拍在了头狼的脑袋上，头狼被击出一丈多远。

狼群中一阵骚乱，瞬间又恢复了平静。头狼在地上挣扎了两下从地上站起身来，摇晃了两下脑袋向空中发出一阵低吼，那吼声像是冲锋的命令一般，刚一落下，前面十几头饿狼便如同暴风骤雨一般向巴对发起了攻击，动作之快简直令人咋舌。这是一场充满血腥的生死较量，胜利者赢得的是生存的权利，而失败者的下场只有死亡。

十几条饿狼和巴对混战在一起，那些饿狼似是有无穷无尽的战斗力，刚被从混战中甩出爬起来便再次加入了战斗。渐渐地已经分不清哪只是巴对，哪只是饿狼。哑女紧紧靠在门口手中紧紧握着短笛，她的表情有些复杂，就在第二批饿狼准备进攻的时候一阵悠扬的笛声从木屋中传出。

年轻人微微瞥了一眼身旁的哑女，屋子外面的狼群显然也被笛声吸引住了，几只一直围在巴对身旁的饿狼转头向木屋的方向扑来。巴对以一敌十已经略显捉襟见肘，但见狼群向木屋包围过来立刻从狼堆里纵身出来，此刻巴对身上已然是伤痕累累，流出的血液很快将毛皮冻结在一起，一块块血冰贴在身上。然而即便如此却似乎并不影响巴对的速度，瞬间将走在最前面的一匹狼扑倒在地，死命地咬住脖子，那狼四腿凭空挣扎片刻便一命呜呼了。

余下的饿狼立刻再次将巴对团团围住，然后一起攻击，刚刚那一击显然已经透支了体力，几只饿狼猛扑过来，巴对便被埋在了狼群之中。正在这时远处忽然传来几声撕心裂肺般的嘶鸣声，幽怨中带着一丝凄凉，狼群一下子停止了攻击，几只原本与巴对搅作一团的饿狼从包围圈里撤出来，而其他的狼也在原地不停地打转，不服气一般地抬起头嚎叫着回应那个声音。

在狼群的嚎叫声中那声音渐渐消失，而顷刻间几个黑影便从远处飞驰而来，月光之下它们一个个如同是披着白色衣服的鬼魅一般，身形飘忽地赶至木屋前面。未及群狼有所反应，那三四只白色的鬼魅已经以迅雷不及掩耳之势开始了大肆屠杀，距离它们最近的几匹狼首当其冲。那鬼魅的出手极快，虽然年轻人身在小木屋之中，却仍然能隐隐听到骨骼被折断所发出的清脆的"咔嚓"声。

狼群立刻骚动了起来，头狼见势不妙转身便向河谷另外一边奔了过去，接着身后剩下的数十只饿狼也尾随其后，可这白色鬼魅显然意犹未尽，它们追逐着狼群，一旦被鬼魅追上顷刻间便会被折断脖子，抑或是身体被戳出个硕大的窟窿。这群狼在这场袭击中没占到丝毫便宜，反而损兵折将。在鬼魅远去之后，哑女连忙推开木门，向巴对的方向奔去。只见此时巴对已经瘫在雪堆里，周边的雪早已被染成了黑红色。

哑女走到巴对身边，巴对艰难地撑着身子却也只能将上半身立起，安慰似的伸出舌头舔着哑女的手背，而哑女却已经泪流满面了。年轻人随着哑女走出房间，一起将巴对吃力地抬进木屋。

这一夜年轻人不知何时睡着的，耳边是唐古拉山口呼啸的风声，而他的脑海中始终是那几个不解的问号，哑女、人草，还有那翠玉短笛。忽然年轻人似乎想到了什么，他连忙起身，顾不得自己腿上的伤，点上蜡烛盯着墙上悬挂着的那些奇怪的图，脸上露出一丝狡黠的微笑。

三个月后，一个去往西藏的商队在路上救了一个年轻人，那个年轻人的手中抱着一个刚出生不久的婴儿。那个年轻人告诉商队他的名字叫潘颖轩，而怀里所抱的孩子是他的儿子潘俊。那个男人回到甘肃虫草堂的时候妻子已经过世，只剩下一个女儿。就这样在甘肃办完妻子后事的他，带着女儿和"儿子"回到了北平。

大约半个时辰潘苑媛才长出一口气说道："我很早就知道你并非父亲亲生，只是父亲曾严令我不能将这件事告诉你。当初我以为他只是不希望你知道这件事之后伤心！但是当我为了寻找摄生术的解药，不远万里来到西藏寻找人草师的时候才惊讶地发现，他之所以不愿意让我告诉你这件事，其实是因为你本来就是人草师的儿子。而哑女便是人草师的妻子。我的父亲在猜到了这一点之后残忍地将你的母亲杀死，抱走了你，最后放火烧了那个木屋来毁尸灭迹！"

"怎么会是这样？"管修简直不敢相信自己的耳朵。

"呵呵，小俊我知道你一时之间还难以接受这个事实！"潘苑媛冷笑了一声说道，"恐怕接着我要和你说的这件事你更难以接受！"

"什么事？"管修不知这其中究竟还有多少秘密。

"给我下毒的不是别人，正是我的父亲潘颖轩！"潘苑媛这句话简直惊得管修瞠目结舌。他不可思议地望着潘苑媛说道："他……不是在多年前就已经被冯万春杀了吗？"

"呵呵，那只不过是他自编自导的一出戏而已！"潘苑媛淡淡地说道，"他所做的事情被天惩察觉之后便一直被天惩追杀，而他为了自己的安全才设计了那样一出戏。果然天惩并没有发现这件事，而他则在这十几年的时间里，处心积虑地安排着所有的事情！"

"这么说给日本人写信的那个驱虫师就是潘颖轩？"管修恍然大悟般地说道。忽然一个危险的念头闪过他的脑海，他记得自己在和潘昌远说出内奸一事的时候潘昌远神色凝重，难道他已经猜到了？

　　"嗯！"潘苑媛长出一口气，脸上已经完全没有了光彩，她气息奄奄地说道，"潘俊，你千万不能去新疆，一旦去了恐怕后果不堪设想！"

　　"这……这是为什么？"管修不解地问道。只见潘苑媛气息越来越弱，她的眼角流着泪嘴角轻轻嚅动小声说道："潘俊，原……原谅我，帮我照顾……照顾好金龙！"说完潘苑媛缓缓闭上眼睛，眼角留着一道浅浅的泪痕。

明诡路，生死道头村

　　管修长出一口气望着床上的潘苑媛，她刚刚的一番话如同是一石激起千层浪，让他心潮久久不能平静。这个阴谋的始作俑者，那个与日本人沆瀣一气的驱虫师家族叛徒，竟然是潘颖轩，不仅如此潘俊竟然是人草师的后人。

　　正在这时管修的耳边忽然传来了一阵急促的脚步声，从声音判断人数应该在数十人以上。管修一怔与段二娥对视一眼，接着两个人一前一后向密室的门口走去。刚到密室口就听见外面的人大声喊道："将这里统统包围上，连一只蚊子也不能飞出去！"

　　管修心头一惊，那声音正是松井尚元。段二娥惊异地望着管修冷冷地说道："外面的日本人是你带来的？"

　　此刻管修心中也是疑惑重重，他已经在半路上除掉了跟在自己身后的武田派来的尾巴，而此时松井尚元是如何尾随到这里的呢？他摇了摇头说道："我怎么可能带他们来这里呢？"

正在这时松井尚元在外面大声说道："给我仔细搜查这里，就算是挖地三尺也要把人给我找出来！"他的话音刚落一群日本人便开始在院子里到处乱翻了起来。

"段姑娘，这密室还有别的出口吗？"管修急切地问道。眼下他的安危已经微不足道了，他只希望能将段二娥安然救出去，然后让她去告诉潘俊所有的真相。可是令他失望的是段二娥无奈地摇了摇头。

"这间密室原本是爷爷存放杂物的地方，只有这一个出口！"

管修听着外面那些日本人挖地和推墙的声音，心中万分焦急。他想不明白自己究竟是什么地方出现了纰漏，以至于这些日本人会尾随找到这里。他一边挠着脑袋，一边在屋子里踱着步子。忽然他听到一个日本人用日语说道："这块石头怎么搬不动！"

他们终于注意到那个放在地面上的磨盘了，松井尚元立刻走到磨盘前面上下打量着，然后在外面大声说道："管修，我知道你在里面。这里已经被皇军团团包围了，你如果想活命的话就从里面走出来。"

管修停下脚步，他知道此时自己已经再无退路了。他掏出枪数了数里面的子弹对外面的松井尚元喊道："松井先生，我可以出去，不过你要确保你的人不要开枪！"说完低声对段二娥说道，"一会儿我出去之后会寻找时机挟持松井尚元，那时候你就趁乱从这里逃出去。出去之后一直向西走，到新疆将刚刚你听到的一切告诉潘俊小师叔！"

"那……那你呢？"段二娥结结巴巴地问道。

"呵呵！"管修自信地笑了笑，他的脑海里又浮现出庚年的样子，在危难关头庚年选择了舍身保护自己，而现在他知道已经轮到自己了，"管修出身仕家，年幼顽劣不堪，后遇良师调教，十六岁投军与庚年结识，志趣相投共赴日本求学，其间深悟弱国之悲，立志为国家强盛鞠躬尽瘁。而庚年兄已先我而去，现在应该到我了！段姑娘，如果你能见到潘俊小师叔的话告诉他，国亡则民沦为虫豸，驱虫之术可救万民于水火，万望慎之又慎！"

说完管修长出一口气说道："松井先生，你等着我马上出来！"接着他对段二娥笑了笑，"开门的机关在哪里？"

段二娥指了指一旁的一个把手，管修走到把手前面轻轻将把手按下，一道门刹那间出现在了管修面前。此刻外面虽然是深夜却已经被火把照得如同白昼一般，管修上前几步正要走出去。谁知正在这时一个黑影忽然从外面跌了进来。就在那个黑影刚刚进来之后一个声音忽然大喊道："管修君，关门！"

管修一愣，声音竟然是武田。他连忙按动把手，那扇门再次关上了。当门关上之后武田站起身松井尚元被他压在身下，外面的日本兵根本没有料到会发生这样的意外。当他们意识到的时候立刻乱作一团，几十个人围在磨盘周围想要将磨盘搬开，可磨盘便像是长在了地下一般纹丝不动。

武田站起身来随即将松井尚元从地面上拉起来，管修连忙用枪口指着松井尚元的脑袋。松井尚元倒是极为平静地笑了笑说道："武田君，没想到你竟然做出如此下作之事，真是日本军人的耻辱！"

武田微微笑了笑说道："松井，当年你设计陷害我父亲的时候难道就那么光明磊落吗？"

"呵呵！"松井尚元淡淡地笑了笑说道，"我所做的一切都是为了向天皇陛下尽忠！"

"尽忠？"武田冷笑着说道，"那好，我现在杀了你也是为天皇陛下尽忠啊！"

"你……"松井尚元紧紧握着拳头不屑地望着武田怒骂道，"无耻！"

"武田，你是怎么来的？"管修疑惑地望着武田。只见武田轻松地笑了笑说道："我收到线报松井尚元恐怕会对你不利，所以我便带着人混入了松井的部队，没想到他们真的发现了你的行踪！"说到这里武田顿了顿指着一旁的段二娥，"这位就是段二娥姑娘吧？"

段二娥自来对日本人心怀恨意，见管修竟然与武田说话如此亲密不禁对管修再次生出一丝戒备。

　　管修并没有回答武田的话接着说道："接下来你想怎么办？"

　　武田狡黠地笑了笑道："现在是除掉松井这个老家伙最好的时机，他可是一直想除掉你的！我们是兄弟，这个机会我留给你！"

　　管修用枪指着松井尚元的脑袋说道："你是从什么时候发现我的身份的？"

　　"你的……身份？"松井一脸狐疑地望着管修。

　　这时候外面的日本人正用木棍费力地敲着那块巨大的磨盘，可是即便那些木棒全部被撬折了，那块磨盘依旧纹丝不动，无奈之下他们只能将炸药埋在磨盘的四周，希望能将这磨盘炸开。虽然这是他们能想到的唯一办法，可是却担心松井尚元的安危，因此迟迟不敢点燃导火索。

　　"你不知道我的身份？"管修的脑海中瞬间闪过一个可怕的念头。他用枪指着松井尚元的脑袋，将他带到对面的屋子中冷冷道："既然你不知道我的身份为什么要写那些信置我于死地？"

　　"呵呵，可笑！"松井尚元语气冰冷地说道，"管修如果不是今天我收到一封密信根本想不到你会出现在这里。至于你所谓的身份，即便你是间谍你觉得我有必要亲自写信吗？你太看得起自己了！"

　　松井尚元的话虽然刻薄但是说得却句句在理，以松井尚元的身份只要他开始怀疑自己，那么立刻就可以将自己就地正法无须上报。管修的脑海中立刻想起那一封封的所谓密信，不禁自嘲般地冷笑了起来。

　　"关于驱虫师家族的秘密你知道多少？"管修指着松井尚元的脑袋问道。

　　"呵呵，管修你太小看日本军人了，你见过一个束手就擒然后向你交代一切的日本军人吗？"说罢松井尚元大声对外面喊了一声日语，"快点燃炸药！"

　　松井尚元这一招一来是希望外面的日本人能尽快进来，即便不能也希望炸药将这里完全摧毁玉石俱焚，保全自己的荣誉。

　　外面的日本人听到松井尚元的喊声立刻点燃了炸药，而此时一直在外面的武田三步并作两步进了房间，见管修一直用枪指着松井尚元的脑袋，却迟迟不肯开枪便上前一把夺过管修手中的枪，对着松井尚元的脑袋扣动了扳机。只听

"砰"的一声松井尚元的血立刻飞溅到管修和武田的身上。

这声枪响便如同是一个导火索一般，几乎与此同时外面响起一声巨响。管修觉得耳朵一阵轰鸣声，接着一股夹着硫黄味的气浪从外面猛扑进来打在他的身上，管修的身体就像是秋风中一片摇摇欲坠的树叶，被巨大的气流冲到了墙壁上，他只觉得脑袋一阵剧烈的疼痛，接着他的眼前渐渐黑了下去……

明明灭灭的火光，嘈杂的人声，白色的走廊，走廊顶端快速闪过的灯光，呛鼻的消毒水的味道，戴着口罩拿着镊子的日本医生。这一切的一切就像是电影的快镜头一般，在管修的眼前闪过，他觉得自己做了一场梦，一场痛苦的、难以逃脱的噩梦。在那场噩梦中管修就像是一个深陷在泥潭中的人一样，身体在一点点地下沉，越是挣扎下沉得越是厉害。他感到自己的身体冰冷，鼻孔渐渐没入水中，一种前所未有的窒息感让他从噩梦中惊醒。

身上一阵阵剧烈的疼痛，刚刚睁开眼睛灯光有些刺眼，当他的眼睛渐渐适应了灯光之后，发现自己正躺在一间只有几平方米大小的牢房中，手上和胸口都缠着绷带。他挣扎着从床上坐起来，只觉得身上所有的关节都在隐隐作痛。他缓缓地下了床向牢房门口走去，刚到门口便听到不远处传来一声凄厉的惨叫声。管修愣了一下，他终于知道自己此刻身在何处了，这里就是之前关押龙青的特高课的监牢，他双手紧紧抓着铁门。

正在这时一个身影忽然出现在牢门外边，管修轻轻地抬起头见武田此刻正面带微笑地站在管修面前，他的脖子和手上都绑着绷带。见到管修武田轻轻将戴在头顶上的帽子摘掉。

"呵呵！"管修自嘲般地笑了笑说道，"我早就应该想到才对，我早就应该想到才对！你上学的时候就擅长模仿别人的笔迹，那些信都应该是你伪造的才对！而你的目的其实是想用我来除掉松井尚元，之后你就可以取代他了！"

"呵呵，其实管修君未分辨出来也并不奇怪，因为庚年君的那封密信确实是松井尚元所写。我只不过是照着他的模式，学着他在信中的口气重新誊写了一份，因此你很难分辨真假也不为过！"

"唉！"管修长出一口气说道，"那天晚上松井尚元之所以会出现在道头村，恐怕那个报信的人也是你吧？"

"当然，不过我倒是非常佩服管修君，能发现我派出的暗中跟踪你的人！"武田称赞道。

"这就让我奇怪了，明明我已经摆脱了那两个尾巴，怎么你还会查到我的行踪？"管修不解地问道。

"老同学，还记得曾经上学的时候你说过的狡兔三窟吗？"武田自信地说道，"对于你和庚年我太熟悉了，所以我安排了三波人监视你。就在你觉得已经甩掉了尾巴的时候，其实另外一拨人已经跟上了你！"

"唉，武田，这次我输得心服口服，你对我也算是费尽心机！"管修冷笑着说，"不过我很奇怪，你在我身上花费这么大的力气难道你不怕押错宝，我们之前已经几年未曾接触过了，是什么让你相信我一定是和庚年一起的人呢？难道仅仅因为上学的时候我们的关系吗？"

"当然不是！"武田说到这里表情立刻严肃了起来。他叹了口气说道："管修君，你知道吗？一直以来我都在设想，如果你和庚年君都是日本人的话该多好。你和庚年君都是出类拔萃的人物，当年上学的时候我就发现你们与其他的中国学生不一样，不禁正气凛然，而且你们对祖国的情怀让人敬佩。当我第一次发现松井尚元那封关于庚年兄的密信的时候，我就已经猜到你必定会参与其中。即便你和庚年君不是至交，仅凭你们两个共同的志趣也会走到一起的！其实我们之所以敢来中国根本不是因为我们有多强大，而是因为你们的国家病了，你们的国家已经病入膏肓太过虚弱了。它亟须诸如你和庚年君这样的人来拯救，然而这才是这个国家最奇怪的地方，对那些有才能的人不去善待，反而将其打入冷宫。你们的国家就像是一只沉睡中的狮子，如果所有人都像你和庚年一样的话，我们就只能敬而远之了。只是这只狮子却一直在沉睡！"

"武田，这只狮子已经开始苏醒了！"管修紧贴着牢门说道，"我和你打一个赌，用不了多久，当它完全清醒过来的时候你们都会滚回老家的！"

"呵呵！"武田笑了笑不置可否地说道，"即便真的会有那么一天，恐怕管修君也不一定能见得到了，而且或许根本都没有人知道你是谁，不知道你是为什么死的？或者有一天你们的国人经过几十年之后又开始蒙昧了，那时你不会觉得不值得吗？为了他们付出自己的生命，真的值得吗？"

"我相信，我相信真有那一天的话，他们即便不会记住我是谁？我都做过什么，但是至少会记住我们民族的伤痛，会一直以此来警示自己的！"管修的话让武田无奈地摇了摇头。

"武田，你准备什么时候杀我？"管修毫无畏惧地问道。

"我什么时候说要杀你了？"武田笑了笑说道，"管修君，你刚刚不是要和我打一个赌吗？如果有一天日本真的战败的话，我会和你一起死在这里的！"

"呵呵！"管修淡淡地笑了笑，"可以问你个问题吗？"

"你是想问我段二娥姑娘的下落吗？"武田猜到了管修的疑问。他见管修点了点头接着说道，"你放心吧，她几乎没有受伤，就是有些惊吓过度而已。"说完他看了看手表，"管修君，我要走了，以后有机会我会再来看你的。一会儿我要见一个重要的人，那个关在炮局监狱之中的木系潘家的君子！"

武田走出特高课监狱的时候已经是夜里八点多钟了，一辆黑色轿车停在他的面前。这辆轿车以前是松井尚元的座驾。自从松井尚元被发现死在密室中之后，武田便顺理成章取代了他。这一切似乎都在武田的掌握之中，他有些得意地上了车，拿起后座上的那副狮子头轻轻在手中把玩着。

车子缓缓离开特高课向北平城东的炮局监狱缓缓驶去，而当武田离开之后管修却坐回到床上。管修端坐在床头，脸上露出一丝狡黠的微笑……

武田的车停在炮局监狱门口的时候，武田手中握着狮子头从车子中走出，在一个日本人的陪同下来到那间地下监狱。日本兵将锁链打开，只见里面布置得井井有条，宛然一个书房，潘颖轩端坐在桌子前面目光一刻不离地望着桌子上的物事，见他走进却并未抬头。当他走到近前的时候潘颖轩忽然觉得有点不对，抬起头诧异地望着武田说道："你……"

"您好，潘先生……"武田拱手对潘颖轩说道，"我是接替松井尚元来帮助您的！"

"好，你叫什么名字？"潘颖轩平淡地说道，语气中没有丝毫波澜，接着望着桌子上放的物事凝神苦思。

"您就叫我武田吧！"武田的话音刚落，只见潘颖轩忽然站起身来上下仔细打量着眼前这个年轻人，嘴角中露出一丝极难察觉的东西。过了片刻他才说道："这么说来就是你杀了金顺？"

"是的！"武田有些诧异潘颖轩是如何知道的，不过他对眼前这人没有丝毫保留，说道，"因为那是一个没有利用价值的人！"

"你的意思是说你已经找到了那个我需要的人？"潘颖轩淡淡地笑了笑说道。

"嗯，是的！"武田言简意赅地说道，"只是……"

"只是什么？"潘颖轩追问道。

"只是她在那晚的爆炸中受了点刺激，恐怕好起来需要一些时日！"潘颖轩冷冷地笑了笑道，"看好她，一旦她好起来立刻将她带到我这里！"

"是！"武田回答道。接着潘颖轩便又坐在椅子上自顾自地看着桌子上的物事，过了良久他才像是忽然想起武田一般抬起头说道："你还有什么事吗？"

武田连忙点头道："没有，那我先走了！"

潘颖轩没有丝毫挽留的意思，又继续看着桌子上的那张图，当武田离开之后潘颖轩这才长出一口气将桌子上的物事拿起来，那是一份档案，而那份档案的名字便是武田正纯。他将那份档案拿到旁边的烛台上一点点点燃，口中喃喃自语道："如果他不自作聪明的话恐怕会活得长一点儿！"

档案上武田的脸在火焰中一点点扭曲，最后化成了灰烬，那灰烬飞到桌子上。桌子上平铺着那张伏羲八卦阵的图纸，一粒黑色的灰烬落在图纸的"离"卦密室上……

而在距离此处千里之遥的"离"卦密室之中，燕云此时正将自己缩在一个角落中，自从密室中开始燃烧之后，火便越来越大，里边的温度越来越高，温度越高头顶上的冰融化得就越快，而那些水滴落在石头上产生的气体更是助长了火势。她一直在向后退，一直退到这个角落中，整个密室此刻便如同是一片火海，燕云靠在墙壁上瑟瑟发抖。此刻她的脑海里只有一个人，她知道如果他在的话，恐怕所有的问题都会迎刃而解。因为她实在没有见过比他再聪明的人了。即便逃不出去死在这里她依旧希望能与他死在一起，这个人就是潘俊。

同样想着潘俊的人还有在不远处密室之中的时淼淼，只是此时让她感到惊讶不已的，却是忽然出现在这个密室之中的活人。她轻轻将那个趴在地上的人翻过来，时淼淼的血液顿时凝固了。她结结巴巴地说道："怎么……怎么会是你？"

阳光有些刺眼，潘俊仿佛做了一场噩梦，一场在地狱一般的迷宫中的噩梦。他苏醒过来，身上已经轻松了很多。和煦的阳光照在潘俊的身上暖融融的，让他几乎不想再思考，过了片刻他忽然意识到了什么？明明自己是在密道之中晕倒的，怎么会忽然到了这里？潘俊这样想着挣扎着从床上坐起来，正在这时一个老者缓缓从外面走进来说道："年轻人，我们又见面了！"

潘俊定睛向那个老者望去，不禁有些诧异："您？您怎么会在这里？"

（第四季完）

后记

Postscript

　　《虫图腾4》这是整个系列之中我写得最累、最慢的一部，也是全套系列中亮点最多的一部，揭秘最多的一部。

　　这个系列我写了整整三年时间，资料超过五公斤。每每我提笔开始写这个故事的时候，故事中的人物像是活了一样出现在我的笔端。我有一种错觉，我只是他们故事的一个记录者而已，他们才是这个故事的作者。

　　我经常会被里面的人物感动，燕云的执着，时淼淼的内敛，潘俊的悲剧，庚年的大义，管修的无畏。甚至那些微不足道的小人物也会让我落泪，卞小虎的果敢，吴尊的坦荡，龙青的侠义，月红的悲情。我在最初酝酿这个系列的时候曾经告诉过自己，这是一个没有对错的故事，这个故事的人只有两种，有信仰的人和无信仰的人。

　　《虫图腾》里那个战乱的年代，人的生命便如虫一般被随意践踏，而就是在那个被蹂躏的年代，他们怀揣着仅存的信仰，挣扎、抗争，不惜以身涉险，舍生取义。

　　在此我必须感谢一直等待着这一系列的读者朋友们，为了力求真实，这一系列书的地名以及人文知识全部是真实可信的。而我要特别感谢我的编辑，感谢他给我足够的时间让我充实这部作品，还有一直为这部书默默努力的所有工作人员。谢谢你们！

图书在版编目（ＣＩＰ）数据

虫图腾. 4，险境虫重 / 闫志洋著. — 北京 ：九州
出版社，2014.3
  ISBN 978-7-5108-2792-1

  Ⅰ．①虫… Ⅱ．①闫… Ⅲ．①长篇小说－中国－当代
Ⅳ．①I247.5

  中国版本图书馆CIP数据核字（2014）第044245号

虫图腾. 4，险境虫重

作　　者	闫志洋 著
出版发行	九州出版社
出 版 人	黄宪华
地　　址	北京市西城区阜外大街甲35号（100037）
发行电话	（010）68992190/2/3/5/6
网　　址	www.jiuzhoupress.com
电子邮箱	jiuzhou@jiuzhoupress.com
印　　刷	廊坊市兰新雅彩印有限公司
开　　本	700毫米×980毫米　16开
印　　张	16
字　　数	230千字
版　　次	2014年5月第1版
印　　次	2014年5月第1次印刷
书　　号	ISBN 978-7-5108-2792-1
定　　价	32.80元